Jakob Bosshart

Erdschollen

Novellen und Skizzen

Jakob Bosshart: Erdschollen. Novellen und Skizzen

Erstdruck: Leipzig, H. Haessel Verlag, 1913

Neuausgabe
Herausgegeben von Karl-Maria Guth
Berlin 2017

Umschlaggestaltung von Thomas Schultz-Overhage unter Verwendung des Bildes: Ilya Repin, Alter Bauer, 1877

Gesetzt aus der Minion Pro, 11 pt

Verlag: Henricus - Edition Deutsche Klassik GmbH
Mörchinger Str. 33, 14169 Berlin, info@henricus-verlag.de
Druck: Libri Plureos GmbH, Friedensallee 273, 22763 Hamburg

ISBN 978-3-7437-0342-1

Bibliografische Information der Deutschen Nationalbibliothek

Die Deutsche Nationalbibliothek verzeichnet diese Publikation in der Deutschen Nationalbibliografie; detaillierte bibliografische Daten sind im Internet über www.dnb.de abrufbar.

Inhalt

Heimat 4
Man muß klug sein 33
Der Richter 43
Im Rotbuchenlaub 76
Die beiden Russen 92
Schweizer 102
Die geblendete Schwalbe 117
O Leben, o Liebe! 122
Die Schützenbecher 127
Christoph 135

Heimat

Ein enges Stübchen, wie es die Bauern sich oft neben der Wohnstube einrichten, um für den verborgensten Teil ihres Lebens einen Schlupfwinkel zu haben, wo sie sich mit ihren Gedanken einschließen und ihre spärlichen Briefe aufsetzen, wo sie in eichenem Wandschränkchen ihr Geld aufbewahren, wo auf einem Stuhl die Bibel für ungewöhnliche Stunden bereitliegt. In diesem Stübchen saß hemdärmelig der Tobelbauer Hans Schollenberger, von Gedanken schwer auf den Stuhl niedergedrückt. Er fuhr sich mit den Fingern ab und zu durch den Bart und starrte bald zu den sorgfältig geschlossenen Fenstern hinaus, bald auf einen Brief, der ausgebreitet auf dem abgegriffenen Tische lag.

Er hatte den Brief drei-, viermal gelesen, und es war nicht aus Mangel an Verständnis, wenn sein Blick immer wieder zu ihm zurückkehrte. Seine Stirne glänzte von Schweiß, so sehr hatte ihm das Stück Papier zugesetzt.

Wie ein Versucher, wie Satan selber war es an ihn herangetreten, es hatte ihm mit Goldklang ins Ohr geläutet, die Habgier in ihm angefacht und gegen die Liebe zu seinem Boden gehetzt, in ihm einen Streit angezündet, der sein Innerstes aufwühlte.

In dem Briefe bot sich die Regierung an, den Tobelhof zu kaufen, und nannte einen Preis, der über alle Träume des Bauern weit hinaussprang. Den Zweck, den sie verfolgte, nannte sie nicht, aber er war kein Geheimnis. Seit langer Zeit hatte man davon gesprochen, den Hof in einen See zu verwandeln und so einen Kraftsammler für ein großes elektrisches Werk zu gewinnen. Der Bauer war also auf den Brief vorbereitet, wurde nun aber doch davon überrascht, ja erschreckt; denn wenn ein Gedanke, den man lange als Hirngespinst eingeschätzt und belächelt hat, plötzlich leibhaftig und greifbar sich vor einen hinstellt und einem unverwandt in die Augen glotzt, wirkt er unheimlich wie ein Gespenst.

Der Tobelhof lag in einem einsamen, schluchtartigen Tal, rings von schwarzem Tannenwald überdunkelt. Das Haus, aus rotem Fachwerk gebaut, stand hart am Wildbach, der ungestüm vorbeiströmte und nach starken Regengüssen zum Fluß anschwoll. An das Haus lehnte sich, mit ihm wie zu einem Wesen verwachsen, ein mächtiger Nußbaum, und ringsum standen alte, von den rauhen Wintern knorrig und gichtisch gewordene Apfel-, Birn- und Zwetschgenbäume. Weiterhin dehnten sich Matten und etwas Ackerland aus, magerer, geiziger Boden, der nichts umsonst gab und sich auch die kleinste Frucht mühsam abringen ließ. Ins freie Land hinab, das man hinter einem Einschnitt des Waldes ahnte, führte ein schmaler Fahrweg. Er lag mit dem dämonischen Bach in beständiger Fehde und war im Frühjahr nach der Schneeschmelze stets übel zugerichtet.

Den Tobelhof bewohnten seit Menschengedenken die Schollenberger, rechtschaffene, durch das Leben in der Einsamkeit etwas schrullig gewordene, in sich gekehrte Bauern, die immer spät zum Heiraten kamen, weil sich nicht leicht ein Mädchen für den entlegenen Hof werben ließ, und die oft früh verwitweten; denn nur die auf dem Hof Geborenen und Aufgewachsenen ertrugen auf die Dauer die langen, strengen Winter, den rauhen Wind, der stets dem Bach entlang zog, das ewig gleiche Einerlei des Gehöftes und das wortkarge, kantige Wesen der Tobelhofleute.

Gewöhnlich befanden sich auf dem Hof auch eine oder zwei alte Jungfern, Schwestern des Bauern, die in der Einsamkeit sitzengeblieben, gleichsam von Natur und Liebe verschmäht und vergessen worden waren. Faßte ein Mädchen nicht früh den Entschluß, im Dorf oder in der Stadt Dienst zu suchen, so war ihm ein lediges Alter gewiß.

So war es auch zuletzt um den Hof bestellt. Hans Schollenberger, der Tobelhans, wie man ihn schlechtweg nannte, hatte seine Frau schon vor Jahren verloren und haushaltete nun mit seiner Schwester Grite und zwei Kindern, die wenig über zwanzig waren. Er konnte, wie er so saß, die drei durchs Fenster sehen; sie standen mit Hacken im Kartoffelacker, in einer Reihe, wandten keinen Blick vom Boden und ließen keine Silbe fallen; auf dem Tobelhof galt von alters her die Regel: Lange Arbeit, kurze Worte.

Der Tobelhans sah zu ihnen hinüber und überlegte, was sie wohl zu dem Briefe sagen würden. Soll ich den Handel überhaupt dem Familienrat vorlegen? fragte er sich. Es war nicht seine Art, sich von andern in seine Entscheidungen reden zu lassen, aber hier handelte es sich nicht nur um sein selbstwilliges Gutdünken, sondern um die Zukunft seiner Kinder, das fühlte er, und so entschloß er sich endlich, sie ins Vertrauen zu ziehen. Er faltete den Brief zusammen, steckte ihn in seine Westentasche und ging dann auf den Acker, wo er sich wortlos mit seinem Gerät in die Reihe stellte. Eine geraume Weile vernahm man nichts als den kräftigen, mannigfaltigen Schlag der Hacken, die bald dumpf pochten, bald schrill aufschrien und schalten, je nachdem sie auf weichen Grund oder auf Steine trafen.

Endlich unterbrach Grite das Schweigen, ohne jedoch von der Arbeit aufzusehen: »Der Briefträger war da?«

»Ja«, gab der Bauer zurück.

»Er muß einen langen Brief gebracht haben.«

»Wieso?«

»Wenn man über eine Stunde daran zu lesen hat.«

»Man kann auch an einem kurzen Brief lange lesen«, entgegnete er bedeutsam.

»Selb schon«, warf die Tochter Pauline ein, deren Nase sich vor Neugier am liebsten zu einem Karststiel ausgewachsen hätte; »selb schon, es kommt drauf an, wie man lesen kann.«

Der Vater hatte für solchen Scherz heute kein Verständnis, er warf der Tochter einen strengen Blick zu und machte sich dann an der Scheidefurche so zu schaffen, daß er den andern den Rücken zukehrte. Das sollte heißen: Auf diese Art bringt ihr nichts aus mir heraus.

Wieder ließen die vier ihre Hacken reden, bis endlich Grite losbrach: »Mit dir ist's nicht mehr auszuhalten, du wirst jeden Tag wunderlicher und wüster! Schaffen kann man für dich, bis man lahm wird, aber ein gutes Wort gönnst du einem nicht! Man würde meinen, es kämen dir lauter Taler oder Zuckermandeln zwischen den Zähnen heraus.«

Auf diese Weise ließ der Tobelhans schon eher mit sich reden, denn auf Zartheit des Ausdrucks gab er wenig, man mußte ihm zeigen, daß man auf seine Worte gespannt war, daß man nach ihm schaute, wie die Häuser nach dem Kirchturm, das stimmte ihn gütig.

»Nur immer grobhölzig!« knurrte er Grite an und fuhr dann nach einigem Räuspern fort: »Ihr verdient zwar nicht, daß man euch etwas sagt, aber gleichviel, kommt her und lest!«

Er zog das Papier aus der Tasche und reichte es seinem Sohn Heinrich, der den Inhalt etwas mühsam verkündete. Er las, wie er hackte. Als er zu Ende war, entstand eine große Stille; und als man sich zum Reden entschloß, hatte man sich in drei Lager geschieden. Die beiden Kinder standen eng zusammen, ihnen gegenüber postierte sich Grite, hoch aufgerichtet, etwas abseits neigte sich der Vater über seine Hacke, unschlüssig, mit wem er sich verbünden sollte. Das war wie von ungefähr so gekommen.

Die Tochter sagte: »Das ist viel Geld! Achtundzwanzigtausend Franken!«

Der Sohn stimmte ihr zu: »Damit ließe sich anderswo etwas Schöneres kaufen.«

»Was«, rief Grite gereizt, »ist euch der Tobelhof nicht mehr gut genug?«

»Ruhig Blut«, unterbrach sie der Tobelhans mit seiner tiefen Stimme, »die Sache will vernünftig überlegt sein.«

»Ich brauche nicht zu überlegen«, entgegnete Grite, »hier bin ich geboren, hier will ich sterben.«

»Und ich will gerade nicht hier sterben!« lachte Pauline, die, ohne es merken zu lassen, von der Sehnsucht nach dem Manne geplagt wurde und dahin strebte, wo Menschen waren.

»Meinst du, es sei eine Schande, hier zu sterben?« brummte der Vater aus seinem dichten Bart hervor.

Heinrich dagegen sprach wie zu sich selber: »Ich hätte nie gedacht, daß wir für diese Einöde so viel Geld bekämen. Dafür kann man sogar am See ein Gut haben.«

In Grite kochte es über: »Die Undankbarkeit! Einöde! Eßt ihr denn das Brot nicht, das auf dem Tobelhof wächst? Und die Kartoffeln und Äpfel und Birnen? Wir, ich meine den Vater und mich, haben nun ein ganzes Leben lang auf dem Gut gerackert wie Tiere, jeder Fleck Erde ist in gutem Stand, jeder Winkel ausgenutzt, im Stall steht schönes Vieh, und das soll nun verkauft – nein, nicht verkauft, ersäuft soll es werden! Das kommt mir gottsträflich und sündhaft vor, und auf euer leichtfertiges Gerede möchte ich am liebsten mit dem Handrücken antworten.« Die alte Jungfer war, wie sie das hervorstieß, auf die Zehen gestanden, um recht von oben herab zu sprechen.

»Du hast recht, Grite«, sagte der Bauer beschwichtigend, »und die Jungen haben auch recht. Alles Tuch hat zwei Seiten, man muß sehen, welche man herauskehrt. Doch nun rührt die Hacken wieder, mit Reden wird der Acker nicht sauber. Das Nachdenken soll euch nicht verwehrt sein.«

Die Hacken gingen wieder auf und ab, aber nicht so einträchtig wie zuvor. Der Tobelhans arbeitete wie sonst, vielleicht etwas bedächtiger, Grite dagegen verdoppelte ihren Eifer und schien bei jedem Streich auf Steine zu treffen, während die Hacken der Jungen kraftlos, fast träumerisch ihr Werk taten und eher mit den Erdschollen spielten, als sie zerschlugen. Wozu sich mühen, da ja doch der Hof unter Wasser gesetzt wurde?

Nach dem Abendessen wurde der Brief wieder hervorgezogen, und nun prallten die Meinungen noch heftiger aufeinander. So ging es ein paar Wochen lang Tag für Tag, die ruhigen, schweigsamen Tobelhofleute waren auf einmal leidenschaftlich und beredt, eine so ernste Frage war ihnen noch nie gestellt worden, alle waren sich bewußt, daß sie vor einer großen Wende standen und daß es um das Glück ging. Die Kinder hielten fest zusammen, wie aneinandergeschraubt, sprachen sich hinter Büschen und Hecken wie Verschwörer aus und verbanden sich trotzig gegen die Tante, die aus den hohen Tönen nicht mehr herauskam. Grite wurde von Tag zu Tag dürrer und spitzer, folgte dem Tobelhans überall nach, schwatzte wie eine Elster auf ihn los und fand zuweilen Worte, die einer Prophetin anständig gewesen wären. Der Bauer sprach am wenigsten, denn er litt am meisten unter der Schwere des Entschlusses, die Seelen der Schwester und der Kinder hausten in ihm vereinigt. Der Gang des sonst so steifnackigen Mannes war schleichend, seine Rede unsicher, sein Blick mißtrauisch geworden. Das viele Geld, die Aussicht auf einen fetten Hof und auf leichtere Arbeit lockten ihn weg; die Lehmschollen aber, aus denen er herausgewachsen war, wurden zu Händen, die sich um seine Füße klammerten und ihn festhielten. Er ging zu Verwandten, die er da und dort im Lande hatte; alle rieten ihm, den Handel abzuschließen, er müßte nicht bei Sinnen sein, wenn er nicht zugriffe, erst später werde er einsehen, wie wohl es der Zufall mit ihm gemeint habe. Er hörte zu und dachte in seinem grauen Kopf: Ich mag's entscheiden, wie ich will, es wird eine Wendung zum Schlimmen nehmen.

An einem Sonntagnachmittag kamen ein paar Gemeinderäte auf den Hof, sahen sich alles genau an und setzten sich dann zu dem Bauern in die Stube. Sie trugen alle dunkle Kleider und brachten breite schwarze Schatten herein. Ihre Gesichter aber glänzten vor Menschenfreundlichkeit. Was er zu tun gedenke, fragten sie ihn.

Der Tobelhans fuhr sich mit der Hand durch den Bart und schaute ins Unbestimmte; er hatte seine Antwort immer noch nicht bereit. Da er schwieg, ergriff Grite die Gelegenheit, ihr Herz auszuschütten; aber der Zorn kam ihr gleich so brockendick zum Hals heraus, daß sie fast daran erstickte und, um nicht in Schluchzen und Geheul auszubrechen, die Stube verließ. Nun begannen die Gemeinderäte, von den Kindern mit hingeworfenen Worten, tiefen Atemzügen und sprechenden Bewegungen unterstützt, dem Tobelhans den Kopf einzurichten und die Schrauben anzuziehen; denn der Gemeinde lag viel am Zustandekommen des Kraftwerks.

»Dein Haus ist baufällig«, sagten sie zu ihm, »seit hundert Jahren ist kein Flick und Fleck daran gemacht worden. Sieh nur den Stubenboden an, er ist fast durchgelaufen, und so ist die Treppe und alles, abgebraucht und morsch, das ganze Haus schreit nach dem Zimmermann, dem Schreiner und Maurer. Du wirst ein paar tausend Franken an die Hütte wenden müssen. Ist es nicht schade um das teure Geld? Auch den Garten hättest du schon lange durch eine Mauer gegen den Bach schützen sollen; tust du's heuer nicht, so liegt er übers Jahr bei uns im Tal drunten. Denk' auch an deine Kinder; sollen's die nicht ein bißchen leichter haben als du? Sollen sie einmal sagen, wenn du längst unterm Boden bist: Wäre der Vater nicht so verriegelt gewesen, so lebten wir wie die Maus im Kornfeld! Und vergiß eins nicht: der Stausee ist längst beschlossen; gibst du dein Land nicht freiwillig, so kommt Zwang und Prozeß und Advokatengeschmeiß.«

Das machte am meisten Eindruck auf ihn; er fühlte, daß der Handel sich nicht mehr abwenden ließ, daß alles Sträuben umsonst war, der Mut verließ ihn vor dem Kampf mit dem Unabwendbaren. Er hatte in seinem ganzen Leben noch keinen Prozeß geführt und empfand ein Grauen vor Advokaten. Und dann die Rücksicht auf die Kinder!

Als die Herren am Abend gingen, drückten sie ihm die Hand mit besonderer Wärme, und als sie im Walde waren, veränderten sich auf einmal ihre Stimmen, jedes ihrer Worte schien zu lachen. Sie hatten ihm einen Brief aufgesetzt, und er hatte ihn unterschrieben, der Hof war so viel wie verkauft.

Man wollte die Abmachung vor Grite geheimhalten, aber die Kinder konnten ihre Freude nicht verbergen; noch am gleichen Abend platzte die Wahrheit heraus. Nun kehrte der Unfriede erst recht im Tobelhof ein, Grite spielte die Hintergangene, Aufgeopferte, nannte die andern Verräter und fand des Scheltens und Anklagens kein Ende. Alle wichen ihr aus, besonders der Bauer. Der Hof schien durch ihren Mund zu seinem Gewissen zu reden, er hörte das Wort Verräter so oft, daß es sich in seine Seele einfraß und ihn überall quälte und anklagte. Um den Vorwürfen auszuweichen, ging er nun fast täglich fort, schritt von Dorf zu Dorf und erkundigte sich nach käuflichen Gütern. Jeden Tag sah er sich ein anderes an; keines wollte ihm gefallen, sie waren entweder zu groß oder zu klein, zu schlecht unterhalten oder zu stark zerstückelt, zu tief im Dorfe drin oder zu nah an der Stadt, und immer zu teuer. Saß er abends müde, verdrossen und wortkarg zu Hause am Tisch, so stichelte Grite: »Gelt! Einen Hof verkaufen kann jeder Narr, wenn man aber einen kaufen will, darf man nicht Tobelhans heißen! Was gilt's, du kaufst noch den Speck bei den Mäusen!«

Endlich glaubte er in Nesselbach etwas Rechtes gefunden zu haben, drei Tage nacheinander brachte er auf dem Gute zu und schloß den Handel ab. Er meinte Freude in den Tobelhof zu bringen, aber die frohe Botschaft wurde mit kurzen, trockenen Aussprüchen entgegengenommen. Grite sagte: »Ich will den Kram erst selber sehen!« Heinrich brummte etwas vom See, und Pauline meinte schnippisch, man nenne die Nesselbacher ›Mölche‹, der Vater habe sich da keinen hübschen Namen gekauft.

Tags darauf ging der Vater mit den Kindern nach Nesselbach und erlebte ein großes Mundverziehen und Nasenrümpfen. Pauline erklärte rundweg, sie ziehe nicht in das Nest, sie habe sich schon lange vorgenommen, in der Stadt einen Platz zu suchen, jetzt sei der Entschluß fest.

Als die drei mißmutig nach Hause kamen, empfing sie Grite mit geheimnisvoller Miene und führte sie in die Nebenstube, wo auf dem Tischchen Bankscheine und Goldstücke aufgeschichtet waren. Das Geld für den Hof war an dem Tage gebracht worden. Der Bauer überzählte es laut, die andern sahen ihm mit aufgerissenen Augen zu und zählten nach. Dann saßen sie lange einander schweigsam gegenüber und brüteten vor sich hin. Die Kinder hatten rote Köpfe.

Grite sprach zuerst und setzte alle in Erstaunen. »Wer so viel Geld hat, ist ein Herr«, sagte sie protzig. Seit der Bote dagewesen, hatte sie vor dem Geld gesessen, es von einer Hand in die andre gelegt, aufgeschichtet und wieder gezählt und sich daran berauscht. »Hättest du nicht so früh losgeschlagen«, fuhr sie spitzig fort, »sie hätten dir noch mehr gegeben; aber freilich, die Grite fragt man nie.« Innerlich billigte sie nun den Handel, das Geld hatte sie umgestimmt, bestochen, aus dem Hof mochte nun werden was wollte.

»Wenn wir nur das Haus in Nesselbach nicht hätten!« warf Heinrich ein, und Pauline murmelte vor sich hin: »Hätt' ich doch meinen Teil von dem Geld! Wer das Geld hat, hat die Wahl!«

Der Tobelhans reichte jedem ein Goldstück als Trinkgeld und gab ihnen dann zu verstehen, daß er allein sein möchte.

Als sie gegangen waren, stieß er das Geld von sich und sagte dumpf: »Nun bin ich heimatlos.« Ihm war, zum erstenmal verstehe er das Wort Heimat. Er war aus dem Hof hervorgewachsen wie der Nußbaum aus dem Baumgarten, das Korn aus dem Acker, das Gras aus der Wiese. All seine Kraft, all sein Denken und Tun, all sein Leben hatte er aus diesem Boden gezogen wie vor ihm sein Vater, sein Großvater und Urgroßvater. Er gehörte zu diesem Boden und war ein Teil davon, die Trennung war eine Torheit, ein Verbrechen, eine Sünde gegen sein Leben.

Was konnte ihm Nesselbach sein! Das würde nie eine Heimat abgeben, das blieb totes Land. Mit dem Tobel verband ihn eine Art Verwandtschaft, der Hof hatte etwas wie eine Seele, und nun war diese Seele verkauft, dem Tode verschachert.

»Oh, daß ich den Handel einging!« seufzte er. »Ich hätte um meinen Hof streiten sollen, wie ein Volk für sein Land streitet, mit Nägeln und Zähnen, und ich habe mich übertölpeln lassen! Ich bin es nicht mehr wert, eine Heimat zu haben!«

Eine namenlose Reue erfaßte ihn; ihm war, er sei aus einem Rausch erwacht und merke, daß er im Unverstand seine Seele dem Teufel verkauft habe. Eine blinde Wut gegen die Regierung und die Gemeinderäte und ein Zorn gegen die Kinder, die ihn zu der Dummheit beredet hatten, wallten in ihm auf. Der Tobelhof breitete sich wie ein blühendes Paradies vor seinen Augen aus und hatte einen Mund und redete eindringlich auf ihn ein: Warum willst du mich ersäufen lassen? War ich dir nicht sechzig Jahre lang ein guter Freund? Habe ich dir nicht alles gegeben, was du brauchtest? Warum hast du auf mir Bäume gepflanzt und gute Reiser darauf gesetzt, um sie nun selber umzubringen? Warum hast du mich gepflegt, wenn ich nun nicht mehr tragen und dankbar sein soll?

Der Tobelhans schlief nicht in jener Nacht. Am Morgen packte er das Geld zusammen und schlich in aller Frühe davon, ohne zu sagen, was er vorhatte. Er ging zuerst nach Nesselbach, den Kauf rückgängig zu machen. Aber der Verkäufer lachte ihm pfiffig ins Gesicht und meinte, das werde ihn wohl ein paar Banknoten kosten. Dann fuhr er in die Stadt und landete in einer Verwaltungsstube, wo er in beweglichen, abgerissenen Worten die Bitte vorbrachte, man möchte ihm seinen

Hof lassen und das Geld zurücknehmen. Der Beamte lächelte ihn gutmütig und überlegen an, rieb sich die geschmeidigen Hände und drückte sein Bedauern aus. Ehe der Tobelhans sein Herz recht geleert hatte, stand er wieder auf der Straße und wußte selber nicht, wie er so schnell und glatt wieder herausgekommen war. Er ging langsam und planlos eine Gasse entlang, sah nichts und hörte nichts als den Tobelhof, der ihn auf seiner Reise in die Stadt begleitete und immer zu ihm sprach. Die Leute stießen ihn und traten ihm auf die Füße. Einer fauchte ihn endlich zornig an und nannte ihn einen Tölpel; da blickte er einen Augenblick aus sich heraus und entdeckte neben einer Haustür ein Schild, auf dem in großen Buchstaben angezeigt war, daß da ein Rechtsanwalt wohne. Das war ihm eine Erleuchtung. Er ging ein paar Minuten lang vor der Tür auf und ab und trat dann ein. Als er wieder herauskam, hatte er einen Freund gefunden, der ihn von dem Nesselbacher Gut befreien und alle Federn springen lassen wollte, um ihm den Tobelhof zu erhalten.

Es kam die aufregende Zeit der nutzlosen Verhandlungen und Prozesse. Der Tobelhof blieb verloren, von Nesselbach war ohne ein drückendes Reugeld nicht loszukommen, und so mußte der Tobelhans sich entschließen, die Suppe zu essen, die man ihm eingebrockt hatte. Er war unterdessen in den Ruf eines beschränkten, prozeßsüchtigen Menschen gekommen, und das drückte ihn. Schlimmer aber war das Gefühl, sein Lebensschiff im entscheidenden Augenblick schlecht gesteuert zu haben.

Es war Winter geworden, der Tobelhof lag tief im Schnee und war noch stiller und einsamer als sonst. Die Kinder waren fortgegangen. Wozu hätten sie noch bleiben sollen? Der Sohn arbeitete als Handlanger in einer Gießerei, die Tochter war in einer Wirtschaft als Magd angestellt worden, sie erhielten regelmäßig ihren Lohn, trugen, was sie davon entbehren konnten, auf die Sparkasse und schätzten sich glücklich, von dem langweiligen Hofe losgekommen zu sein. Im Frühjahr, wenn der Nesselbacher Hof bezogen werden mußte, wollten sie wieder zum Vater zurückkehren; so versprachen sie wenigstens. Der Tobelhans und Grite führten ein mürrisches, gedrücktes Dasein, es war zwischen ihnen kein Vertrauen, kein Band mehr, seit der Grund, der sie zusammengehalten hatte, nicht mehr ihnen gehörte.

Nach Neujahr begann rings um den Hof das Werk der Zerstörung, große Waldflächen wurden von fremden Arbeitern niedergelegt, unaufhörlich krachten die hundertjährigen Tannen zur Erde, ihre abgehackten braunen Wurzeln ragten hilflos aus der Erde hervor und streckten sich zum Himmel wie verstümmelte Arme. Oben am Geißkopf bohrte man den Berg an und sprengte mit Dynamit gewaltige Felsstücke los, die auf Schlitten zum Bach hinuntergefahren wurden, wo sie zur Staumauer aufgetürmt werden sollten. Die Sprengschüsse donnerten und widerhallten in der engen Waldschlucht wie übereinanderrollende Bergtrümmer!

Der Tobelbauer begleitete den Donner mit seinen grollenden Verwünschungen. Er hatte keinen ruhigen Augenblick mehr, und wenn er die Äste der zu Boden sausenden Tannen aufschlagen und schmerzlich krachen hörte, meinte er das Brechen seiner eignen Rippen zu vernehmen.

Sobald der Frühling sich ankündigte, rückte ein ganzes Heer von Erdarbeitern und Maurern ein; es wurden Feldhütten erstellt, tiefe Gräben aufgeworfen, ein Gleis für eine Rollbahn angelegt, eine kleine Werkstatt gebaut. Das wurde dem Tobelbauern immer unerträglicher. Er erwartete den ersten März wie einen Tag der Erlösung: da mußte er den Hof, der ihm nun zur Hölle geworden war, verlassen, da konnte er sein neues Haus in Nesselbach beziehen. Er suchte in sich die Hoffnung aufzubauen, es werde nun doch noch gut enden, jeder Fleck Erde könne ja eine liebe Heimat werden. Sich so Mut einredend, raffte er seinen Hausrat zusammen und fuhr damit nach Nesselbach.

Aus der Stadt war der Sohn hergekommen, um zu helfen, aber nur für einen Tag, wie er gleich erklärte, er sei bis zum Sommer an seine Stelle gebunden. Pauline denke gar nicht mehr an die Rückkehr, es sei ihr in der Stadt wohl genug, und sie nehme an, niemand werde sich zwischen sie und ihr Glück stellen wollen. Das war ein harter Stoß für den Vater; was sollte er ohne die Kinder auf dem neuen Gute anfangen? Er zerrieb seinen Mißmut zwischen den Zähnen und richtete sich wortlos in dem neuen Heim ein.

Die Nachbarn ringsum sahen dem Hantieren aus ihren Scheunen oder durch ihre Fensterscheiben zu, neugierig, was für ein Fisch in ihren Teich geschwommen sei, mißtrauisch, er möchte ihr Wasser trüben.

Den Tobelbauern, dem bis jetzt nur die Bäume und die Sonne in die Stube geschaut hatten, beunruhigten diese stummen Gesichter und spähenden Augen, ein Mißbehagen und das Gefühl der Unsicherheit kamen über ihn, er glaubte sich mitten unter Feinde versetzt.

Auch der Hausrat, der seit hundert und mehr Jahren im Tobelhof gestanden hatte, wollte nicht in die neuen Verhältnisse passen; die Schränke und Tische, Betten und Stühle standen fremd und ratlos da, das Vieh im Stall brüllte, alles, Lebendes und Totes, schien vom Heimweh ergriffen. Nur Grite merkte von alledem nichts, sie ging hin und her, schaffte und hantierte, wie sie noch gestern im Tobelhof hantiert hatte, und fühlte sich schon heimisch.

Der Tobelhans sollte sich in Nesselbach nie zu Hause fühlen. Es gibt Bäume, die sich nicht verpflanzen lassen. Er hatte bis jetzt gewirtschaftet, wie er es von seinem Vater und Großvater gelernt hatte; im Dorf dagegen war man vorgeschrittener, man arbeitete mit ihm unvertrauten Geräten, mit Mähmaschinen, Heuwendern, Sämaschinen, und belächelte den altväterischen neuen Nachbar mit seiner vorsintflutlichen Schwester. Hans Schollenberger, der im Tobelhof so fest auf seinem Acker gestanden hatte, der immer genau gewußt hatte, was zu tun war und wie es zu tun war, kam sich hier als unanstelliger Lehrbube vor; er, der sich noch nie um die Meinung eines Nachbars hatte kümmern müssen, fand sich dem Lächeln und den Sticheleien des ganzen Dorfes preisgegeben.

Zu seinem Gut gehörte ein Stück Weinreben; er verstand vom Rebwerk nichts und überlegte, ob er es nicht fremden Händen anvertrauen sollte, obschon das seinem Stolz zugesetzt hätte. Aber Grite redete ihm das unwirsch aus dem Sinn, sie traue sich die Arbeit schon zu, habe den andern bereits einiges abgeguckt und werde damit fortfahren, er solle sie nur machen lassen. Er ließ ihr den Willen, und bald war sein Wingert eine Sehenswürdigkeit des Dorfes: einer machte den andern darauf aufmerksam, an Sonntagen lief das halbe Dorf hinaus, um das Wunder zu bestaunen, so viel war seit zehn Jahren im Dorfe nicht gelacht und gewitzelt worden. Grite erhielt den Kosenamen Reblaus.

Dazu kam der Kleinkrieg, der vom ersten Tage an gegen den Neueingesessenen geführt wurde, denn seine Verschlossenheit wurde als Stolz angesehen: rasche Nadelstiche, die im Vorbeigehen versetzt wurden, Teufeleien allerart, gegen die er sich nicht wehren konnte und die in ihm einen ohnmächtigen Groll entfachten, grobe Späße der Nachtbuben; die kränkten ihn in jeder Samstagnacht, warfen ihm den Stoßkarren in den Bach, legten den Kühen im Stall Maulkörbe an, hängten den altmodischen Pflug oder eine Egge an der Dorflinde auf, damit sich am Sonntagmorgen jedermann an ihrer ungewöhnlichen Art ergötzen könne, und was ihnen der Mutwillen sonst eingab.

Und das Gut selber: es blieb dem Tobelbauern fremd und unvertraut, immer verglich er es mit seiner Heimat, immer verlor Nesselbach dabei. Im Tobel hatte er jeden Stein und Zweig gekannt und der Hof ihn, wie es ihm schien. Alles Land, alle Bäume und Büsche hatten sich dort dienstbar und freundlich an ihn und seine Wohnstätte herangedrängt, wie die Herde an den Hirten; stand er auf dem Rain neben dem Hause, so konnte er alles in einer Wendung überschauen und auch den entlegensten Winkel mit den Augen grüßen. Wie anders in Nesselbach! Da waren die Wiesen und Äcker wie vom Wolfe auseinandergesprengt, als schmale, kaum geduldete Streifen zwischen feindliches Land eingezwängt, ohne Zusammenhang und Band, überall Marksteine, die wie Polizisten dastanden und Beachtung heischten. Das Haus stand an der Hintergasse, an ein anderes angelehnt, es hatte alle Freiheit und Selbständigkeit eingebüßt und duckte sich wie ein Knecht unter Knechten. Davor erhoben sich die hochmütigen Giebel der Hauptgasse und überwachten es mit scheelen Augen. Nein, der Tobelhans würde mit diesem Haus und diesen Feldern und dem, was daraufstand, nie Freundschaft schließen können, dazu war er zu alt. Jeder Tag, auch wenn er herzhaft begonnen hatte, ertrank in Mutlosigkeit.

Das Schlimmste aber war, daß der Tobelhans von seinen Kindern ganz im Stich gelassen wurde. Heinrich war im Heuet für ein paar Tage ins Dorf gekommen und dann nach einer heftigen Auseinandersetzung für immer gegangen, Pauline ließ sich nie mehr blicken, aus Furcht, festgehalten zu werden. Beide waren in der Stadt von der Liebe umstrickt worden, wie es bei jungen Leuten, die zwanzig Jahre in der Einsamkeit gelebt hatten und dann in ein großes Menschentreiben gerieten, notwendig sich ereignen mußte. Diese Liebesverhältnisse wogen alle Mahnungen des Vaters und alle Gewissensbisse hundertmal auf. So waren die beiden auf bestem Wege, für immer im niedrigen Stadtvolk unterzugehen, das keinen Fleck Erde sein eigen nennt, dessen Welt die Wirtsstube, die öde Mietwohnung und die Fabrik ausmachen.

Der Tobelhans und Grite mußten sich den Sommer über fast zu Tode mühen, ohne doch mit aller Arbeit rechtzeitig zu Rande zu kommen. Ein Knechtlein, das man angestellt hatte, war nach ein paar Wochen davongelaufen, weil ihm der Dienst zu streng gewesen.

Als sich dann im Herbst infolge der Überanstrengung bei Grite allerlei Gebresten einstellten, die ihre Gemütsart noch schartiger und kratziger machten, entschloß sich der Tobelhans, das Gut wieder zu verkaufen, um sich irgendwo ein kleineres zu erwerben. Grite hatte nach kurzem Sträuben ihre Einwilligung gegeben; nachdem sie erfahren hatte, daß sie unter dem Namen Reblaus im Dorf umgehe, hatte sie einen unversöhnlichen Haß auf alle ›Mölche‹ geworfen.

Erleichtert verließen die beiden Nesselbach und mieteten sich vorläufig in einem leeren, halb verlotterten Hause ihres Heimatdorfes ein. Grite ging gleich folgenden Tags von Haus zu Haus und sah sich nach Arbeit um: sie wollte, bis sie wieder etwas Eignes hätten, als Tagelöhnerin ihr Brot verdienen. Ihr Bruder dagegen verkroch sich in seiner Stube, als müßte er sich nach dem mißlungenen Versuch vor aller Welt schämen.

Wie er sich so zum Müßiggang verurteilt hatte, erwachte in ihm eine unsägliche Sehnsucht nach dem Tobelhof und nach dem früheren Leben; das Unrecht, das man ihm seiner Meinung nach zugefügt hatte, stellte sich riesengroß und immer schreiender vor ihm auf. Schon in Nesselbach waren seine Gedanken, sobald sie abkommen konnten, ins Tobel entflogen; jetzt, da ihm zum Sinnen unbeschränkte Zeit blieb, erschien ihm der Hof immer mehr in verklärtem Licht, wie in der Zauberbeleuchtung eines Traumes. Vom Morgen bis zum Abend und vom Abend bis zum Morgen wurde er zwischen Zorn und Sehnsucht hin und her getrieben, ohne daß er einen Ausweg zu finden vermochte. Stundenlang ging er in seiner Stube mit geballten Fäusten auf und ab und murmelte Selbstgespräche vor sich hin.

Er fühlte wohl, daß er dabei innerlich zernagt wurde, daß er nur noch der Schatten des alten Tobelhans war, aber er vermochte nichts dagegen zu tun. Auf Zureden der Schwester machte er ein paar Gänge, um ein neues Gütchen zu finden, dann gab er es auf; die Erfahrungen, die er in Nesselbach gemacht hatte, würden sich ja doch wiederholen, und einen Tobelhof würde er nie wiederfinden.

Einmal, als er es nicht mehr aushalten konnte, eilte er in die Stadt zu seinem Winkelagenten mit der Frage, ob denn gar nichts mehr zu machen sei. Er wußte ganz wohl, woran er war, aber er mußte wieder einmal sein Herz ausschütten, sich für einen Tag kopfüber in eine Selbsttäuschung hineinstürzen. Vom Anwalt ging er in ein Wirtshaus, in dem er früher beim Besuch der Viehmärkte einzukehren pflegte, er war sicher, dort ein paar Bauern und Fuhrleute anzutreffen, die geduldig genug waren, sein Unglück anzuhören, die bei seinen Reden unter ihren Schirmkappen und breiten Hüten hervor funkelnde Augen machten und mächtig ausspuckten, auch etwa mit den derben Fäusten auf den vom Bier klebrigen Tisch schlugen. Fast einem jeden von ihnen war auch schon einmal vom Staat oder Gericht irgendein Unrecht angetan worden, das nun hier beim Bier oder Branntwein und unter den Zornausbrüchen des ihnen als friedfertig bekannten Tobelbauern wieder in ihnen zu brodeln begann. Wie überheizte Öfen hockten sie da, und Hans Schollenberger tat es wohl, das Feuer in ihnen zu schüren und so seine eigene Glut zu entladen. Von da an fand er den Weg ins Wirtshaus öfter.

War er allein zu Hause oder lag er schlaflos im Bett, so haderte es beständig in seiner Brust, dunkle Pläne stiegen vor ihm auf, verbrecherische, staatsgefährliche Gedanken. Er hatte einst vom Bauernkrieg gehört, er hatte Bilder gesehen, auf denen ein ganzes Volk mit Sensen, Karsten und Heugabeln auszog, entschlossen, irgend etwas Ungerades wieder gerade zu machen. Warum taten sich die Bauern nicht wieder zusammen wie einst, um sich an den Herren zu rächen? Sie waren doch die Mehrheit! Manchmal sah er sich an der Spitze einer solchen Schar; er wußte genau, wohin er sie zu führen hatte, und es bereitete ihm eine Art Wonne, in die Bajonette zu rennen oder sich vom Militär niederschießen zu lassen, das war doch ein Ende ohne Erniedrigung! Oder es kam ihm der Wunsch, eine ungeheure Wassersnot möchte über das Land hereinbrechen, den Tobelhof mit allen, die dort am Werk waren, fortspülen, das ganze Tal verwüsten und ihn selber wegschwemmen. Zur Arbeit wurde er immer unfähiger; der Zahn, der an ihm nagte, trieb ihn her und hin und immer wieder zum Wein. Und da er in den guten Wirtschaften keinen Anklang fand und manchmal Spott und Zurechtweisungen einstecken mußte, schlich er schließlich wie ein Schelm in die schmutzigste Kneipe des Dorfes, wo er sich fern von richtenden Blicken in Wein und Lärm betäubte. Seine Gesellschaft bildeten ein paar armselige Dorflumpen mit verwüsteten Gesichtern und abgestumpften Blicken, mit verwilderten Haaren, in denen Heu- und Strohhalme vom Nachtlager hängengeblieben waren, in Kleidern, aus denen Knie und Ellbogen schauten. Sie hörten ihm für ein paar Schnäpse gerne zu, freuten sich über den neuen Bruder und begriffen nur nicht, daß einer mit ganzen Hosen sich zu ihnen setzte, und daß man beim Trinken so viel sprechen mochte.

Wenn der Tobelhans aus einem Rausch erwachte und seine Augen hell wurden, sah er seine Verkommenheit wohl ein, und dann legte sich das Heimweh nach seinem Hof und dem rechtschaffenen Leben mit doppeltem Gewicht auf ihn. Er hatte sich vorgenommen, den Tobelhof nicht mehr zu sehen; aber eines Tags, da ihm gar so elend zumute war, stieg er doch auf einem langen Umweg über den Berg in sein Paradies hinauf, allen Leuten aus dem Wege gehend, als hätte er ein Verbrechen vor. Als er aus dem Walde heraustrat und den Hof zu seinen Füßen in Sommersonne und Mittagsglanz sah, krampfte sich seine Brust so schmerzhaft zusammen, daß er niedersitzen mußte.

Im Hause hatten sich Italiener eingenistet, vor den Fenstern, auf dem Gartenzaun, dem Brunnenstock, dem Holunderbusch, überall hingen schmutzige Kleider, am Bach knieten zwei Weiber auf einem Brett und wuschen Hemden und Strümpfe von allen möglichen Farben, viele Fensterscheiben waren zerschlagen und die Öffnungen mit Papier verklebt, das Scheunentor war verschwunden, vielleicht auf dem Herd verbrannt worden, die Hofreite kotig wie eine Lehmgrube. Die Bäume seines Obstgartens waren verschwunden, und zwei Kerle mühten sich eben ab, den Nußbaum, die Zierde und den Stolz des Hofes, zu fällen; der Bauer hörte deutlich das Singen der langen Waldsäge im Stamm. Wie munter sie klang! Wollte sie ihm absichtlich wehe tun?

Lange sah der Tobelhans unverwandt auf den Hof hinab, bis es schließlich wie ein Traum über ihn kam und er von all dem Hantieren und Zerstören nichts mehr hörte. Nur das wohlbekannte Rauschen des tätigen Baches, das er unten im Dorf schon so oft vermißt hatte, hielt sein Ohr gefangen und plauschte und plauderte zu ihm. Da begann sich bei der sanften, eintönigen Musik das Tal mit Bildern zu füllen, alles, was Hans Schollenberger auf dem Hof einst erlebt, stieg farbig und lebendig aus dem Boden auf, seine sechzig Jahre zogen in unzusammenhängender Gestaltung wie windverwehte Stücke eines leuchtenden Regenbogens an seinem Auge vorüber. Was Glück ist, war ihm früher bei der Eintönigkeit seines Tagewerks und der Gleichförmigkeit seines Denkens und Fühlens nie recht zum Bewußtsein gekommen, jetzt entdeckte er mit verwunderten Augen, daß ihm einst wonnige, glückliche Zeiten beschieden waren. Seltsame, längst vergessene Erinnerungen wandelten leise über den Hof, legten sich in Wiese und Acker an die Sonne oder zogen sich in den Schatten der Erlenbüsche zurück. Dinge, die ihm früher nicht der Erwähnung wert geschienen, Nichtigkeiten und flüchtige Eindrücke hatten in irgendeinem Winkel seines Gedächtnisses geschlummert und geduldig auf die Zeit gewartet, da sie wieder ans Licht treten durften. Und nun waren sie da, wie farbige Kindermärchen:

Es war an einem Frühlingstag, Hans hatte als Knabe an der jungen Sonne gesessen und aus gelbem Lehm eine Stube und einen Stall mit Menschen und Kühen gebildet, während seine Mutter im nahen Acker arbeitete. Er fühlte die Sonnenstrahlen, die ihn vor bald sechzig Jahren umschmeichelt hatten, jetzt noch durch die Kleider dringen und ihn behaglich bis ins Mark der Knochen erwärmen; er fühlte den kühlen, feuchten Lehm an den Händen, sah ihn unter dem Druck der Finger Gestalt annehmen, bis dem Künstler auf einmal die freudige Erleuchtung kam, die zwei aneinandergeklebten Kügelchen von ungleicher Größe, die auf zwei festen Säulen standen, seien das Ebenbild seines Vaters. Mit welchem Stolz stellte er sein Kunstwerk zu den Kühen in den Stall! Er sah die Mutter auf seinen Ruf herbeikommen und sich lächelnd über ihn und sein Werk bücken, er hörte sie mit guter Stimme sagen: »Wenn du nun noch machen kannst, daß der Vater die Kühe an einen Strick nimmt und hinausführt, und daß die Kühe Milch geben und muh machen, so bist du ein großer Hexenmeister!« Drauf hatten sie einander mit glänzenden Augen angesehen und laut zusammen gelacht, und das Lachen der guten Frau, die sich auf dem Hof nie recht heimisch gefühlt hatte und nun längst zu Erde vermodert war, trieb dem alten Kerl beinahe das Wasser in die Augen. Und auf einmal wußte er auch wieder, wie es tat, wenn sie ihm mit der Hand durchs Haar fuhr, mit ihrer kleinen, von der Arbeit verunstalteten, rissigen Hand, die trotz ihrer Härte so weich streicheln konnte.

Dann schwebte ein Sonntagmorgen heran. Hans ritt auf dem Rücken eines gutmütigen Ochsen zwei-, dreimal ums Haus, vom Vater sorglich gehalten, und lachte halb vor Behagen, halb aus Verlegenheit, weil ihn auf seinem hohen Sitz doch etwas Furcht beschlich. Wie deutlich sah er den Tag vor sich: am Himmel weiße Wolken, deren Schatten für Augenblicke die Sonne aus dem Hof auslöschten; Mücken und Fliegen surrten in Schwärmen vom Boden auf, wenn der seltsame Reiter nahte, und brausten mit den Flügeln kräftig zusammen, von Sommer- und Lebenslust erfüllt, und über ihnen schaukelten sich und leuchteten ein paar Bläulinge. Im Brunnentrog glitzerte das Wasser, das von der Röhre hoch hineinfiel … Spatzen badeten sich im Staub und schlugen die Flügel. Sonst große Sonntagsstille auf dem Hof, nur hie und da das Klirren einer Pfanne aus der Küche und hinter dem Haus ein Hahnenschrei, der keck in den leuchtenden Sommertag fuhr, damit der Glanz auch Stimme hätte.

Das Leuchten ringsum weckte seine erste Kindererinnerung. Es war in der Zeit, da er kaum gehen konnte, er lag auf dem Rain im Schatten eines Schlehenbusches und war zum Überfluß noch von einem großen Schirm überdacht. Unten dehnte sich ein blühendes Lewatfeld aus, in dem Vater und Mutter gebückt standen und Unkraut ausjäteten. Das Bild des gelben glänzenden Ackers hatten seine Augen sechzig Jahre getreulich festgehalten. Warum? Es mußte ein freudiges Ereignis gewesen sein, denn Hans Schollenberger fühlte jetzt noch, wie damals etwas Weiches, sich leise Dehnendes ihm die Brust erfüllte. Hatte er unter dem Schlehenstrauch zum erstenmal Farbe empfunden? Hatte der mächtige Goldglanz seine schlummernde Seele geweckt? Er stellte die Frage nicht, er dachte den Erinnerungen überhaupt nicht nach, er gab sich nur dem wonnigen Gefühl hin, das ihn damals durchsonnte und das bis zur Stunde wunderbar in ihm geschlummert hatte.

Nach dem goldenen Tag fiel ihm ein roter ein. Es war viel später, er mochte zwölf oder dreizehn Jahre alt sein. Der Herbst lag in der Luft, und die Sonne hatte Mühe, tagsüber den schweren Tau vom Gras wegzutrinken. Der Buchenwald und alle Büsche und Hecken waren rot, das Laub der Birnbäume wie mit Wein übergossen, die Kirschbäume lodernde Flammen. Auf dem Hof war damals eine ganz junge Magd, kaum drei Jahre älter als Hans. Sie hieß Rosine und trug stets ein rotes Tuch um den Kopf. Rosine und Hans sollten Äpfel auflesen, die der Nebel in der Nacht vom Baume gelöst hatte. Hans hatte seinen nichtsnutzigen Tag und fand es bequem, das Bücken dem Mädchen zu überlassen, sich im Gras auszustrecken und an einem Apfel zu kauen. Rosine aber verstand es nicht so, und als er ihr gar auf ihre Ermahnung hin eine lange Nase machte und sie ein faules Maidlein nannte, fuhr sie zornig auf ihn los, um sich Achtung zu verschaffen. Er setzte sich zur Wehr und bemerkte bald zu seiner nicht geringen Verwunderung, daß er dem Mädchen gewachsen war. Sie hatten sich umschlungen und rangen miteinander, bis Rosine schließlich herausstieß, er solle aufhören, sie könne nicht mehr. Keuchend und erschlaffend beugte sie sich vornüber und lehnte den Kopf gegen seine Schulter. Er fühlte ihren Atem heiß und stoßweise an seinem Hals hinabstreichen und dachte: Sind die so schwach? Er wollte seinen Sieg ausnutzen, sie ins Gras werfen und dann recht tüchtig auslachen; aber wie er sie wieder fester fassen wollte, legte sie ihre Lippen behutsam, wie wenn er es nicht merken sollte, auf seinen Mund, küßte ihn leicht wie ein Windhauch und flüsterte: »Du Wüster!« Da ließ er sie los. Er wollte sie ausschelten, fand aber kein rechtes Wort dazu und wußte nur, daß er auf das freche Ding recht böse war. Schweigsam sammelten sie die Äpfel in den Korb und suchten dann die Erwachsenen auf.

Sie waren so fleißig und manierlich an jenem Tage, daß sie gelobt und zu weiterem Wohlverhalten ermuntert wurden. Von da an wichen sie sich aus, das Zusammensein war ihnen unbehaglich, sie konnten sich nicht mehr gerade in die Augen sehen, nicht mehr miteinander sprechen. Kein Zweifel, sie waren sich spinnefeind geworden. Als Rosine ein Jahr später den Dienst verließ, redete Hans sich ein, er sei froh, daß das einfältige Geschöpf fortgehe; aber er gewahrte plötzlich, daß der Hof seit ihrem Weggang ein andres Wesen angenommen hatte, und in der ersten Nacht fing er, ohne zu begreifen, wie es so kam, auf einmal so laut zu heulen an, daß die Mutter sich erhob und ängstlich fragte, was ihm sei. Er entschuldigte sich mit Zahnweh und nahm auf den Rat des Vaters, der auch erwacht war, einen tüchtigen Schluck Schnaps auf die Zähne, der ihm den Mund verbrannte und ihm so einen verständlichen Grund zum Weinen gab.

Nach der ersten Liebesmorgenröte kam in Wärme und Glanz die Liebessonne. Seine Frau saß vor ihm wie damals, als er sie fragte, ob sie bei ihm bleiben wollte. Auch sie war als Magd ins Haus gekommen, ein Kind armer Leute unten im Land. Es war an einem Sonntag zwischen der Heu- und Kornernte, sie saßen sich gegenüber am Bach im Schatten eines Haselnußstrauches. Er sah sie fast deutlicher als damals: sie hatte sich ein paar blaue Federn, die einem Häher aus dem Flügel gefallen waren, ins blonde Haar gesteckt. Sie war so zierlich und sauber wie eine dieser Federn. Als er ihre Hand ergriff und mühsam die schwere Frage vorbrachte, fing sie zu weinen an. Er wurde ganz verlegen und wollte sie aufrichten; da er keine Worte fand, streichelte er ihr das Haar. Sie ließ es ruhig geschehen und wurde still, sie war wie ein Kind. Dann sagte sie zu ihm: »Ich möchte schon bei dir bleiben, aber ich würde bald wieder gehen müssen; es vergeht keine Woche, daß ich nicht von einem Sarg oder von schwarzen Hirschen träume.« Er hätte, um ihre Bedenken zu verscheuchen, sie gern recht tüchtig ausgelacht, aber er vermochte es nicht, er glaubte an Träume wie sie. Zuletzt umschlang und küßte er sie, bis sie lächelte und er feuchte Augen hatte. Die langjährige Angst, für den Hof die rechte Bäuerin nicht zu finden, war nun von ihm genommen, das trieb ihm das Wasser in die Augen.

So drangen die Bilder auf den Tobelbauern ein, erst die kleinen, bedeutungslosen, die wie Schmetterlinge farbig und leicht und flüchtig heranschwebten, dann die großen, die Schicksale bedeuteten: ein Hochzeitszug, ein Tauffest, eine Gräbt, eine Wassersnot, die ihm sein drittes Kind fortschwemmte. Er verweilte bei allen mit Andacht, durchlebte, die ihm besonders lieb waren, zwei-, dreimal, und als ihm dann zu Sinn kam, daß man ihm seine Jugendwelt gestohlen hatte, daß er nun einen grauen runzligen Kopf habe und in seinen alten Tagen noch ins Trinken geraten sei und allen Stolz verloren habe, wurde ihm namenlos traurig zumute.

Den ganzen Tag verträumte er oben am Waldrand über seinem Hof. Als er sich erhob, um zu gehen, sprang ihm etwas Schwarzes aus dem Wald entgegen; es war seine Hauskatze. Sie war auf dem Hof geblieben, unter die Jäger gegangen und nährte sich nun vom Raub. Sie schoß ihm gegen die Beine, rieb sich Backen und Ohren an seinen Schuhen und Waden und schnurrte zufrieden dazu. Er streichelte sie und lobte ihre Treue und Anhänglichkeit, er fand sie aber verwildert und verwahrlost und redete sie freundlich und teilnehmend an: »Wir gleichen einander, wir sind die einzigen, die dem Hof Treue halten, aber es geht uns schlecht, wir sind heruntergekommen, wir sind Lumpen geworden. Das soll nun anders werden, Peter, komm mit mir, ich trag' dich ins Dorf hinab, ich kann dich wohl brauchen, wir können dann miteinander reden.«

Sie war nicht gleicher Meinung; als er sie fassen wollte, entwischte sie ihm und floh in den Wald. Sobald sie sich in Sicherheit fühlte, wendete sie sich mit schlauer Miene nochmals um und miaute freundlich, wie zur Entschuldigung. Dann verschwand sie im Gestrüpp. Ja, sie war ihm überlegen.

Von da an stieg der Tobelhans jeden Tag zu seinem Hof hinauf und ließ sich durch kein Wetter abhalten. Er verfolgte den Gang der Arbeiten oder saß sinnend hinter einem Busch oder Baum, wo ihn niemand beobachten konnte.

Mehr als zwei Jahre waren verstrichen, das Stauwerk war vollendet. Quer durch das Tobel zog sich eine breite Mauer, wie für die Ewigkeit zusammengefügt. Weiter unten, in die Schlucht verkrochen, stand das

Maschinenhaus, von dem eine schwarze dicke Eisenröhre zu der Mauer hinaufführte.

Das alte Wohnhaus war abgebrochen, ein paar Mauern und der Kachelofen waren allein davon übriggeblieben; nur den Brunnen hatte man verschont, weil man seiner bis zuletzt bedurfte.

»Morgen wird mit dem Stauen begonnen«, sagte der Ingenieur zum Tobelhans, »da werdet Ihr auch dabei sein wollen.«

Dem Bauern trat der Schweiß auf die Stirn: »Was fang' ich an, wenn der Hof nicht mehr da ist, da geht das Elend erst recht an!«

Das unfreiwillige Wort war nicht für den Ingenieur bestimmt, er gab aber doch eine Antwort darauf und meinte recht witzig zu sein: »Da könnt Ihr auf dem Hof baden, Schollenberger. Das habt Ihr noch nicht oft getan!«

Der Tobelhans war nicht zu Späßen aufgelegt, eine heiße Wut kam über ihn, und er schrie den Spötter an: »Oh, wenn nur mein Bach so wild werden könnte wie ich, dann würde er das Mäuerchen da wegspülen und einen Schelm dazu, dann könnt' ich wieder einmal lachen!«

Der Ingenieur lächelte ihn kalt an und sagte überlegen: »So steht doch zusammen, Ihr und Euer Bach, dann wird es wohl klecken!«

Hans Schollenberger suchte nach einer Abfertigung, aber er war zu zornig, um denken zu können; er kehrte dem andern den Rücken und schritt mit geballten Fäusten zu den Ruinen seines Hauses hinüber. Er arbeitete sich zur Stube durch, zum Ofen, der mitten im Schutte stand und ihn kläglich anschaute. Keine der grünen, zierlich gezeichneten Kacheln war ohne Schaden geblieben, die Messingknöpfe, die einst zu beiden Seiten an den Kanten emporstiegen, waren verschwunden, von Diebeshänden abgerissen, die vordere Fläche war eingedrückt, so daß die Rauchgänge, die sich im Innern kunstvoll verschlangen, bloßgelegt waren. Der Ofen glich einem aufgerissenen Tierleib. Der Bauer legte die Hände an die Kacheln, an denen er sich so oft gewärmt hatte, und redete den Ofen wie einen Freund an: »Armer Kerl, sie gehen schlimm mit uns um, sie haben uns die Brust zerrissen, es sieht drin wüst aus.«

Er verließ den Trümmerhaufen und ging zum Brunnen, der emsig wie sonst sein klares Wasser in den Steintrog goß, vergnügt dazu gurgelte und etwa im Übermut um sich spritzte. Der Bauer legte den Mund an die Röhre und trank einen starken Schluck; so gut hatte ihm das Wasser noch nie geschmeckt. »Du bist allzeit ein tugendhafter Brunnen gewesen«, sagte er, »von wie mancher Zunge hast du schon den Durst genommen! Nun hast du dein Werk getan, es wird nach dem Schollenberger keiner mehr von dir trinken. So tätig sein und nichts mehr tun dürfen!«

Langsam ging er weiter; er hatte sich vorgenommen, von jedem Acker und jeder Wiese Abschied zu nehmen, jedem wollte er noch ein freundliches Wort geben, danken für guten Ertrag und langjähriges Wohlverhalten, wie treue Knechte und Mägde wollte er sie entlassen. Es war Anfang Mai, die Wiesen blühten und glitzerten frühlingsfroh, im Baumgarten stand das Gras schon fußhoch, da und dort hatte es sich unter seiner eignen Schwere und Saftigkeit gelegt.

In acht Tagen könnte man den ersten Schnitt mähen, dachte Hans Schollenberger, und nun muß das gute junge Gras im Wasser ertrinken, ohne daß ich ihm helfen kann. Jedes Blatt, jede Blüte, jede Wurzel muß sterben, sterben wie ein Mensch. So fiel es dem Bauern ein, und er überschaute die weiten Flächen und überlegte, wieviel Arbeit der Tod da habe.

Was für merkwürdige Gedanken einem kommen können, dachte er.

Er kam an den Bach, wo ein von Bienen umschwärmter Schwarzdornbusch wie mit Schnee behangen über das Ufer ragte. Früher hatte er ihn kaum je beachtet, jetzt heftete sich sein Blick darauf, und er murmelte vor sich hin: »Auch der soll ersaufen.« Er zog sein grobes Sackmesser aus der Tasche und schnitt ihn über den Wurzeln ab; so habe er einen leichteren Tod, meinte er. Hätte er eine Sense zur Hand gehabt, er würde dem Gras den gleichen Liebesdienst erwiesen haben.

Im Bach sah er ein paar Forellen pfeilschnell durch das Wasser schießen und sich unter der Böschung verbergen. »Versteckt euch nicht«, rief er ihnen zu, »ihr seid jetzt die Meister hier! Wenn ich das Wasser ertrüge wie ihr, es sollte mich keiner vom Tobelhof vertreiben.«

Die Nacht sank herab, als er allen seinen Feldern Lebewohl gesagt hatte. Gesenkten Hauptes machte er sich endlich davon, er hatte noch keinen schwereren Tag erlebt. Unten an der Mauer stieß er auf den Ingenieur, dessen Anblick ihm wieder die Galle auf die Zunge trieb, und er fragte ihn bissig, ob er die Fische auch ersäufen wolle. »Nein, nur Eure Grillen, Bauer«, gab der andre schlagfertig zurück und behielt wie immer das letzte Wort.

Vor Tagesgrauen trieb es den Tobelhans wieder hinaus und hinauf, wie es einen Sohn an das Sterbebett seines Vaters treibt. Er mußte seinen Hof sterben sehen.

Alles war noch in Ruhe, nur die Vögel sangen rings in Busch und Wald und erfüllten das ganze Tal mit ihrer ahnungslosen Lust. Eine Lerche stieg aus einem wüsten Acker hoch in die Luft, bis sie ins Sonnenlicht emportauchte, das oben schon durch den Äther flutete, aber noch nicht in die Schlucht eindrang.

Sie hat ihr Nest im Acker, dachte der Bauer und ging behutsam suchend auf dem Felde her und hin. Auf einmal schwirrte es vor seinen Füßen auf, es mußte das Weibchen sein, das auf der Brut gesessen hatte. Wirklich, unter einem Grasbusch lagen fünf nackte Vögelchen, die ihre Schalen kaum einen Tag verlassen hatten. Was sollte er damit anfangen? Das ist ein kurzes Leben, überlegte er, und etwas empörte sich in ihm.

Er löste das Nest sorgsam vom Boden los und bettete es, von den Alten verfolgt, oben am Wald ins Gras. Da erinnerte er sich, daß die Vögel sich um eine Brut, die durch Menschenhände versetzt worden ist, nicht mehr kümmern, und er dachte: Nun werden sie verhungern; das ist schlimmer als ertrinken, wozu wollen wir auch immer den Herrgott spielen!

Die Arbeiter kamen aus ihren Bretterhütten hervor und schlossen den Tiefablauf des Baches. Nun ging das Sterben an. Der Tobelbauer setzte sich beklommen auf den Rain, an den sich seine erste Jugenderinnerung knüpfte. Von dort aus konnte er alles übersehen. Auf der Staumauer hockten oder lagen einige Italiener und sangen ein Lied mit lang ausgehaltenen Schlußtönen. Es klang wie ein Grabgesang über den Hof.

Beim Tiefablauf bildete sich ein Teich, der langsam wie eine Schnecke mit ihren Hörnchen an der Staumauer hinauftastete und mit dem Hinterteil behutsam in das Bachbett zurückschlich. Allmählich brach das Wasser da und dort über das Ufer und stahl sich in Wiesen und Felder hinein.

Das wird ein langes Sterben, sagte sich der Tobelhans, der ein viel rascheres Anschwellen erwartet hatte, aber ich bleibe bei dir, mein guter Hof, bis es vorüber ist.

Den ganzen Tag saß er auf dem Rain und sah ein Stück Land nach dem andern in die Flut versinken. Schlich das Wasser in eine Wiese hinein, so grünte und blühte sie im Sonnenschein eine Weile noch üppiger und freudiger als zuvor, in Glück und Wohlergehen glänzte sie auf und hielt den Tod für einen Freund. Aber im Gras verborgen stieg das Wasser immer höher und höher, an Blättern, Stengeln und Halmen zu den Blütenkronen hinan, und dann kam die Tücke zum Vorschein: auf einmal war es aus, die Blüten- und Farbenpracht zum grauen Sumpf geworden, der Tod Herr des Angers geblieben. In den Glocken der Blumen ließen sich Käfer und trunkene Bienen und Hummeln fangen und erstickten. Über das Wasser schwebten weiße, braune und gelbe Schmetterlinge, setzten sich auf einen Halm, der noch hervorragte, und schienen sorglos aus der Todesflut zu trinken. Dann flogen sie plötzlich auf und davon, wie von einem Schauder erfaßt.

Gegen Abend geschah etwas Seltsames. Das Wasser hatte die Matte erreicht, die sich unten am Rain ausdehnte. Auf einmal wurde der Bauer durch eine rasche Bewegung aus seiner ruhigen Betrachtung herausgerissen, und als er schärfer hinsah, war es eine Maus, die ängstlich auf ihn zulief, bei seinem Anblick in noch größeren Schrecken geriet und wie ein Pfeil an ihm vorbeischoß. Hinter ihr brach eine ganze Schar aus dem Grase hervor und floß wie eine braune Welle den Rain hinauf, um sich in den Schollen des Ackerlandes zu verlieren.

Aufmerksam geworden, bemerkte der Bauer nun auch anderes Getier. Ein Maulwurf vergrub sich, kaum der Flut entronnen, vor seinen Füßen pfeilschnell wieder in den Boden, während eine Blindschleiche und zwei Eidechsen weniger wasserscheu schienen, sich langsam verdrängen ließen und immer wieder zurückstrebten, als zöge der Sumpf und der Tod sie an. Ein Wiesel rettete sich in das Gemäuer des Hauses; es streckte neugierig bald da, bald dort den beweglichen Kopf mit den schwarzen Augen zwischen den Steinen hervor, bis es plötzlich in weitem Sprung herausfuhr. Mit einer Maus im Maul kehrte es zurück und verschwand dann für immer.

Auf das größere Getier folgte das kleine. Schwärme von Heuschrecken, in die sich ein paar Grillen mischten, sprangen lustig vorüber, die Flucht schien ihnen ein Spiel; wie hätte das Wasser ihren Sprüngen folgen können? Einige von ihnen verzögerten sich und nagten, die Gefahr verachtend, an einem fetten Blatt oder Kraut. Anders war es den Goldkäfern zumute. Sie waren zu Tode erschreckt und krabbelten mit ängstlicher Eile der Höhe zu, jedes Hindernis vermehrte die Angst in ihren Augen und Bewegungen. Mit ihnen wetteiferten rote und schwarze Ameisen; viele von ihnen kletterten auf Grashalme und glaubten sich so für immer geborgen.

Der Bauer empfand Lust, sie von dort zu vertreiben, aber er dachte: Wir Menschen retten uns ja auch manchmal auf einen Halm und dünken uns klug. Ich will nicht wieder den Herrgott spielen.

Alles, was im Grase oder im Boden versteckt gewesen und gehaust hatte, verließ den untergehenden Hof, alle Kraft und Anstrengung auf das Leben gerichtet. Nur ein paar Singvögel flatterten klagend über die Wasserfläche, unter der ihre Brut lag, und schienen eher zum Sterben als zum Leben hingezogen.

Während Hans Schollenberger all die Not und all die Leidensgefährten teilnehmend betrachtete, schlängelten sich zwei große Ringelnattern hintereinander heran, betrachteten ihn einen Augenblick mit ihren mißtrauischen kalten Augen, wie wenn sie in ihm den Urheber der Sündflut vermuteten, und kehrten dann scheu zum Wasser zurück, durch das sie behende mit erhobenem Kopf davonschwammen. Ihre blauen Schuppen schillerten im Wasser.

Bei ihrem Blick war dem Bauern unheimlich geworden, und es erfaßte ihn inmitten des schleichenden, krabbelnden, geängstigten Ungeziefers etwas wie eine abergläubische Furcht und ein Grausen. War er nicht der Schutzherr all dieser Geschöpfe gewesen, ihr Ernährer und Freund? Jetzt hatte er sie verkauft, heimatlos gemacht oder dem Tode überliefert, und er fühlte, daß sie ihm nun verfeindet waren, ihn als einen Verräter haßten.

Er stieg etwas weiter hinauf zu den Trümmern seines Hauses und legte sich, als die Dunkelheit hereingebrochen war, auf den Ofen, wie früher an kalten Winterabenden.

Er wollte sich zum Schlaf zwingen, um für einige Stunden Ruhe zu haben; aber da sah er mit geschlossenen Augen den bösen Blick der Nattern wieder, und wieder erfaßte ihn das abergläubische Grauen. Hausten nicht auch in diesem Gemäuer Geister, die einst gut und freundlich gewesen, jetzt aber rachsüchtig sein mußten, weil sie durch ihn ihre Ruhestätte verloren hatten? Seine Eltern und Großeltern, seine Frau und Ida, das ertrunkene Kind, schauten ihn aus dem Schutt traurig und vorwurfsvoll, fast bedrohlich an.

Ihre Bilder hatten nach ihrem leiblichen Tode im Hause weitergelebt, so hatte es ihm immer geschienen; wo sollten sie nun hingehen? Es blieb ihnen keine Ruhestätte mehr als das Grab, der öde Kirchhof, wo die Abgeschiedenen neben- und übereinander liegen, wie geklaftertes

Holz. Und sie hatten den Hof so geliebt! Ihr ganzes Leben hatte ihm gegolten.

Hans Schollenberger richtete sich auf dem Ofen in die Höhe und sah um sich; er faßte jedes Ding scharf ins Auge, damit ihm die Gespensterfurcht vergehe, die ihm heimlich anfing die Haare zu Berge zu stellen. Da ging eben der Mond auf und spiegelte sich zum erstenmal in dem werdenden See. Der Anblick war für den Bauern so seltsam, neu und unfaßlich, daß ihm die Augen feucht wurden. Eine größere Rührung hatte er selbst an der Leiche seiner Frau nicht empfunden.

Wie er so saß und dem Mond zusah, der sein bleiches Gesicht im Wasser badete, berührte ihm etwas leicht den Rücken. Ihn schauderte, er erwartete nichts anderes, als es werde ihn eine Geisterfaust im Nacken fassen und schütteln, ihm das Genick mit einem heftigen Ruck brechen. Da schlich es ihm vor die Augen, es war Peter, die Katze. Ein freudiger Ausruf entsprang seinen Lippen, nun war er nicht mehr allein, Geister überfallen nur die Einsamen. Er faßte das Tier mit kindlicher Freude und streichelte es, er nannte es seinen Freund und wußte, daß er von nun an kein lieberes Wesen mehr auf der Welt hatte. Er streckte sich wieder müde auf dem Ofen aus, öffnete vorn seinen Kittel und bereitete der Katze auf seiner Brust ein geschütztes Lager, sie sollte es warm haben in dieser traurigen Nacht. Dafür sollte sie ihn aber auch vor den Geistern und bösen Gedanken schützen. Bald darauf schlief er ein.

Gegen Morgen kam ein Traum über ihn. Er sah seinen Vater und seinen Großvater unten am Bach auf dem Kies liegen, lang hingestreckt. Wie er sie anschaute und anreden wollte, verwandelten sie sich in Fische, in riesige Forellen mit glänzenden Schuppen und blutroten Punkten, aber mit menschlichen großen Augen, die von Zeit zu Zeit sich auf ihn richteten und mit den Wimpern schlugen. Sie schwammen in einem Tümpel umher, zogen verschlungene Kreise um sich und funkelten jedesmal in der Sonne, wenn sie sich auf die Seite drehten.

Der Vater, der die glänzenderen Augen hatte, schwamm näher zu ihm heran und flüsterte wie ein Wässerlein, das über Kiesel rieselt: »Du mußt ein Fisch werden, Hansli, da ist man vor dem Ertrinken sicher!« Es war die Stimme aus der fernen Kindheit. Und während der Vater das sagte, sprang er in großem, freudigen Schwung über das Wasser empor und wurde, wie er so flog, zu einem prächtigen Regenbogen, unter dem der Großvater langsam und selig dahinschwamm und leuchtende Kreise durchs Wasser zog. Der Anblick war unsagbar wonnig!

Da aber schlich eine Natter mit kalten, verschmitzten Augen heran, legte sich Hans Schollenberger um den Hals und zog so kräftig zu, daß ihm der Atem stockte. Er wachte jäh auf, griff nach dem Hals und gewahrte, daß sich die Katze unter seinen Bart gelegt hatte. Er schleuderte sie weit von sich, von Entsetzen erfaßt. Wie ihm dann die Überlegung kam, bereute er sein rasches Tun und rief sie bei ihrem Namen. Der Ruf lockte sie wieder aus dem Winkel hervor, in den sie sich verkrochen hatte, aber sie grollte. Trotzig setzte sie sich auf eine Mauer und ließ sich nicht bewegen, näherzukommen; das Mondlicht leuchtete grün aus ihren weitgeöffneten, zornigen Augen zurück.

Langsam füllte sich das Wasserbecken, langsam ertrank der Hof. Der Bauer stand auf seinem Boden, bis ihn die steigende Flut vertrieb. Jedem Fleck Erde wollte er in dem Augenblick, da das Wasser sich darüber schloß, den letzten Gruß geben. Er knurrte und haderte nun nicht mehr, er wachte ja bei einem Sterbenden, da galt es, mitzuleiden und gute Gedanken zu fassen. Fast alle Arbeiter waren abgezogen; der Ingenieur, der nicht mehr viel zu tun hatte und sich langweilte, gesellte sich zuweilen zum Tobelhans, dessen Seelennot er allmählich begriff. Er schalt ihn mit gutgemeinten Worten aus, er redete ihm zu, er solle doch den Hof verlassen, das Stauen könne wochen-, monatelang dauern, bei dem unvernünftigen Abwarten werde er noch vollends von Sinnen kommen. Der Tobelhans hörte ihn an und ging dann wortlos dem Rande des Wassers entlang oder sah der Katze zu, die fliehendes Ungeziefer abfing und damit spielte. Sie hatte eine kurzweilige Zeit und ließ den Meister um ihre Gunst werben.

Aber die Tage verstrichen, ohne daß das Wasser große Fortschritte machte, denn das Becken weitete sich nach oben mächtig. Schon war eine Woche verstrichen, und noch stand die Hausruine im Trocknen. Der Bauer hatte die Mundvorräte, mit denen er sich versorgt hatte, aufgezehrt, und der Hunger bohrte in seinem Magen und begehrte auf. Der Ingenieur oder der Maschinenmeister hätten gern ihren Imbiß mit ihm geteilt, aber er war zu stolz, um etwas von ihnen anzunehmen; ins Dorf hinabsteigen wollte er auch nicht, das verbot ihm sein Eigensinn, er hatte sich ja versprochen, beim Hofe bis zuletzt auszuharren. Am siebenten Tage war es drückend heiß geworden, zum Hunger gesellte sich ein unbändiger Durst, und das Wasser, in den leeren Magen getrunken, verursachte Übelkeit. Hinter dem Walde hatte die Hitze eine mächtige Wolke aufgetrieben, die wie ein Schneeberg hoch ins Tal hineinschaute, dann zusammenstürzte und sich schwarz färbte. Es war ein Gewitter im Anzuge, schon rollte es dumpf hinter dem Bergkamm.

Da kam die Feigheit über den Tobelhans. Wo sollte er sich vor dem Gewitter schützen? Wo die Regennacht zubringen? Wie sollte er dem Hunger noch länger widerstehen? Er hatte in seinem ganzen Leben nie länger als ein paar Stunden gehungert.

»Ich gehe ins Dorf«, sagte er, sein Gewissen beschwichtigend, »ich verbringe dort die Nacht und bin am Morgen mit allem versehen wieder da. Vor höherer Gewalt hat kein Versprechen Halt.«

Als er bei strömendem Regen nach Hause kam, empfing ihn die Schwester mit unfreundlichen Blicken und zänkischen Worten; denn sie wußte nicht, wo er die ganze Zeit gewesen war, und hätte bald angenommen, es sei ihm etwas zugestoßen. Die Unruhe, die sie ausgestanden hatte, ließ sie nun an ihm aus. Mißmutig trat Hans wieder in den Regen hinaus und ging auf dem kürzesten Wege ins Wirtshaus. Er aß sich satt und betrank sich dann so sinnlos, daß er erst nach drei Tagen wieder ins Tobel zurückkehren konnte.

Mit wüstem Kopf und schlechtem Gewissen, mit Ekel vor sich selber erfüllt stieg er hinauf. Wie durfte er dem Sterbenden entgegentreten?

Als er ankam, war das Becken gefüllt; eine gelbe Wasserfläche, auf der Äste und Baumstrünke schwammen, lag wüst über dem ganzen Hof, die schweren Gewitterregen der letzten Tage hatten den Bach wild gemacht und hohe Schlammfluten in den neuen See geworfen. Vom Haus, von den Feldern und Wiesen war nichts mehr zu sehen, das war alles klaftertief ertrunken.

»Nun hab' ich ihn in seiner letzten Not doch noch verlassen, ich Saufaus!« knirschte der Bauer, als er erstaunt und traurig über das Wasser blickte. »Ich bin ein verkommener Tropf.«

Er ging dem Ufer entlang und stieß auf die Katze, die bekümmert auf ihn zukam und sich streicheln ließ. Ihre gute Zeit war vorbei, da und dort schwamm eine ertrunkene Maus oder ein Maulwurf auf dem Wasser oder lag, von Fliegen umschwärmt, am Ufer; das war alles, was von der jagdherrlichen Zeit übriggeblieben war. Hans Schollenberger deutete ihre Trauer anders und sagte, indem er sich zu ihr hinabbückte und ihr mit der Hand den Rücken streichelte: »Gelt, das ist ein Schauen! Du bist treuer als ich, du allein hast ausgehalten, das will ich an dir gutmachen. Ich habe für niemand mehr zu sorgen als für dich, die

Kinder wollen nichts mehr von mir, und Grite braucht mich nicht, du aber hast mich nötig, du mußt wieder eine Heimat haben.«

Er nahm Peter auf den Arm und stieg, seinen Stolz überwindend, zum Maschinenhaus hinab. Dort fragte er, ob nicht für ihn und das Tier ein Stübchen übrig wäre, er wolle hier bleiben, bis sich das Wasser geklärt habe, es nehme ihn wunder, wie der See dann aussehe. Wie war er froh, daß sich ein unbenutzter Winkel fand!

Er verließ den See nicht mehr, stundenlang, halbe Tage lang saß er am Ufer und spähte in die Tiefe. Das Wasser klärte sich allmählich, das gelbe Schlammbecken wurde zum blauen Spiegel, in dem sich der Hügel und der Wald bis zum letzten Zweig und Wipfel abmalten, in dessen Tiefe weiße Wolken flossen und Weihe ihre stillen Kreise zogen. Dann und wann stiegen Luftblasen aus der Tiefe auf und platzten an der Oberfläche. Und mitten in diesen bunten wechselnden Bildern ahnte der Blick gelbgefärbtes Mauerwerk, Büsche, die noch in Laub und Blust standen und sich schwer behangen zum Boden neigten. Wiesen, die noch mit dem Tode rangen und aus dem Schlamm Halme und Blattspitzen verzweifelt hinauf zu dem entrückten Lichte streckten. Auch der Steg, der das alte Bachbett überbrückte, war noch zu sehen. Wer mochte ihn gehen? Wolkenbilder? Wassergeister? Die alten Tobelhofbauern?

Dann und wann sprang ein Fisch aus der Flut empor, blitzte in der Sonne auf und warf einen Ring auf das Wasser, der bis zu den Ufern hinüberwuchs. Dann dachte der Bauer an seinen Vater und Großvater, die als Forellen in der Tiefe hausten und im Mondlicht goldene Bänder nach sich schleiften. Und es überfiel ihn eine große Traurigkeit und Sehnsucht nach den Tiefen, wo die Fische über seine Wiesen glitten oder von seinem guten Brunnen tranken. Wie mußte ihnen das Quellwasser schmecken mitten im See! Er sah sie mit ihren Mäulern gegen die Röhre stoßen, sich um den kühlen, schmackhaften Trank zanken und dann sich in neckischem Spiel verfolgen und tummeln.

Nach einiger Zeit wurde ein Kahn angeschafft, in dem ein Arbeiter vom Bach hereingeschwemmte Waldtrümmer, Wurzeln, Stämme, Äste herausfischte. Der Tobelhans erbot sich, ihm zu helfen, und guckte ihm das Rudern ab. Von da an sah man ihn oft an sonnigen Sommertagen mit eingelegten Rudern auf dem Wasser treiben, den Blick unverwandt in die Tiefe gerichtet, wo sein ganzer Lebensinhalt zwischen zitternden Spiegelbildern lag. Manchmal hatte er die Katze bei sich; sie saß auf dem breiten Hinterteil des Schiffchens und ließ sich das Fell von der Sonne erwärmen; zuweilen blickte sie, ein paar Minuten lang ihren Meister nachahmend, über den Rand ins Wasser und fuhr dann plötzlich, wie von Angst erfaßt, zurück.

Es war ein ununterbrochenes Traumleben, das der Bauer nun führte, keinen ließ er in sich hineinsehen, nichts trat ihm von seinem Innenleben über die Lippen, keine Klage, kein Vorwurf, kein Wort der Trauer oder der Sehnsucht. Nur an einem Herbsttage packte ihn das Leben noch einmal an und griff ihm tief in die Seele. Er hatte seit ein paar Tagen seine Katze vermißt und sie im Walde ringsum gesucht. Umsonst. Da, wie er früh am Morgen im Kahn über den See fuhr, sah er etwas Dunkles an der Oberfläche des Wassers treiben, und als er näher zusah, war es Peter. Die Jagd war vor einigen Tagen eröffnet worden. Ein Jäger hatte das Tier im Walde angetroffen, als Wilddieb erkannt und jagdrechtlich erschossen.

Nun war Hans Schollenberger ganz allein. Er zog seinen Freund aus dem Wasser und begrub ihn oben am Waldrand, dort, wo sie einander zum erstenmal als Heimatlose begegnet waren. Am Abend kehrte er nicht in seine Kammer zurück, und als der Maschinenmeister am Morgen nach der Schleuse sah, entdeckte er mitten auf dem Wasser den leeren Kahn, von braunem Laub umspielt, das der Herbstwind in der Nacht auf den See gestreut hatte. Der Tobelhans lag unten auf seinem Hof dicht neben dem Brunnen. Der Grund, aus dem er gewachsen war, hatte ihn heimgelockt.

Aus der Tiefe der Waldschlucht aber klingt nun Tag und Nacht eine wuchtige Weise, die Schlucht ist ein Riesenmund, der sein Lied in die Welt summt. Von weitem hört es der Wanderer, und der Wald singt mit. Es tönt fast übermenschlich, und wer es vernimmt, weiß, daß etwas Gewaltiges sich dort dreht und wälzt und schwingt. Es ist das Lied unsrer Zeit. Die alten Mühlen, ja die Sturzbäche verstummen davor, alle die alten festlichen Winkel ziehen ein Arbeitskleid an oder verschwinden wie der Tobelhof.

Doch wer weiß: Wenn einmal die Werke unsrer Zeit alt geworden sind und ein neuer Geist sie verdrängt, liegt vielleicht auch über ihnen der verklärende Glanz der Dichtersonne.

Man muß klug sein

Daß man klug sein müsse, hat sich keiner öfter gefragt als der Knecht Kilian Kramer. Zerriß er sich den Kittel an einem Nagel, hieb er sich mit dem Beil ins Knie, schnitt er sich an der Sense, klemmte er sich die Finger an einer Türe, quetschte ihm ein Wagenrad den Fuß, so betrachtete er den Schaden immer mit großen, verwunderten Augen und sagte wie unter dem Eindruck einer plötzlichen Erleuchtung: »Da muß man klug sein.« Und das Wort kam seltsam aus seinem Munde. Er stammte vom Irchel her, wo die Leute das ›l‹ mit besonderer Sorgfalt und Kunst bilden, zweimal im Munde herumdrehen und mit einer wunderlichen Bewegung der Zunge wie einen Ball an den Gaumen hinaufschnellen. So klang sein »kllug« viel klüger und runder und vollkommener als das anderer Leute, und wer den Ausspruch zum erstenmal von ihm hörte, sagte sich: »Der Kilian ist mehr als seine Kleider scheinen, er zieht aus allem, selbst dem Ungereimtesten, Klugheit und so muß es ihm doch schließlich zum Besten geraten.« Das war ein Irrtum. Die Klugheit war wohl auf seiner Zunge, nicht aber in seinem Tun und Gehaben, wie hätte ihm da das Glück begegnen sollen? So war es sein ganzes Leben lang gewesen.

Er hatte in Gräslikon von seinem Vater ein verschuldetes Gütchen geerbt, hatte die Margret Ruf geheiratet und treulich und seiner Meinung nach »kllug« mit ihr gewirtschaftet, bis er Haus und Hof nicht mehr halten konnte und verkaufen mußte. Das war vor zwanzig Jahren gewesen. Seither hatte seine Margret in Gräslikon als Magd und er in Binzwil, vier Stunden von ihr entfernt, als Knecht gedient. Es hatte sich nicht anders fügen wollen. Die beiden sahen sich im Jahr nur einmal, um Michaelis, wenn die strengste Sommerarbeit getan war und sie ihren Jahreslohn empfangen hatten. Da zog der Kilian früh am Morgen sein schwarzes Tuchkleid an, das nämliche, das er sich zur Hochzeit hatte machen lassen und das er nur dieses eine Mal im Jahre trug, und schritt dann, den Herrgott und seine Margret im Sinn, recht feierlich und gesammelt über Land nach Gräslikon, wo ihn seine Frau, ebenfalls im Sonntagsstaat, erwartete. Bei gutem Wetter kam sie ihm wohl auch ein Viertelstündchen entgegen. Denn die beiden waren durch das viele Unglück, die lange unfreiwillige Trennung und das Zutun der lieben Mitmenschen immer fester miteinander verbunden worden. Wie

Brautleute sehnten sie sich nacheinander. Der Margret pochte das Herz bis in die Schläfen, wenn sie ihren Kilian auf der Landstraße auftauchen sah, und er streckte, sobald er Gräslikoner Boden unter den Füßen fühlte, seine Schritte derart, daß ihm der Schweiß auf die Stirne trat. Waren sie beieinander, so hatten sie sich freilich nicht viel zu sagen. Ihre Welt ging nicht über das hinaus, was man mit einem Feldgerät erreichen kann, und ihre Zungen zu üben hatten sie wenig Gelegenheit. Sie verbrachten die paar Stunden, die ihnen geschenkt waren, meistens im Schatten eines Holunderbusches, wo sie ihr verlorenes Gütchen leicht überblicken konnten, ohne von den Leuten gesehen zu werden. Da saßen sie dann in seltsamer Stimmung. Es war nicht etwa, wie man meinen könnte, Neid gegen den neuen Besitzer oder Groll gegen ihr Schicksal, was da in ihnen aufstieg, sondern ein weicher Nachklang jener kurzen, wie ihnen jetzt schien, guten Zeit, jener fernen Tage, die wie ein verblassendes Abendrot zu ihnen herüberleuchteten. Da unterbrach Margret etwa das Schweigen, indem sie sagte: »Es war damals doch schön, Kilian!« und er erwiderte in seinem trockenen Ton: »Ja, schön«, und dabei lächelten sich die beiden mit ihren ernsten sonnverbrannten Gesichtern einen Augenblick freundlich an. Sie fühlten ihr gegenwärtiges und vergangenes Elend in diesen Stunden nicht, dazu hatten sie den langen, öden Rest des Jahres; sie empfanden nur, daß sie sich nahe waren, und es ein besonderer Tag war. »Ob wir's wieder zu einem Gütchen bringen?« wagte Margret einmal an einem solchen Feiertage zu fragen. Schüchtern, verschämt kam ihr das Wort über die Lippen. Er wurde nachdenklich und meinte zögernd und wie aus einer langen Ruhe aufgeschreckt: »Ja, kaufen könnten wir schon eins, aber ob wir's zu halten vermöchten? – Da muß man klug sein!« Um ihm Mut einzuflößen, zog sie statt aller Antwort ein aus Zwilch genähtes Säckchen aus ihrer Tasche und schüttete den Inhalt, grobe Silber- und einige Goldmünzen, in ihre Schürze aus. Kilian legte wortlos ein Sparheft und seinen neuen Jahreslohn dazu, worauf sie sich daran machten, zusammenzuzählen und auszurechnen, was sie die zwanzig Jahre mühselig wieder zusammengerackert hatten. Diese Abrechnung wurde von ihnen jedes Jahr in gleicher Weise vorgenommen und bildete immer den Höhepunkt ihrer Zusammenkunft, darauf freuten sie sich ein halbes Jahr zum voraus.

»Es wächst doch nach und nach«, sagte sie mit einigem Stolz, »ist es für eine Anzahlung noch nicht genug?« Er überlegte und zog seine

Brauen zusammen: »Es sitzt mancher auf einem Hof und hat nicht viel mehr daran gegeben, als wir es könnten; ich will von nun an die Augen auftun, vielleicht finde ich etwas Passendes für uns. Freilich, wenn es ginge, wie das erstemal, dann wär' all das schöne Geld verloren und es möchte uns schwer fallen, wieder von vorn anzufangen.« Ihm bangte vor der Verantwortlichkeit; sie dagegen hatte mehr Wagemut und meinte, sie hätten in den vielen Jahren manches gelernt, so schlimm wie das erstemal würde es auf keinen Fall enden. Übrigens rückten sie jetzt beide den Fünfzigen zu, da sei es für sie höchste Zeit, ernstlich an ein eignes Heimwesen zu denken. Er, um sie bei gutem Mut zu erhalten, nickte ihr ernst und bestimmt zu und sann nach, wie es wohl werden möchte. Und seltsam, es tauchte dabei in seinem armen Geiste ein Luftschlößchen oder doch ein Luftbauernhäuschen auf, ganz ins Grüne gestellt, von saftigen Wiesen und Obstbäumen umgeben und von Wein umrankt. Und er stand davor und schaute in die Stube, wo die Margret hantierte und dabei ein Liedchen sang, wie sie es in der ersten Zeit manchmal getan hatte. Er war ganz in die Betrachtung des lieblichen Bildes verloren, in den Traum, den er sich selber wohl nicht zugetraut hatte, als ihn ein Gruß störte, der ihnen über ein paar Äcker weg zugerufen wurde. Es war Margrets Bauer, der nach seinen Weißrüben sah. Das brachte die beiden auf andere Gedanken, und sie fingen an von ihren Meistern zu sprechen. Margret war mit dem ihrigen zufrieden, als anstelliger Mann kam er vorwärts, und zog, wie sie ausrechnete, aus dem Stall allein jährlich mehr als den Zins. Kilian konnte so Erfreuliches von dem seinigen, dem Schmiedjokeb in Binzwil, nicht berichten. Seit ihm die Frau gestorben, wollte ihm nichts mehr zum Vorteil geraten, es war, als hätte sie allen Segen mit ins Grab genommen. In der Schmiede hatte er fast keine Arbeit mehr, ganz Binzwil lief einem jungen Menschen zu, der vor einigen Jahren von der Wanderschaft zurückgekehrt war und nun in Wirtshäusern und wo er sonst mit Leuten zusammentraf, seine Arbeit und Kunstfertigkeit, seine neuen Pflüge und verbesserten Wagenbremsen, seine unvergleichlichen Äxte, Karste und Spaten mit hochdeutschen Brocken anpries. Das kleine Gut, das zu Jokebs Schmiede gehörte, warf auch nicht viel ab, obschon Kilian, was er nachdrücklich hervorhob, Tag und Nacht dran war, wie das Wasser an der Mühle. Im Haus ging es, wie es mochte. Schmiedjokebs einzige Tochter Lisette verstand das Zusammenhalten und Einteilen nicht, sie war eben ein junges Ding und hatte einen Kopf, leichter als ein Buchfink. Konnte es da vorwärtsgehen?

Die beiden Dienstleutchen überboten sich nun darin, den guten Schmiedjokeb zu bedauern, den jungen Schmied herunterzumachen und die Lisette tüchtig in die Schuhe zu stellen. Dann trennten sie sich mit dem schweren Gefühl, es sei nun wieder für ein Jahr vorbei, aber auch mit dem bescheidenen Trost im Herzen, es sei überall etwas und nirgends nichts, und sie könnten, gottlob, ihr Los zur Not ertragen.

Als Kilian ziemlich spät nach Hause kam, fand er den Meister bei der Lampe in nachdenklicher Arbeit. Er hatte ein mit Zahlen beschriebenes Blatt vor sich, schien übelgelaunt und recht bedrückt zu sein. »Ich habe dir gestern deinen Lohn ausbezahlt«, sagte er fast vorwurfsvoll zu dem Knechte, der verwundert mitten in der Stube stehen geblieben war, »wer aber zahlt mir meine Arbeit? Denk' einmal darüber nach, Kilian!«

Für Kilian war diese Frage eine harte Nuß; sie traf ihn wie ein Stoß. Er hielt es für seine Pflicht und für wohlanständig, auf alles, was man ihn fragte, eine Antwort zu geben, und meistens fand er auch etwas Schickliches, diesmal aber wollte ihm nichts einfallen, wie sehr er sich auch hinter den Ohren kratzte und die Stirne runzelte. Endlich entfernte er sich kopfschüttelnd mit dem alltäglichen: »Schlaft wohl, Meister!«

»Damit hast du's getroffen«, rief ihm der Schmiedjokeb bitter nach; bei sich aber dachte er: Ich möchte den sehen, der wohl schlafen kann, wenn er bis über die Ohren in Schulden steckt. Ja, den möcht' ich sehen!

Auch Kilian schlief schlecht in jener Nacht; es dämmerten ihm allerlei eckige Gedanken über den Schmiedjokeb durch den Kopf, und er war am Morgen ganz dumpf von der Unrast und Gedankenarbeit. Er beobachtete den Meister in den folgenden Wochen immer aufmerksamer, und er wollte ihm von Tag zu Tag weniger gefallen. Jokeb wurde wortkarg, gönnte sich kaum Ruhe und machte sich wenig daraus, dem Knecht ein paar unfreundliche Worte an den Kopf zu werfen, was früher nie vorgekommen war.

So rückte die Zeit heran, da die Äcker neu bestellt werden mußten. Der Boden war von der langen Trockenheit ausgedörrt und rissig und es gab harte Arbeit für Ackermann und Vieh. Der Schmiedjokeb stand in der Sterze und mußte sein ganzes Gewicht darauf stützen, damit die Pflugschar sich tief genug in die Erde einwühlte, und Kilian trieb vorn mit Güte und Strenge die beiden Kühe an, die fast nicht vom Flecke kamen, manchmal den Kopf unwillig schüttelten und dabei schwere Schaumflocken auf den harten Boden fallen ließen, als hätten sie ihn damit aufweichen wollen.

Hoch oben in der Luft zogen Schneegänse leichten Flugs nach Süden und warfen ein höhnisches Geschrei auf die geplagten Ackerleute hinab.

»Es geht nicht mehr«, sagte endlich der Knecht, »wir müssen ausspannen und morgen wieder dran, die Kühe fallen uns sonst um.« Nun fing der Meister zu poltern an: »Was? Ausspannen! Wie man treibt, so geht's! Das Feld muß heut' noch umgeackert sein und müßt' ich dich und mich vor den Pflug spannen!«

Es ging noch eine Furche oder zwei, da warf sich der Bleß, die tätigere der beiden Kühe, als man sie einen Augenblick verschnaufen ließ, ächzend auf den Boden nieder. Das war dem Schmiedjokeb zu viel, zum Äußersten gebracht, fluchte er, wie es im Bauernlied heißt, fast den Himmel herunter und stieß das heraus, was ihn seit Tagen und Wochen geplagt und schlaflos gelegt hatte. Er wurde von den Gläubigern betrieben und steckte so sehr in der Enge, daß ihm nichts mehr übrig blieb, als eine der Kühe zu verkaufen. In acht Tagen mußte er das Geld schaffen; wer sollte ihm Pflug und Egge ziehen, wenn er bis dann seine Äcker nicht bestellt hatte? Wo sollte ihm Brot fürs nächste Jahr wachsen? Er hatte da und dort schon Geld gesucht, aber überall saure Gesichter oder verschlossene Türen angetroffen, und doch hatte er früher mehr als einem aus der Klemme geholfen.

Als er sein ganzes Elend aufgedeckt und damit den Kilian tödlich erschreckt hatte, wurde er auf einmal ganz weich. Er ging zu den Kühen, klopfte ihnen liebreich auf den Rücken, streichelte ihnen Hals und Kehle und redete ihnen menschlich zu, sie sollten's doch ihm zuliebe nochmals probieren, als gute Tiere, die sie seien. Und sie taten ihm den Gefallen; der Bleß stand, wie durch sein Wort gerührt, von selber wieder auf und legte sich in die Stränge, und der Fleck half mit; aber es ging nicht lange, und sie waren wieder am Ende ihrer Kräfte angelangt. Da schickte sich der Bauer still ins Unvermeidliche, er hieß den Knecht ausspannen und nach Hause fahren. Er selbst machte sich noch etwas am Pflug zu schaffen, denn er wollte allein sein. Als Kilian vom Acker in den Flurweg einbog und noch schnell einen neugierigen Blick zurückwarf, sah er gerade noch, wie der Meister sich in die Furche warf, als wollte er sich in den Boden verkriechen oder doch seinen Schmerz an der harten Erde ausweinen. Kilian wurde ganz weh, er erinnerte sich an die Zeit, da auch er nicht mehr gewußt, wo aus und ein, da auch ihm alle Türen verschlossen waren und er die Schmach des ›Verlumpens‹ über sich ergehen lassen mußte. Er hütete sich, nochmals zurückzublicken, ihm war, es liege und winde sich dort in der Furche etwas Heiliges, an dem Menschenaugen sich nicht weiden durften.

»Nun bin ich besser dran als der Jokeb«, flüsterte es auf einmal in ihm. Er war darüber ganz verwundert und wurde unruhig, denn es erschien der treuen Seele als großes Unrecht, daß es dem Knecht besser gehen sollte als dem Meister. Und auf einmal blitzte ein Gedanke in ihm auf: »Du könntest ihm helfen, wenn du wolltest.« Der Einfall gab ihm zuerst eine aufrichtige Freude. Jenes Gefühl, das Wohltätern, großen und kleinen, in seiner beglückenden Wärme und Weichheit bekannt ist, kam über ihn und füllte seine Brust. Aber bald tauchte etwas anderes daneben auf und ängstigte und quälte ihn immer mehr, wie etwas Feindseliges.

»Ja, ich könnte ihm helfen, aber dann? Aber dann? Dann kämen die Margret und ich noch länger nicht zusammen und vielleicht nie mehr zu einem eigenen Herd und Heimwesen.« Und er sah das Gütchen wieder, das ihn an jenem Sonntag aus Grün und Sonnenschein angelacht hatte und das er meinte mit Händen greifen zu können. Und drin die Margret und ihr Liedchen. Nein, sein Geld durfte er dem Meister nicht geben, so schneidet sich kein vernünftiger Mensch selber ins Fleisch. Jeder schaue für sich!

Derweil war er nach Hause gekommen. Er band das Vieh im Stall an und ging der vorgeschriebenen Arbeit nach. Aber während er ums Haus stolperte, vergaß er, was er vorgehabt und blieb schließlich hinten am Bach bei einem Weidenbusch stehen, starrte ins Wasser, das um die Steine spielte und schlug sich wieder mit seinen Gedanken herum. Das eine Mal sagte er sich: »Du mußt ihm helfen, denn du kannst es, wenn du willst, er war dir immer ein guter Meister und gibt dir dein Geld zurück, sobald er kann«, das andere Mal: »Tust du's, so mußt du vielleicht zeit deines Lebens knechten und die Margret magden, und dann werden wir alt und gebrechlich und von den Leuten bis zum Tod herumgeschlagen und gehetzt, und das Ende ist nicht auszudenken. Nach den guten Meistern würden für uns alte Dienstboten die schlechten, harten kommen, und dann Krankheit und das Armenhaus und Armenelend.«

Kilian stand noch am Bach, als der Schmiedjokeb nach Hause kam und ihn nach langem Suchen endlich fand.

»Da wundere sich einer noch, daß man stets rückwärts kommt, wenn man einen Knecht hat, der den ganzen Tag herumlungert«, wetterte er zornig. Kilian fuhr zusammen und bemerkte zu seiner Verwunderung, daß er einen Karst in der Hand hatte. Er schüttelte den Kopf wie einer, der nicht begreift, murmelte etwas von Gedankenlosigkeit vor sich hin und ging mit langen Schritten über den Steg dem Rübenacker zu. Kaum hatte er aber, um die verlorene Zeit einzuholen, ein paar Minuten wie ein Wütender gearbeitet, als er gewahr wurde, daß er die Rüben schrecklich zerhackte und verstümmelte, statt sie unversehrt in ihrer ganzen Länge aus dem Boden zu heben. Das versetzte ihn wieder in nachdenkliche Stimmung, und unversehens hatten die alten beklemmende Fragen wieder Gewalt über ihn: »Soll ich? Darf ich anders? Was würde Margret sagen? Ja, die gute Margret, die so fest hofft, es werde bald eine Wendung zur Sonnenseite nehmen!«

Er hörte es nicht, daß der Meister wieder daherkam. Erst als eine schwere Erdscholle ihm hart am Kopf vorbeisauste und er mit dem Wort: »Da muß man klug sein«, einen steifen Hupf auf die Seite machte, gewahrte er ihn. Der Schmiedjokeb verstand nun keinen Spaß mehr. Als er gar die zerhackten Rüben erblickte, entlud er ein ganzes Hagelwetter über den armen Kilian, den er schließlich wie einen Buben nach Hause jagte. Kilian, anstatt böse zu werden, dachte: »Es muß doch dem guten Jokeb recht übel zumute sein, sonst wäre er nicht so wüst mit mir«, und das Mitleid wurde immer stärker in ihm und sprach ihm eindringlich zu, das Opfer zu bringen, obschon er das böse Sausen der Erdscholle noch in den Ohren hörte. Zu Hause angelangt, trat er in den Stall, sah die Kühe, die er großgezogen hatte und von denen die eine nun verkauft werden sollte, fast zärtlich an und überlegte, welche von beiden er am meisten vermissen würde. Die eine war besser im Geschirr, die andere besser beim Melken. Sie lagen erschöpft in der Streu, wiederkauten gemächlich und hatten kaum einen Blick für ihn. Er streichelte sie und kraute ihnen zwischen den Hörnern im Haar, schob ihnen zur Ermunterung etwas Salz ins Maul und sprach väterlich zu ihnen: »Nun sollt ihr voneinander weg, die eine wird einen neuen Meister bekommen, der sie vielleicht mit dem Geißelstock füttert und mit Nagelschuhen striegelt, und dann werdet ihr beide nacheinander brüllen, daß es einem in den Ohren und im Herz wehtut.« Er dachte an sich und die Margret und an den grauen Novembertag, da sie einst auseinander mußten. Es ist soviel Menschliches im Schicksal eines Haustieres!

Vom Stall schlich sich Kilian in den Heuboden hinauf, dessen Halbdunkel für sein Grübeln wie gemacht war. Er kämpfte mit sich den ganzen Tag und die ganze lange Nacht. Als der Morgen zum Fenster hereingraute, war er mit sich im Reinen. Er stand auf und wartete, fertig angezogen, in der Stube auf den Meister. Er müsse an diesem Tag über Land, eröffnete er ihm kurz. Der Schmiedjokeb glaubte, er wolle des gestrigen Zankes wegen einen anderen Platz suchen, und sagte in bissigem Ton: »Ja, da hat man's! Zwanzig Jahre kann man sich mit einem unpraktischen Knechtlein gedulden, und dann, wenn man am schlimmsten dran ist, läuft es einem zum Dank davon! Geh nur, ich kann's auch so machen!«

Kilian konnte nichts erwidern. Mühsam drehte er sich auf den steifen Beinen herum und ging. Daß er ein unpraktisches Knechtlein sein sollte, trieb ihm fast das Wasser in die Augen und brachte seine guten Absichten ins Schwanken. Mit sich wieder uneins geworden und hadernd, schritt er langsam durch den dicken Herbstnebel dahin, der ihm den Weg versperren und ihn von einer Dummheit abhalten zu wollen schien. Nach und nach aber, wie es sich um ihn lichtete, wurde er wieder ruhiger, und als er sich Gräslikon näherte, die Sonne den Nebel auflöste oder vertrieb und sich in dem schweren Tau spiegelte, das Herbstland sich in Duft und Licht vor ihm ausbreitete, pflügende Bauern und karstende Bäuerinnen ihn freundlich grüßten, und die roten Äpfel auf den Bäumen ihm zulachten, da waren die Bedenken verschwunden und der Mißmut verraucht. Andächtig murmelte er die Sätze vor sich hin, mit denen er seine Frau zu überreden gedachte und die er sich schon während der Nacht zurechtgelegt hatte.

Die Margret machte große Augen, als Kilian an einem Werktag vor ihr auftauchte, und noch größere, als er ihr seinen Plan darlegte. Sie konnte es sich nicht anders denken, als er sei von Sinnen gekommen. Erst fuhr sie mit kräftigem Schelten über ihn her, fing dann aber, als sie an dem Ernst seines Vorhabens nicht mehr zweifeln konnte, bitterlich zu schluchzen und zu jammern an. Sie sah deutlicher als er, was es für sie beide zu bedeuten hatte, wenn er den größeren Teil seiner Ersparnisse dem Schmiedjokeb überließ: es war nichts anderes als das endgültige Opfer all ihrer Zukunftsträume und des ersehnten guten Lebensabends, ja, es durchfuhr sie der schmerzliche Gedanke, sie würden dereinst nicht einmal im nämlichen Friedhof ausruhen können. Eine namenlose Angst stieg in ihr auf. Sie kämpfte mit aller Kraft gegen den gutmütigen Mann, malte ihm die Zukunft in allen Farben aus und sagte ihm, sie wüßte ein Heimwesen, das billig zu haben sei und von dem ihr schon zweimal geträumt habe. Dort würden sie glücklich werden, das sei ihre Überzeugung. Er aber blieb standhaft, er war wie ein Pfahl, den man tief in die Erde eingeschlagen hat. Er könne einfach nicht zusehen, wie der Meister zugrunde gehe, sagte er, er habe ja am eigenen Leibe erfahren, wie weh es tue, wenn nirgends mehr Hilfe zu finden sei, der Jokeb sei immer so gut gegen ihn gewesen, und habe er ihn in letzter Zeit etwas rauh behandelt, so komme das nur von dem großen Unglück. Er habe keine Ruhe, bis er ihn wieder einmal habe lachen sehen. Würde der Meister in seiner Not sich etwas antun, was nicht ausgeschlossen sei, so könne er selber für sich nicht einstehen.

Es sprach aus Kilian eine solche Güte und ein solches Vertrauen zu seinem Meister und dessen Zukunft, daß Margret nach und nach verstummen mußte und schließlich nach mehrstündigem Ringen den Kampf aufgab. Die Arme in den Schoß werfend, sagte sie sich traurig, es müsse nun einmal zu ihrem Unglück so kommen, der Kilian sei vom Herrgott zu gut geschaffen worden und daran müßten sie nun ihr Leben lang tragen und keuchen. Die Güte, die der Himmel an andern segne, müsse ihnen zum Schaden ausschlagen! Gottlob hatte sie eine zwanzigjährige Lehre im Entbehren und Entsagen durchgemacht!

Kilian ging und drückte beim Scheiden seine welken Lippen auf ihren Mund, was er seit vielen Jahren nicht mehr getan hatte. Als er davonschritt, hatte auch er feuchte Augen, denn es würgte ihn doch, von Margret ein so schweres Opfer verlangt zu haben. Und trotzdem war die Freude in ihm noch stärker als die Bedrücktheit und wurde immer lauter, je mehr er sich Binzwil näherte, hatte er doch das Mittel in der Tasche, dem guten Jokeb aus der Not zu helfen. Schneller als er gekommen, legte er den Heimweg zurück und malte sich mit kindlichem Vergnügen das Erstaunen des Meisters aus.

Er fand den Schmiedjokeb beim Nachtessen und legte ihm ohne viele Umstände Sparheft und Geld neben die Kaffeetasse. Der Meister begriff lange nicht, und als er endlich die Absicht des Knechtes erriet, trat ein seltsamer Zug auf sein Gesicht, etwas wie Staunen über ein so merkwürdiges Menschenrätsel und Angst vor der lockenden Versuchung und einer schlechten Handlung. Er schickte die Lisette in die Küche hinaus und schob dann das Geld Kilian zu: »Ich kann das nicht annehmen«, sagte er mühsam, fast hart, »und weil du's so gut mit mir meinst, muß ich dir klaren Wein einschenken. Sieh, das Geld hilft wohl für einmal, aber ich stecke so tief drin, daß ich es dir schwerlich wieder würde zurückgeben können. Behalte es, du hast es sauer genug verdient, und laß mich allein auszappeln. Wer einen Ertrinkenden retten will, wird oft von ihm mit auf den Grund gezogen. Hast du davon noch nie etwas gehört? Es würde mich drücken, dich auch hinabzuziehen.«

Wohl legten sich diese Worte dem Kilian schwer aufs Herz; denn er hatte stets damit gerechnet, das Geld nach einiger Zeit zurückzuerhalten, aber er hatte sich von seinem Gute schon so sehr losgelöst, daß ihn auch dieses Geständnis des Meisters nicht schwankend machte. Sein Entschluß hatte ihn viel gekostet, aber nachdem er ihn gegen sich und Margret durchgesetzt hatte, wurde er wie von Widerhaken daran festgehalten, die Sache war für ihn so gut wie vollzogen, da gab es kein Zurück mehr. Es hätte ihn tief unglücklich gemacht, das Geld wieder einzustecken, das er seiner Frau so mühsam abgerungen hatte.

Hatte der Meister gesprochen, so sprach er wieder, und er hatte nur die eine unerschütterliche Erwiderung: »Nehmt's so gern, wie ich's gebe, und für das andere laßt den Herrgott sorgen. Die Margret ist auch einverstanden.«

So redeten sie lange hin und her, mit ernsten Gesichtern und zitternden Lippen, mit Schweiß auf der Stirne. Das Häufchen Geld lag bald vor dem Meister, bald vor dem Knecht, endlich aber behauptete Kilian auch da das Feld, und als der Schmiedjokeb sich bewegen ließ, es zu zählen und dann in der Nebenstube zu versorgen, sagte der Knecht aufatmend und sich den Schweiß von der Stirne wischend: »Hätt' nicht gedacht, daß es so hart mit ihm ginge, da muß man klug sein.«

Der Richter

Der gelbe eidgenössische Postwagen schleppte sich mühsam auf der Bergstraße dahin, die sich in weiten Schleifen ins Hochtal hinaufwindet. Der Postillion saß nachlässig auf dem Bock und führte einen verzweifelten Kampf mit seinen Augenlidern. Wie schwere Falltüren hängten sie sich an seine Stirne; denn die Julisonne lag brennend auf der staubigen Straße, und das eintönige Geklingel der Glocken, das dumpfe Pochen der Hufe, das gleichmäßige Nicken der Pferdeköpfe machten ihn schläfrig. Zuweilen duselte er für einen Augenblick ein, raffte sich dann mit einem Ruck zusammen und stieß mit der höchsten Fistelstimme ein ›Hü‹ hervor, auf das die Pferde mit einem unwilligen Wackeln der Ohren antworteten.

Im Wagen saßen zwei Männer in schwarzen Anzügen und ein älteres Fräulein mit bläulicher Hautfarbe und großen, grauen Augen, die schwermütig über den Wagenrand hinweg in das Grün des Tannenwaldes schauten.

Einer der beiden Männer, allem Anschein nach ein Geistlicher, ein beleibter, redseliger Herr, suchte sie ins Gespräch zu ziehen, erhielt aber aus einem krummgezogenen Mündchen so spitze Silbensplitterchen zur Antwort, daß er das Liebeswerben aufgab und sich an seinen Nachbar wandte.

»Seid Ihr an einer Gräbt gewesen, Ammann?« fragte er mit einem Blick auf das dunkle Kleid.

»Nein, ich komme aus dem Schwurgericht«, gab der Angeredete kurz zurück.

»Ach freilich! Wie man vergeßlich ist!« rief der Geistliche und machte eine Handbewegung gegen seine Stirne. »Ich habe Euren Namen ja in der Zeitung gelesen, habt Ihr bemerkenswerte Fälle gehabt?«

»Ich glaub', für die Angeklagten waren sie bemerkenswert.«

Der Pfarrer war von der Antwort etwas betroffen, er wußte nicht, sollte er sie auf Dummheit, Tiefsinn oder Schalkheit zurückführen, und schwieg eine Weile. Da ihm aber der Gedankenaustausch Bedürfnis war, richtete er neue Fragen an den Geschworenen: wie ihm bei seinem Richteramt zumute gewesen sei, ob er eine genaue Gesetzkunde nicht vermißt habe, ob sie einen guten Obmann gehabt hätten. Das wollte kein Ende nehmen.

Der Ammann ließ sich jedoch nicht zu langen Ausführungen herbei, kurze, wie aus einem längeren Gedankengange herausgerissene Satzbrocken, ein Zucken mit den Achseln, ein ausweichendes Wiegen des Oberkörpers war alles, wozu er zu bewegen war, und der Pfarrer dachte bei sich, die Schwur- und Laiengerichte hätten doch eine recht bedenkliche Seite, und mit dem sogenannten gesunden Menschenverstand, den man voraussetze, habe es eine besondere Bewandtnis.

Aber er konnte das Fragen doch nicht lassen, und da die allgemeine Seite des Gespräches sich als unfruchtbar erwiesen hatte, wollte er zur Bereicherung seiner Kenntnisse von Menschen und Verhältnissen allerlei Einzelheiten über die Angeklagten erfahren. Von allen Seiten griff er den Ammann an, bis der ihm schließlich im Tone der Entschuldigung erklärte, der Schlaf überfalle ihn, er müsse sich etwas Bewegung geben und wolle der Post bis nach Tschingeln zu Fuß folgen. Er stieg aus und schlug einen Fußweg ein, der die Windungen der Fahrstraße abschnitt. Langsam schritt er zwischen den braunen Stämmen der Tannen bergan, wobei er die Beichte, die der Pfarrer von ihm verlangt hatte, sich selber ablegte.

Auf der ganzen Reise verfolgte ihn etwas und zerrte an seinem Gewissen. Er hatte am Tage zuvor über ein Schuldenbäuerlein zu Gericht gesessen, das sein Haus in Brand gesteckt, nachdem es jahrelang gegen die Not gekämpft hatte, wie ein Wolf gegen das Messer. Und das Bild des Unglücklichen war in seine Augen oder in seine Seele eingebrannt und stand immer mit unverminderter Deutlichkeit vor ihm. Der Bauer in ihm litt mit dem verurteilten Bauern. Er wird es nie vergessen, wie der Arme bei der Eröffnung des Urteils auf die Bank zurücksank und mit den Händen ins Leere griff, er sieht ihn jetzt in seiner Zelle sitzen, stumm und zermalmt in eine Ecke starren und grübeln und sich die Folgen seiner verzweifelten Tat ausmalen: die Gesellschaft wird sich weigern, dem Brandstifter die Versicherungssumme zu zahlen, damit ist seiner Frau die Möglichkeit, das Haus wieder aufzubauen, genommen, das Gütchen muß auf einer Zwangsversteigerung verkauft werden, man weiß, was da herausschaut, andere werden aus seinem armen Fell noch Sohlen schneiden wollen! Der Erlös wird bei weitem nicht hinreichen, die Schulden zu decken, er wird in Konkurs geraten und seine Familie, seine Frau, die vier Kinder und eine alte gliedersüchtige Mutter, ins Armenhaus wandern. Und was wird aus ihm selber werden, wenn er nach drei Jahren als ein für immer Gebrandmarkter das Zuchthaus verlassen wird? Ein Säufer wird er werden und im Schnaps Vergessen suchen. Warum waren ihm diese Überlegungen nicht vor der Tat gekommen?

Wie kann man so blind in sein Unglück rennen? Ein vom Teufel wahrgenommener Augenblick hatte seinen Namen für alle Zeit geschwärzt.

»Es war dem armen Schlucker nicht zu helfen«, preßte der Ammann halblaut hervor, »Gesetz und Gericht und Sühne muß sein, wohin käme man sonst. Man muß ausessen, was man sich kocht, und wenn Gift drin ist.«

Die letzten Worte kamen fast wie ein Stöhnen heraus, so konnte ihn das fremde Unglück allein nicht drücken: es mußte ihn etwas anderes verfolgen, das ihn näher anging, als der Hamm-Batist, aber er wollte dieses andere nicht laut werden lassen und stritt verzweifelt dagegen.

Bei dem Sinnen und Ringen kam er nur langsam vorwärts, und als er Tschingeln erreichte, war die Post schon durchgefahren. Eine Staubwolke, die unter den Hufen der trabenden Pferde aufquoll, zeigte ihm, daß der Wagen einen großen Vorsprung hatte und nicht mehr eingeholt werden konnte. Er war fast froh über diese Wahrnehmung, die zwei Stunden Weges nach Kaltenbach konnte er wohl brauchen, um seine Ruhe wieder zu erlangen. Die Überlegung, daß er sich seiner Alltagswelt nähere und sie noch vor Sonnenuntergang mit all den kleinen und großen Aufgaben und Sorgen wieder betrete, mahnte ihn, alles Fremde hinter sich zu werfen. Er fing an, seine Augen auf die Matten links und rechts am Wege zu zwingen und ihren Ertrag abzuschätzen, denn man stand vor der Heuernte; er musterte die Kirschbäume, die sich da und dort aus den Wiesen erhoben und merkte sich die Sorten, die am meisten trugen. Dann erinnerte er sich, daß ihm sein alter Schulmeister einst gesagt hatte, das Kopfrechnen sei das beste Mittel gegen böse Gedanken. Damals hatte er sich über den Kniff des Alten lustig gemacht; jetzt nach so vielen Jahren versuchte er das Rezept zum erstenmal und begann schwere Zahlen in seinem Kopf herumzuwälzen, mußte sich aber bald sagen, auch dieses Mittel tauge wenig.

Rasch schritt er nun aus, er floh vor seinen Gedanken, dabei verwarf er, ohne es zu merken, die Hände. Die Worte, die er im Munde verschloß, stürmten zu allen Fingern hinaus. Als er über die Brücke des Kreuzbaches schritt und das Dorf Lunken auf einmal vor sich sah, gab es ihm einen Stoß. Er blieb wie gebannt stehen, sein Blick ging langsam von Haus zu Haus und schien alles verschlingen zu wollen. Er hatte dunkle Augen, aus denen es manchmal seltsam blitzte.

Die ganze Ortschaft, mit Ausnahme der Kirche, war vor zwei Jahren in einer Föhnnacht abgebrannt und nun neu und sauber wieder erstanden. Die roten Ziegeldächer, die die grauen Schindeln ersetzt hatten, leuchteten hell in der Sonne, die weißen Mauern und grünen Fensterläden gaben dem Dorf etwas Heiteres, Sorgenloses; die Häuser waren weit auseinander gebaut, freundliche Gärtchen trennten sie von der Straße, damit der Friede und das häusliche Glück vor scheelen Augen sicher und dem Wagengerassel und Peitschenknallen entrückt seien.

Jene Nacht war dem Ammann noch in deutlicher Erinnerung. Er war mit der Kaltenbacher Feuerwehr in heißem Eifer nach der Brandstätte geeilt, hatte die ganze Nacht oben auf einer Leiter gestanden, das Wendrohr in der Hand, immer den wütenden Flammen gegenüber, die nach ihm fauchten und ihm Haar und Bart versengten, und denen er mit zugebissenem Mund in hellem Zorn trotzte. Mehr als einmal war ein Balken gegen ihn geschossen, wie Feind gegen Feind, er hatte seines Lebens nicht geachtet und nur an das Elend gedacht, das Hunderten drohte, auch an sein eigenes Haus, und wie ihm wäre, wenn eine Feuersäule durch sein Dach emporschlüge. Der grelle Ton der Feuerhörner, das Brüllen des Viehs, das überhohe Rufen und Schreien der Weiber und Kinder, das Prasseln der Flammen und Krachen der einstürzenden Dachstühle hatten ihm nachher wochenlang in den Ohren geklungen. Man hatte damals die Feuersbrunst für eine schwere Heimsuchung gehalten. Und nun?

Langsam, mit seinen dunkeln Augen alles auffangend, schritt er durchs Dorf. Eins aber nahm seinen Blick immer mehr gefangen. Es war der vergoldete Phönix, der über allen Haustüren schwebte. Mit ausgebreiteten Flügeln prahlte er im Sonnenglanz, als wollte er es laut hinausrufen. »So sieht's aus, wenn's gebrannt hat!«

Vor dem Gasthaus zum Lamm stand breit, mit den Händen in den Taschen, der Wirt und rief dem Ammann zu, ob sie nicht als alte Militärkameraden einem Schoppen die Ehre antun wollten, er habe einen guten Bernecker im Keller, man wohne kaum eine Stunde auseinander und sehe sich so selten wie Sommer und Winter. Der Ammann zögerte einen Augenblick; da er aber durstig war, schritt er dem andern mit den Worten voran. »Wär' ich ein Wirt, ich würde mein Haus ›Zur Sonne‹ taufen, die treibt euch doch die meisten Gäste in die Stube.«

»Aber die Lämmer werden geschoren«, lachte der Wirt und verschwand in den Keller.

Während er Wein holte und Gläser auf den Tisch stellte, musterte der Ammann das Gastzimmer.

»Gelt, das darf sich sehen lassen!« sagte schallend der Wirt, dem trotz seinem Geschäftigtun die Blicke des Gastes nicht entgangen waren. »Tische aus Ahorn, das ist sauber und freundlich, ich will's lieber als Marmor. Und schau einmal das Getäfel an, aus schönsten Arvenbrettern, jedes Feld so gefügt, daß links und rechts von der Mitte die Astaugen gleich liegen. Sieh, wie das Zeichnungen gibt! Hast du in der Stadt eine vornehmere Wirtsstube gesehen?« So schwatzte er drauflos und kam ganz ins Glühen. Der Ammann hörte ihm ruhig zu und schaute immer wieder nach dem Arvengetäfel, dessen dunkelbraune Augen die seinen einfingen. Als der Wirt eine Pause machte und eine Antwort zu erwarten schien, sagte er, da ihm nichts Besseres einfiel: »Ja, aber ist das nicht zu vornehm für unsereins?«

»Oh«, entgegnete der Wirt prahlerisch, »die Lunkener sind nicht mehr die Schmutznickel von damals und ehedem. Wie man haust, so ist man! Seit wir in neuen Häusern wohnen, haben wir Werktag zu Sonntag gemacht, wir waschen uns weniger behutsam als früher und essen wie Junker!«

Der Ammann verzog keine Miene und der Wirt, dem der ernste Gast nicht behaglich war, fuhr lachend fort: »Die ganze Gemeinde und jede Hosentasche im Dorf ist reicher geworden, beim Eid ist es wahr! Die Gesellschaft hat ohne Knurren bezahlt, und die Liebesgaben sind wie Bäche aus dem ganzen Land nach Lunken geflossen; bei mir liegt auf dem Estrich eine große Kiste, die noch gar nicht geöffnet ist, der Teufel mag wissen, was darin steckt. Und deren gibt's noch manche im Dorf! Alles haben wir flott eingerichtet: Straßenbeleuchtung, elektrisches Licht in allen Häusern, Wasserversorgung, Hydranten – denn jetzt möchte man nicht, daß so etwas wiederkäme – unser Schulhaus ist das sauberste weit und breit, die Ställe sind hell und luftig, die Wohnhäuser, na, man sieht sie ja! Das schlechteste Haus im ganzen Dorf hat jetzt der Herrgott. Geschieht ihm recht! Warum hat er's nicht auch abbrennen lassen!« fügte er lachend hinzu. »Ja, so ein Brandunglück käme manchem andern Bergnest zustatten, ich rede nicht von deinem Kaltenbach, versteht sich, ha, ha! Aber die Hauptsache kommt noch: Lunken wird Fremdenkurort, so wahr ich Joseph heiße! Jetzt, da das Dorf so appetitlich aussieht, kann es nicht fehlschlagen. Ich habe den Anfang gemacht, heute ist mit der Post der erste Gast eingerückt, ein teufelsvornehmes Fräulein von St. Gallen, mit Augen! Die reinsten Vergißmeinnicht! Acht weitere folgen nach, noch ein paar Jahre, und ich werde mein Haus vergrößern müssen, du verstehst mich, eine Dependance. Stell' dir vor, was das für die Gemeinde bedeutet! Das wird bald auch der einfältigste Bauer begreifen. Vorgestern haben wir einen Verkehrsverein gegründet. Vorläufig sind wir unser vier, ich, der Lehrer, der Kutscher Haberstich und der Schuhmacher Weinstein, andere werden folgen. Mich haben sie selbstverständlich zum Präsidenten gemacht; nach der Wahl hab' ich gleich eine Banknote auf den Tisch geschlagen. Man muß was wagen, Donnerwetter! Die Geschichte gibt mir freilich viel zu denken, Spazierwege, Wegweiser, Ruhebänke mit schönen Namen! Das St. Galler Fräulein heißt Fanny, da würd' ich die erste Bank gern Fannysruh taufen, aber Haberstichs Klepper heißt auch Fanny, das macht die Sache heikel. Auch für Musik muß gesorgt werden! Der Gabelmacher Tanngrotzer muß seine Klarinette aus der Rumpelkammer hervorholen. Er soll unser Alphornbläser werden.«

So schwatzte der Wirt, man hätte keine Nadelspitze zwischen seine Worte schieben können. Und bei jedem Satz ließ er durchschimmern, welch großes Glück die Feuersbrunst für Lunken gewesen sei.

Der Ammann hatte von dem Gerede mehr als genug, er legte das Geld für seinen Schoppen auf den Tisch, ohne auf das behutsame Abwehren des andern zu achten, denn er wußte, was davon zu halten war, und trat dann rasch den Heimweg an. Als er das letzte Haus des Dorfes hinter sich hatte, hielt er an, er mußte sich Luft machen: »Kreuz und Donnerwetter!« fuhr es ihm heraus. »Der Schoppenhändler hat das Dorf angezündet, um seine Schulden zu verbrennen, schon zwei Tage nach der Brunst haben es einem alle Krähen talauf und talab in die Ohren gekrächzt, und hätt' ich's noch nicht gewußt, so wüßt' ich es jetzt! Der Prahlhans wird es nächstens jedem Gast ins Gesicht schreien oder es an die Haustüre ankreiden! Wie er sich aufbläst und mit den Augen frohlockt! Der arme Hamm-Batist aber muß hinter Schloß und Riegel brummen! Und die Lunkener geben ihrem Wirt recht, sie betrachten ihn als ihren Wohltäter, warum sonst haben sie ihn im Frühjahr in den Gemeinderat gewählt? Lunken und Halunken, ich meine, das reimt zusammen!«

Rascher schritt er aus nach Kaltenbach hinauf, dessen mageres, selbst in der Julisonne schlotterndes Kirchtürmchen er nun beständig vor sich sah. Als er in das Dörfchen eintrat, wurde ihm beklommen. Er war seit dem Brand wohl zwanzigmal in Lunken gewesen, aber so peinlich hatte er den Unterschied zwischen dem neuerstandenen Dorf und dem seinigen nie empfunden. Er wagte kaum, seine Augen recht zu brauchen: wie eng und schmutzig und gedrückt war da alles! Scheunen, Dunggruben, Jauchetröge, Wohnhäuschen, Kuh-, Hühner- und Schweineställe, hie und da ein Gemüsegärtchen mit zerfallenem Zaun, alles aneinandergedrängt oder ineinander hineingeschoben oder aneinandergeklebt, gerade, wie es der Zufall gewollt hatte oder wie es dem kargen Bauerngeist eingefallen war. Die Dorfgasse voller Schmutz, da ein brauner Tümpel, dort eine Lache, die ihren Ursprung in irgendeinem Stalle hatte und an deren Rand Schwärme von Fliegen mit gierigen Rüsseln sogen, das Pflaster vor den Häusern holperig, die Treppen zerfallen, die hölzernen Brunnentröge morsch und leck, die Schindeldächer faul oder notdürftig geflickt. Wie es einem in dem Unrat und in der Verlotterung nur wohl sein konnte?

Als sich der Ammann seinem Heimwesen näherte, wurde ihm etwas leichter zumute. Sein Haus war nicht so in die Enge getrieben wie die andern und glich einem kleinen Herrensitz inmitten der Armseligkeit, man nannte es im Dorf das ›Schlößchen‹. Davor lag eine stattliche, wohlgepflasterte Hofreite mit einem aus Granit gehauenen Brunnen, die Scheune war vom Wohnhaus getrennt, zwischen beiden leuchtete ein Garten mit üppigem Sommerflor und mastigen Gemüsebeeten. Vor den Fenstern der Wohnstube standen Nelkenstöcke, ihre roten und weißen Blüten hingen schwer herab, erfüllten die Luft mit ihrem Duft und gaben dem Haus ein festlich-freudiges Ansehen. Die eine Hälfte des Daches war mit Ziegeln bedeckt, die andere sollte es im Herbst werden, wenn die gröbste Feldarbeit verrichtet war.

Der Ammann wußte es seinem Großvater Dank, daß er seinerzeit so umsichtig gebaut und seinen Nachkommen eine so behagliche Wohnstätte eingerichtet hatte. Ja, sein Haus durfte sich sehen lassen, man hätte es neben jedes in Lunken stellen können.

Wie er mit diesen Gedanken beschäftigt auf das Gehöft zuschritt, ging die Tür auf, und über die Schwelle trat seine Frau Fida; sie strahlte vor Freude über seine Rückkehr und streckte ihm ihre braunen Hände und die runden Arme entgegen. Fast wären ihr die Tränen in die Augen geschossen, denn seit der Zeit, da er noch Militärdienst tun mußte, war er nie mehr so lange von Hause weggeblieben. Von der Scheune her kamen seine beiden Söhne, schlank gewachsene, noch etwas unfertige Burschen von siebzehn und neunzehn Jahren, und aus einem Stubenfenster streckte sich das lachende Gesicht seines Töchterchens. »Der Geschworene kommt, der Geschworene ist da!« rief das Mädchen lustig, klatschte in die Hände und warf in der Freude einen Nelkenstock hinunter. Es war ein ganzes Fest im ›Schlößchen‹ an jenem Abend. Der Vater mußte seinen Kindern über die Gerichtsverhandlungen berichten und gab manches zum besten; sein Hamm-Batist jedoch blieb in der Brust eingesperrt, wie der rechte im Zuchthaus hinter Schloß und Riegel. Auch von der Unterhaltung mit dem Lammwirt ließ er kein Wort fallen. Er war ein paarmal auf dem Punkt, davon anzufangen, aber immer hielt ihn etwas zurück, ein kurzer Stich in seiner Brust, ein Druck irgendwo in seinem Kopf, der ihm die Augenbrauen zusammenzog. Schließlich erklärte er etwas unwirsch, er sei müde, er wolle den Geschworenen ausziehen und ausschlafen.

Als die Kinder sich entfernt hatten, nahm ihn seine Frau ins Gebet: was ihm sei, sie habe ihn beobachtet, er habe den Abend manchmal die Stirne gerümpft, das bedeute bei ihm immer heimlichen Unmut.

Nun zog er erst recht die Brauen kraus und entgegnete hart, es sei ihm weiter nichts, er werde von dem langen, ungewohnten Sitzen etwas abgespannt sein; übrigens könne man nicht einen Tag sein wie den andern, und das beste Mittel, einen Mann mißmutig zu machen, sei die ewige Weiberfrage: »Was ist dir nur? Was drückt und beschäftigt dich?« – da könne die beste Laune des Teufels werden.

Sie stellte sich lustig, lachte ihm ins Gesicht und sagte: »Gut gesalzen und gepfeffert, Herr Ammann, danke für die Belehrung!« Er mußte lächeln, die kluge Frau aber dachte bei sich: »Es muß ihm eine häßliche Raupe übers Fürtuch gekrochen sein!«

Er stieg in die Kammer hinauf, schlafen konnte er jedoch nicht. Als nach einer Weile seine Frau nachkam, zog er langsam und tief den Atem ein, um sie zu täuschen und von ihr nicht weiter ins Verhör genommen zu werden; aber die Stunden schleppten sich träge an seinem Bett vorüber, und er wurde immer wacher. Er bemühte sich, nicht zu denken, versuchte es dann wieder mit dem Kopfrechnen, aber im Kellerraum seiner Seele wälzten sich die Gedanken her und hin, immer auf dem nämlichen Strich, immer bis zum nämlichen Punkt, und versuchten bisweilen den Kopf in den oberen Stock hinaufzustrecken, so daß er sie mit Gewalt niederdrücken mußte. Der Schweiß trat ihm auf die Brust, so heiß machte ihm dieses Niederkämpfen.

Erst gegen Morgen schlief er ein, um aber bald darauf an einem Traume wieder aufzufahren. Er hatte seinem Nachbar, dem alten Simon, die Hand reichen wollen und dabei bemerkt, daß sie ganz schwarz war. Hatte er denn mit verkohltem Holz zu schaffen gehabt? Er ging zum Brunnen, um sie zu waschen, aber sie blieb schwarz, wie emsig er sie auch fegte und am Troge rieb. Der Nachbar war ihm nachgehinkt und hatte unmerklich die Gestalt Hamm-Batists angenommen. Er stellte sich auf die entgegengesetzte Seite des Brunnens und hielt ihm seine Hände hin. Die waren schneeweiß und zart und unabgenutzt wie Kinderhände. Das gab dem Träumer seltsamerweise einen solchen Stoß, daß er jäh auffuhr.

Er erhob sich rasch und ging seiner gewohnten Beschäftigung nach. So tief, wie an jenem Tag, hatte er es noch nie empfunden, daß angestrengte Arbeit eine Erholung ist von der Mühsal einer gedankengequälten Nacht. Aber wie die Sonne versunken war und er sich wieder im Bett ausstreckte, schlichen aufs neue die Gedanken wie Gespenster an ihn heran und um ihn herum und hetzten seinen Geist aus der Ermüdung auf. Er drehte sich bald auf die linke, bald auf die rechte Seite und stieß zuweilen unbewußt und wie bei einem Albdrücken die Luft schwer aus der Brust heraus, bis endlich seine Frau, die auch nicht einschlafen konnte, sich im Bett aufrichtete und ihn fragte, was ihn so quäle, er solle es doch endlich heraussagen, so werde ihm wieder wohler. »Wenn nur der Kuckuck das Gericht genommen hätte!« fügte sie bei.

Er schwieg und legte sich auf den Rücken, bemüht, kein Glied mehr zu rühren. Als es endlich Mitternacht schlug, entschloß er sich, des unseligen Ringens müde, sich selber ein Geständnis abzulegen.

»Hans Georg«, sagte er sich, »sei ehrlich gegen dich selber, sonst wirst du's nimmer los. Sieh, seit Wochen haust es heimlich in dir, seit dem Tage, da die Lunkener ihren Brandstifter zum Gemeinderat wählten und ihm so öffentlich für sein Verbrechen dankten, ihn als Wohltäter und Dorfbeglücker ausriefen. Es ist der Gedanke, es sollte sich einer ein Herz fassen und Kaltenbach niederbrennen. Darum hat es dich so geschmerzt, den Hamm-Batist zu verurteilen, darum verfolgt dich der Prozeß nun Stunde um Stunde, von einem Glockenschlag zum andern. Du hast in dem Brandstifter deine eigenen Gedanken verurteilt, nun halt ein! Du stehst am Weg zum Verbrechen, du hast schon einen Fuß drauf gesetzt, zieh' ihn zurück, eh' es zu spät ist!«

Als er soweit war und es endlich über sich gebracht hatte, die Gedanken, die er stets ins Dunkel hinabgestoßen hatte, nackt und nüchtern vor sich hinzustellen, wurde er ruhiger. War denn die Lage so entsetzlich? Ein Verbrechen hatte er ja nicht begangen, ein Verbrechen würde er sich nie aufladen, er war nicht der Lammwirt von Lunken. Er, Hans Georg Gonser, der Ammann von Kaltenbach, könnte nie ein Brandstifter werden, davor schützte ihn schon sein guter Name, der wie ein Wächter bei ihm stand und ihm die Hand hielt, wenn etwas Mißgestaltetes ihm über den Weg lief und mit den Augen zwinkerte. Der Lammwirt hatte das Dorf angesteckt, um sich selber Luft zu machen; das brauchte er nicht, er besaß ein schönes Haus, Schulden drückten ihn nicht, und das Glück seiner Frau und seiner Kinder, die ihm alle so lieb waren, wollte er nicht in Rauch aufgehen lassen. Denn er fühlte es: er würde an dem Verbrechen zugrunde gehen, er und die Seinigen. Der Lammwirt konnte sich seiner Tat rühmen, ihn aber würde sie erdrücken, wie sie den Hamm-Batist erdrückt hatte.

Bald darauf schlief er ein und erwachte erst, als ihm die Sonne aufs Kissen schien. Seine Frau stand schon angekleidet in der Kammer und lachte ihn an: »Heut gefällt mir der Ammann besser als gestern! Ich glaube, er hat in der Nacht den Geschworenen zum Fenster hinausgeworfen. Wenn dabei nur das schwarze Gewand keinen Riß bekommen hat, sonst muß ich mitten im Heuet den Schneider kommen lassen.«

Er merkte, daß ihr der Scherz nicht ungezwungen herauskam, mußte aber doch darüber lächeln und hatte nach dem heiteren Erwachen einen guten Tag. Tauchte ein frecher Gedanke in ihm auf, so faßte er ihn ruhig ins Auge, spielte wohl eine Weile damit und warf ihn dann mit den Worten weg: »Zwischen Gedanken und Taten liegt ein breiter Graben, käm' man für Gedanken ins Zuchthaus, es liefe keiner mehr frei herum.«

So vergingen die Tage. Da kam ein Sonntag, voller Sonnenherrlichkeit und weißer Sommerwolken, voller Frieden und Ruhsamkeit. Fremde schritten durchs Dörfchen, Bergsteiger, Ausflügler, Lunkener Kurgäste, und stiegen tiefer ins Tal hinein. Der Ammann saß mit seiner Frau auf der Bank vor dem Hause und zog gemächlich an seiner Pfeife. Da hörte er eine Dame, die im Gehen den Rock hochraffte, zu ihrem Begleiter sagen: »Ist das ein Schmutznest!« Das riß ihn aus seiner behaglichen Ruhe heraus und stimmte ihn mit einem Schlage mißmutig. Er erhob sich und ging, mächtige Wolken aus der Pfeife stoßend, ums Haus. Seiner Frau sagte er, er müsse einmal nach den Bienen schauen. Das war zwar nur eine Ausflucht, aber er tat nun doch, wie er gesagt hatte, und näherte sich dem Bienenhäuschen, das hinter der Scheune neben dem Holunderbusch stand. Er hatte im Frühjahr ein paar Dzierzonstöcke gekauft und schaute nun durch das Fensterchen dem Treiben der Bienen zu, wie er oft schon in müßigen Sonntagnachmittagsstunden getan hatte.

»Ein Bienenstock ist ein sauberes Dorf«, sagte er, »da kann selbst die Königin durch die Gassen gehen und braucht den Rock nicht hochzuziehen. Warum können die Menschen sich nicht so einrichten?« Und es fiel ihm bei, die Menschen seien die schmutzigsten unter allen Lebewesen, die Katzen und Hunde, die Schmetterlinge und Vögel, die Tiere des Waldes, die Spinnen und Bienen und Ameisen, die Eidechsen und Blindschleichen, ja selbst die Mäuse und Maulwürfe in ihren unterirdischen Gängen mieden den Schmutz und litten nichts Garstiges an sich, und die Kühe und Ochsen und andern Haustiere duldeten es nur, weil der Mensch sie in den Schmutz gezwungen habe.

Er schloß das Fensterchen und ging unmutig, wie er gekommen war, davon. Da stieß er auf seinen Nachbar, den alten Simon, und fragte ihn, ob sie nicht zusammen in den ›Steinbock‹ gehen wollten, das Wetter sei so durstig und die Luft so trocken. Der Alte räusperte sich ein wenig und fuhr mit der Zunge über die Lippen, wie um zu sehen, ob ihr Zustand einen Gang zum Wein rechtfertige, dann drehte er die Nase nach dem Wirtshaus, dem einzigen des Dörfchens. Es unterschied sich von den andern Häusern nur durch den blechernen Steinbock, der über dem Fenster an einer Stange baumelte und vom Wetter ganz zerfressen war.

In der Wirtsstube wurde lebhaft gesprochen. Außer ein paar Bauern, die ihr Kartenspiel beiseite gelegt hatten, saßen zwei städtisch gekleidete Herren mit einem Mädchen bei Wein und Milch und führten das Wort. Sie waren von Lunken heraufgekommen, wo sie in der Sommerfrische weilten. Sie rühmten die Gegend, das Wasser und die Luft und verkündeten laut das Lob des Lammwirtes. Sein Haus sei sauber, das Essen reichlich und schmackhaft, der Keller nicht übel, und der Wirt ein wahres Kleinod, freundlich, dienstfertig, allzeit guter Dinge, voll trefflicher Einfälle und Vorsätze für die Zukunft; das Dorf sei wie aus

Zuckerwürfeln errichtet, blitzblank und zum Dreinbeißen, man könnte es unter einen Christbaum setzen. Es fehle nur eins: ein ausgedehnter Wald mit seinem Schatten und seiner stärkenden Luft; augenblicklich sei es etwas heiß und schwül unten, drum seien sie da heraufgekrochen.

»Ja, was unten fehlt, das hättet ihr hier oben«, rief einer der Städter den Bauern zu, »Lärchen- und Tannenwald, hoch und gesund, wie gestern vom Herrgott selber gepflanzt! Der Luft merkt man's an, daß sie der Gletscher herabgeblasen hat; das Tal nach dem Paß zu ist von einer Wildheit und Größe, man könnt's im Berner Oberland aufstellen oder im Panorama in Zürich! Auch einen Wasserfall haben wir in einem Seitentälchen gesehen! Der stäubt und spritzt und donnert für zehn! Ich glaub', dort hat die Hölle ein Loch im Deckel! Was wollt ihr denn noch? Wartet ihr auf das Bessere? Über dem Dorf solltet ihr ein Gasthaus erstellen! Etwas Gefälliges, mit der Aussicht nach Süden, wo die Schneekuppen und Gletscher hereingucken. Ihr müßtet nur mit dem Finger so machen, und die Gäste wären zu Haufen da!«

Die Bauern saßen unbeweglich auf ihren Stühlen, mit aufgestützten Ellbogen, sogen bedächtig an ihren Pfeifen und tauschten etwa ein kurzes Augenzwinkern. Nur einer raffte sich zu einer Entgegnung auf: er hielt dem Sprecher die Hand vors Gesicht und rieb Daumen und Zeigefinger aneinander.

»Ach was!« rief der Städter und warf die Hände in die Luft, »Geld wollte ich euch verschaffen wie Heu! Freilich müßtet ihr auch etwas tun. Verbessert die Straße nach Lunken, sorgt dafür, daß man auf eurem Pflaster nicht bei jedem Tritt Bein oder Hals bricht, oder in der Jauche ertrinkt, und daß man sich nicht durchs ganze Dorf die Nase zuhalten muß, weil die Gasse nichts als eine lange Miststockallee ist. Wozu hat euch der Herrgott in eine so schöne Gegend gesetzt? Er hat es gut mit euch gemeint, an euch ist es nun, den Nutzen aus den Dingen zu ziehen, wie's die Schlauen anderwärts machen! Die Schlauen!« wiederholte er mit besonderem Nachdruck, damit jedermann verstehe, wie er die Kaltenbacher einschätze.

Nun wurden die Bauern etwas unruhig, es zeigte sich auf einmal, daß die Pfeifen ihnen allen das Wasser im Munde zusammengezogen hatten. Das mußte nun ausgespuckt werden, worauf rings um den Tisch ein geräuschvolles Kratzen und Scharren mit den Nagelschuhen entstand.

Die Fremden merkten, daß ihre Zuhörer für Belehrungen unempfänglich waren, tranken aus und entfernten sich mit dem üblichen: »Nichts für ungut!«

Eine Weile blieb es ganz still in der Gaststube, dann sagte der alte Simon trocken: »Das ist einer, der die Oberschlauheit erfunden hat, nun wird's besser auf der Welt.«

Das Wort brach das Eis, auf einmal wurden alle beredt.

»Eine so schöne Gegend! Er komme morgen her und trage das Heu von den Halden herunter, da wird ihm der Rücken bald sagen, wie schön die Gegend ist.«

»Es lauf' ihm einer nach und frag' ihn, wie man Mist macht, den die Nase für Veilchen hält.«

Einer schlug auf den Tisch und rief: »Der Dungstock vor dem Haus treibt die Armut heraus, hat mein Großvater gesagt.« Und der alte Simon fügte bekräftigend bei: »Stank hat Bauerndank.«

»Eine neue Straße nach Lunken! Für unsere Chaisen und Herrschaftskutschen ist die alte gut genug!«

»Wer mit dem Federwägelchen zu uns kommen will, baue sich seine Straße selber. Juckt es euch nach größeren Steuern? Hä?«

»Unsere Gassen sollen wir besser pflastern? Wann? Im Sommer, wenn wir mähen müssen? Im Winter, wenn der Schnee vier Fuß hoch liegt? Ist unser Pflaster uns recht, so hat es der ganzen Welt recht zu sein!«

Nachdem jeder sein Bestes gesagt und sein Gemüt wieder beruhigt hatte, fuhr der alte Simon bedächtigt weiter: »Ich rieche, wo das hinauswill: die Stadtmäuse möchten an unsere Rüben. Da muß man fragen, warum? Tun sie es etwa uns zulieb? Da sage ich: Wir brauchen ihre Liebe nicht, wir haben es bis jetzt ohne sie machen können und werden's auch weiter ohne sie machen. Oder, was meinst du, Nachbar Ammann?«

Der Ammann hatte die ganze Zeit wortlos an einer Tischecke gesessen, an seiner Pfeife gekaut und ab und zu einen Schluck aus seinem Glase getrunken. Auch jetzt hatte er es mit dem Reden nicht eilig, entschloß sich aber doch zuletzt, den Mund zu öffnen.

»Es pfeift jetzt in allen Tälern ein neuer Wind«, sagte er, »es scheint von Zeit zu Zeit zu geschehen, daß auf einmal der Wetterwind aus einem andern Loch bläst. Ihr versteht, wie ich's meine. Was soll man dann tun? Soll man sich stellen, als merke man den Wechsel nicht, und, wenn man nach dem Wetter ausschaut, die Nase, wie man's gewohnt war, nach dem Kleintal richten, obschon man wissen könnte, daß jetzt der

Regen aus dem Großtal kommt? Ich meine, das kann man eine Zeitlang so machen, aber dann geschieht es, daß man nicht nur vom Wind, sondern von der ganzen Welt ausgepfiffen wird und die Nase wohl oder übel doch nach dem Großtal richten muß. Als ich neulich nach der Stadt fuhr, habe ich von der Eisenbahn aus gesehen, daß zu jedem Dorf, zum kleinsten Nest Kraftdrähte gezogen sind, jedes Haus hat sein elektrisches Licht, ich habe mir sagen lassen, daß die Bauern dort elektrisch dreschen, ihr Häcksel elektrisch schneiden und einer sogar die Kühe elektrisch melke, und ich wette meinen schwersten Ochsen im Stall, daß es unsere Bubsbuben einmal auch so machen werden.«

Die Alten schüttelten ihre grauen Köpfe, und einer lachte: »Die Kühe elektrisch melken! Da wird man ihnen auch Kupferdrähte zu fressen geben! Sind sie einmal satt, so werden sie's für immer sein!« Die Jungen, die noch Verständnis für ein weniger mühsames Leben hatten, brachten erst ihre Zustimmung mit einem unverständlichen Geknurr zum Ausdruck, stimmten aber bald in das allgemeine Gelächter ein. Das Vieh mit Drähten füttern, das war eine Lösung, gegen die nichts einzuwenden war.

»Und nun die Fremden«, fuhr der Ammann fort, als sich die laute Lustigkeit gelegt hatte, »jeder Winkel will heutzutage Sommerfrischler haben. Das kann nicht aus lauter Liebe zu den Städtern sein, denn ihr Gespreiz und Getue kann den andern nicht angenehmer sein als uns. Also muß etwas dabei herausschauen. Ich fasse die Sache so auf: man muß die Fremden betrachten wie Hühner; Hühner hält man, damit sie Eier legen. Ein Gasthaus ist ein großer Hühnerstall.«

Man lachte, und der Ammann hoffte schon, mit seinem Spaß das ihm unliebe Gespräch abgetan zu haben, als sich sein Nachbar Simon erhob, die Arme schief auf den Tisch stützte und zu ihm sagte: »Wir wissen, daß du mit uns über die Wolken hinaus möchtest, Ammann, aber einer allein hebt kein Dorf in die Luft! Nachbarn, sagt euch selber, was werden wir von den Fremden haben? In dem neuen Hühnerstall wird ein Städter die Eier zusammenlesen, und wir werden höchstens den Nutzen haben, daß uns die Hühner unser Heugras zerstampfen und ihre neugierigen Schnäbel und Hälse in unsere Stuben, Küchen und Ställe strecken. Und das fremde Gegacker! Was mich anbetrifft, so möchte ich nicht auf Schritt und Tritt Leuten begegnen, die mich für einen Lumpen halten und meinen, ich sollte ihnen zulieb am Werktag

Sonntagskleider anziehen. Ich trage meine alten Hosen gern aus! So meine ich's!«

Damit hatte er alle auf seiner Seite, keiner von ihnen hätte sich gern nach den Fremden gerichtet, und alle rechneten es sich als Tugend an, ihre Hosen auszutragen. Der Ammann gab den Kampf für diesmal auf, er stieß mit seinem Nachbar lachend auf das Wohl aller alten Hosen in Kaltenbach an und kaute dann scheinbar ruhig an seiner Pfeife weiter. Dafür mischte sich der Plazi im Gäßchen ins Gespräch, der mehrere Jahre in St. Anton als Knecht gedient und die Köstlichkeiten eines Fremdenkurorts so fleißig genossen hatte, daß sein Magen sich nur noch mit Branntwein geschweigen ließ. Er sprach von St. Anton wie von einem Paradies und pries das Fremdenwesen als die größte Wohltat der Alpentäler, wobei er sich freilich gefallen lassen mußte, daß die Bauern seine zitternden Hände, seine rote Nase und seine feuchten Äuglein als wirksame Trümpfe gegen ihn ausspielten.

Während sich Plazi immer mehr erhitzte und die Worte der Bauern immer derber wurden und ihm wie Ohrfeigen an den Kopf flogen, trank der Ammann sein Glas leer und entfernte sich unbemerkt. Er hatte die ganze Zeit wie auf Kohlen gesessen und durfte sich nichts anmerken lassen. Das Gerede der Fremden hatte ihn aufgewühlt. Die Großmäuler hatten kommen müssen, um den Kaltenbachern zu sagen, wie schön ihr Tal sei oder wäre, wenn der Schmutzfleck, das Dorf, nicht mitten drin stände.

Er schritt, um von niemand gesehen zu werden, hinten um die Ortschaft herum und folgte dem Bach, der schäumend und sich jeden Augenblick überstürzend aus einer wilden Schlucht hervorbrach. Oben am Eingang des engen Seitentales, von den Kaltenbachern Kleintal genannt, blieb Hans Georg stehen und ließ die Augen über die Landschaft schweifen. Zu seinen Füßen, in einer flachen Mulde zusammengekratzt, lag das Dörfchen, von der Kirche überragt, die weit talauf- und talabwärts schaute. Auf der Talsohle und an den Halden dehnten sich Wiesen, zum Teil gemäht, zum Teil noch im Schmuck und Glanz ihres Sommerkleides, dazwischen schmale Streifen von Ackerland mit Kartoffeln und Gerste, Hanf und Rüben. Daran schlossen sich die Wälder. Wie ein riesiger Kranz aus dunkelm Reisig, schlangen sie sich um das bebaute Land und das Dorf, und ihre Vorposten, vereinzelte Tannengruppen und Haselnußstauden, wagten sich fast bis an die Häuser heran. Über den Wäldern lagen die Weiden und zerstreuten Maiensäße, und hoch herein schauten die mächtigen Häupter der Schneeberge, an denen die Gletscher und Firnen wie weißes Haar herunterwallten. Die Sommerwolken setzten ihre hellen Hüte darauf oder ließen sich wie Schafherden über die Kämme treiben. An heißen Tagen lösten sich die Lawinen von den Firnen los und rollten dumpfe Donner von Felswand zu Felswand, furchtbar und doch niemand erschreckend.

Durch das Tal stürmten zwei Bergbäche und brausten und stießen ihr Lied vor sich hin, zuerst getrennt, dann, als sie sich oberhalb des Dorfes gefunden hatten, im Einklang und um so mächtiger. Erlengebüsch, Scharen von Lärchen und Tannen folgten ihrem Lauf, von ihrem Lied angelockt, schwangen freudig die Äste und sangen und rauschten mit. Da und dort erhob sich ein mächtiger Felsklotz aus den Matten, von einem Ahornbäumchen oder mutigen Tännchen gekrönt, nach langem Kampfe vom Leben unterjocht.

All das beobachtete der Ammann mit neuen Augen, alles machte er neuen Absichten dienstbar, hinter alles steckte er seine Gedanken, seine geheimen Pläne. Dann schritt er auf dem schmalen Alpweg in die Schlucht hinein, hoch über dem schäumenden Wasser. Immer wilder und dunkler wurden die Felswände, enger und enger rückten sie aneinander heran, so daß sich oben die Tannen von hüben und drüben fast die Hände reichen konnten, immer wilder gebärdete sich das in die Enge getriebene Wasser, bis alles von einem betäubenden, donnerähnlichen Tosen verschlungen wurde. Der Ammann stand unter dem Wasserfall, der hoch oben über den Felsen hinaus ins Leere schoß, sich in riesige Strähnen auflöste und mit gewaltigem Sprung, die Luft vor sich herjagend, in die Tiefe stürzte: wilde Pferde, Schimmel mit wallenden, zerfetzten Mähnen, einer hinter dem andern, oder zwei und drei zusammen, oder zwei und drei übereinander, mit weißen, schaumbespritzten Reitern auf dem Rücken, unter deren Sporen sie kopfüber in die Tiefe setzten, wahnsinnig geworden.

Unten hatte sich das Wasser einen Kessel ausgehöhlt, in dem es wie kochende Milch brodelte und zischte, als sollte das Gebirge aus seinen Festen gesprengt werden. Von oben schien die Sonne in die Schlucht, leuchtete und funkelte auf die Sturzwellen und zog den feinen flüchtigen Wasserstaub wie einen Schleier zu sich empor, um ihn in rot und gelb und blau zu scheiden und ganz in Duft und Licht aufzulösen, über dem Furchtbaren, Höllischen das Wunderbare, Himmlische auszubreiten.

Der Ammann setzte sich auf einen Stein, schob den Hut in den Nacken und ließ das Wunder durch Augen und Ohren einziehen. Es betäubte ihn fast. Wie Betrunkenheit stieg es ihm zu Kopfe und verwirrte ihm die Sinne, er stand ganz unter der Macht und dem Willen des Wasserfalles, und der donnerte ihm zu: »So singe und brause, stürze und leuchte ich seit einer Ewigkeit, und keiner in Kaltenbach hat mich je gesehen, keiner hat je meine Stimme vernommen und verstanden, auch du nicht, Ammann! Ist sie denn nicht laut und verständlich genug? Nur hie und da hat ein flüchtiger Wanderer, der Vertrauen genug hatte, sich vom Zufall leiten zu lassen, vor mir gestanden, meine Sprache verstehen wollen und meinen Drang gefühlt, und dann hat er vor Freude in seinem Innersten gejauchzt und vor Staunen gebebt, bis die Wanderlust ihn wieder erfaßte und davontrieb. Aber meine Stimme hat er mit sich genommen, und manchmal wird er sie vernehmen, wenn ihn der Alltag drückt und der Mißmut ihm bis in die Kehle gestiegen ist.«

Halb taub von dem Brausen, aber mit erhobener Seele und fliegenden Gedanken, trat der Ammann den Heimweg an. Wie nach einer Offenbarung war es ihm zumute, er freute sich, daß die lange Blindheit von ihm gefallen war.

Als er aus der Schlucht heraustrat, schien die untertauchende Sonne noch über Kaltenbach und seine grauen Schindelfirsten, während Lunken schon im Schatten lag. Aber aus dem Schatten leuchteten seine hellroten Ziegeldächer wie freudige Fahnen über einem Fest. Der Ammann blieb stehen, sah von einem Dorf zum andern und dachte: »Es sollte sie einer mit Gewalt aus dieser Armseligkeit herausreißen! Mit Worten ist bei ihnen nichts anzufangen, da gibt es nur ein Mittel: sie mit einem gewaltsamen Ruck in ein neues Geleise zu stoßen.« Er war wieder am gleichen Punkt angelangt, wie in jener Nacht, da er sich beichtete. Die eben noch so freudig atmende Brust ward wieder beklommen.

Er konnte sich nicht entschließen, ins Dorf hinabzusteigen, er setzte sich auf den Rasen, starrte übers Tal und suchte einen Ausweg.

Sein Vater und sein Großvater waren Ammänner von Kaltenbach gewesen. Dank anerstammter Ehrenhaftigkeit war das Amt fast wie ein Erbstück von einem Geschlecht zum andern gegangen; war der Vater müde geworden, so war ein Sohn da, der in seine Fußstapfen trat und den man schon seit Jahren den ›jungen Ammann‹ geheißen hatte. Das war jedesmal allen ganz selbstverständlich erschienen.

Als Hans Georg Gonser vor sieben Jahren, noch zu Lebzeiten seines Vaters, das Amt übernommen, hatte er in der Nacht darauf kein Auge geschlossen, seine Seele hatte in ihm gewallt und gute, starke Gedanken und Vorsätze an die Oberfläche getrieben, wie es Quellen gibt, die Goldkörner aus den Tiefen der Erde an die Sonne sprudeln. Er hatte sich gelobt, das Beste von seiner Kraft der Heimat zu weihen, aus Kaltenbach etwas Schönes zu machen, seinen Nachbarn ein getreuer Berater und Wegweiser zu sein. Er hatte darauf vertraut, daß eine gute Sache und ein starker Wille stets auch den zündenden Ausdruck fänden und daß sich das Gute bei Beharrlichkeit immer durchsetze. Vor allem wollte er aufklärend wirken; er hatte so oft gehört, die Schule sei der Weg zum Wohlstand, daß er als sein nächstes Ziel die Gründung einer Realschule betrachtete, die begabten Knaben die Türen zu landwirtschaftlichen und technischen Schulen öffnen sollte. Durch Erhöhung der Besoldung hoffte er tüchtige Lehrer zu gewinnen, während jetzt nur der Ausschuß des Lehrerstandes für Kaltenbach zu haben war. Dann wollte er die Straßen verbessern, die Alpweiden, die man seit Menschengedenken ihrem Schicksal überlassen hatte und die deshalb immer geiziger geworden waren, ertragreicher machen und so den Viehstand und den Reichtum des Dorfes heben, sumpfige Stellen sollten entwässert, Runsen, die dann und wann ihr Geröll über die Grasflächen ausschütteten, verbaut, überwuchernde Alpenrosenstauden gerodet werden. Er trat vor die Gemeinde, trug seine Absichten vor und bot seine ganze Beredsamkeit auf, um zu zünden; da und dort sah er auch wirklich ein Auge aufblitzen, meistens in einem jungen Gesicht, und er schloß daraus, daß er überzeugt habe; aber dann erhob sich regelmäßig ein Alter, kratzte ein paar Sätze zusammen des Inhalts, das, was der Ammann vorschlage, sei ganz recht und gut, würde aber ein Heidengeld kosten, ob denn wirklich jemand vorhanden sei, der mehr Steuern zahlen oder mehr im Gemeinwerk arbeiten möchte, als jetzt schon. Habe man bis jetzt ohne diese Neuerungen leben können, so werde es auch weiter so gehen, die Alten seien auch keine Narren gewesen. Bei der Abstimmung blieb dann der Ammann mit seiner Meinung fast ganz allein. Es hatte ihm manchmal allen Mut genommen, auch fühlte er, daß er in der Gemeinde allmählich den Boden unter den Füßen verlor, daß man ihn für einen unruhigen, fast gefährlichen Kopf hielt, und das schmerzte ihn. Er liebte seine Heimat, wie man sonst nur sein Weib und seine Kinder liebt. Seine Militärkameraden wußten zu erzählen, daß er einmal nachts in der Kaserne aus Heimweh nach seinem Bergneste laut geschluchzt habe, als dreißigjähriger Mann. Und diese Heimatliebe sollte sich am Starrsinn seiner Nachbarn abschleifen?

Jetzt freilich kannte er ein unfehlbares Mittel, seine Pläne zu verwirklichen, aber es war ein unerhörtes, ruchloses, und er würde es nie ergreifen können: das alte, armselige Kaltenbach wegräumen, ein schönes, wohlhabendes aus dem Schutt erstehen lassen und in dem frischen Zug, der dann einsetzen müßte, alles, was ihm das Herz bewegte, durchsetzen.

Der Boden von Kaltenbach war knickerig, jedes Gramm Brot mußte mit doppelt und dreimal soviel Schweiß errungen werden; bei diesem schweren Leben verknöcherten und verdumpften die Menschen. Aber nicht weit weg rauschte ja der große reiche Fremdenstrom vorüber und warf links und rechts seine Schätze ans Ufer, es galt nur, davon einen Kanal in das enge Bergtal zu graben, wie die Lunkener es versuchten, und über Kaltenbach ergoß sich der Wohlstand und ein heiteres, menschenwürdiges Leben. An Stelle des engen, kleinmütigen Geistes mußte ein freier, stolzer treten, an Stelle der neidisch nach nichtigem Gewinn und Vorteil blinzelnden Augen ein offener, wohlwollender, freudiger Blick. Schon sah er das neue Dorf und die neuen Menschen vor sich, die Ziegeldächer leuchteten bis hinauf zu den Alpweiden, die Sonne glitzerte in den sauberen Fensterscheiben, in den Gärten blühten Nelken, Levkojen und gelber und weißer Bergmohn, über dem Dorf stand ein großes Gasthaus, aus dem bunte Menschen wie Schmetterlinge ausflogen, an den Halden jodelten junge Burschen und einer antwortete dem andern: und er, der Ammann, war der Urheber dieses freundlichen Dorfes und des sonntäglichen Daseins.

Er wob seinen Traum weiter. Wenn ihm nur ein glücklicher Zufall, eine Unvorsichtigkeit mit dem Feuer, ein plötzlicher Föhnsturm, ein Blitz zu Hilfe käme! Gab es nicht Taugenichtse genug im Dorf? Warum war nicht eine unschuldige Kinderhand dazu gesegnet?

Da raunte es ihm ins Ohr: »Es tut es keine Kinderhand und kein Taugenichts, es tut es kein Zufall, du mußt es tun, das ist dein Schicksal. Vergleiche dich nicht mit dem Lammwirt von Lunken, der tat es aus Eigennutz, du tust es für die andern und bist das Opfer. Du wirst daran keuchen müssen, aber du bist stark und wirst es tragen, auf dem Sterbebett wirst du einmal den Tag segnen, da ...«

Er sprang auf, er sah seinen Vater und seinen Großvater vor sich, die beide in ganz weißen Hemden sich in die Grube legen konnten. Nein, den Namen Gonser durfte er nicht beflecken, es war ja auch der Name seiner Frau und seiner Kinder! Hör' auf mit dem Feuer zu spielen! Ein Narr, wer seine Haut für andere auf den Markt trägt! Sie wollen ja gar nicht glücklicher sein, sie empfinden ja ihre Armseligkeit nicht einmal! Denk an den Hamm-Batist im Geißboden! Gehe heim, sag' der Fida alles, damit sie dir den Kopf zurechtsetze, und es wieder Ruhe gebe!

Er ging langsam in der Dämmerung nach Hause, aber er brachte die Beichte nicht über die Lippen und gestand sich mit heimlichem Grauen, was das bedeutete: sein geheimster Steuermann wollte sich die Möglichkeit, die Tat zu begehen, offenhalten; der Gedanke, der Beglücker seiner Heimat zu werden, war schon zu tief in seiner Seele verwurzelt. Er suchte zwar sein Gewissen zu beschwichtigen, ihm etwas vorzumachen: es seien ja nur Pläne und Hirngespinste, zwischen Gedanken und Vorsätzen, und zwischen Vorsätzen und Taten sei zum Glück ein Damm gebaut. Die Gewißheit, daß er im verborgensten Winkel seines Herzens die Tat wollte und betrieb, stand trotz alledem unbeweglich hinter allem, was er sann und sah.

An diesem Tage fing die schwere Leidenszeit des Ammanns erst recht an. Die Heuernte hatte begonnen, er stand vom frühen Morgen bis zum Abend auf den Matten und zerschlug und zerschnitt die ruchlosen Gedanken mit der Sense, mühsam genug. Aber es kamen die Nächte, die Helfershelferinnen der bösen Geister, schliffen sein Gewissen ab und blähten seinen Beglückungswahn auf. Und er sah den Dämonen mit wachem Geiste und klaren Sinnen zu und mußte dabei noch aufgeräumt und guter Dinge sein; denn seine Frau durfte keinen Argwohn schöpfen! Wozu ihre Ruhe und Heiterkeit stören, wozu sie zu seiner Richterin machen? Sie hätte ihn ja nicht begriffen, ihn für einen Verworfenen angesehen und mit ihrer Geradheit und Offenheit vernichten müssen. Es war das erstemal, daß er ein Geheimnis vor ihr hatte und sie hinterging, und das bedrängte ihn fast so schwer, wie die Versuchung. Dann dachte er an seinen ältesten Sohn, den Felix, der nach ihm Ammann werden sollte. Wenn es geriet, ja, wenn es aber mißlang?

Die besten Stunden hatte er noch, wenn er die Tat als geschehen betrachtete, neben dem Aschenhaufen von Kaltenbach stand und die Gemeinde mit starker Hand seinen Weg führte. Er berechnete, was die

Versicherungsgesellschaften zahlen mußten und schätzte ab, was an Liebesgaben zufließen würde. Der Pfarrer mußte einen ergreifenden Aufruf an alle Zeitungen richten, das Schweizervolk hatte in ähnlichen Fällen die Tasche noch immer weit geöffnet. An Mitteln würde es also nicht fehlen! Nun galt es für das neue Dorf einen zweckmäßigen Plan zu entwerfen: zwei breite gerade Hauptgassen, die sich in Form eines Kreuzes schnitten, in der Mitte ein großer Platz mit Brunnen und Ahorn, an den Gassen in abgemessenen Abständen die Häuser, nach guten Plänen gebaut, wie in Lunken, das Schulhaus etwas abseits in ruhiger Lage. Das Kurhaus, die Hauptquelle des Wohlstandes, müßte von einer Gesellschaft erstellt und betrieben werden, im Dorfe selber war zu wenig Geld vorhanden und auch ein passender Leiter hätte gefehlt. Im Gasthaus konnten die Bauern alle ihre Erzeugnisse zu hohen Preisen und fast ohne Mühe absetzen, für die Fremden müßten im Dorf Läden mit allerlei Waren und Luxusartikeln eingerichtet werden, viele junge Leute fänden gut bezahlte Beschäftigung. Da von ihnen eine gute Schulbildung verlangt würde, käme man von selber dazu, bessere Schulen zu gründen. Weite Ausblicke taten sich vor dem Manne in solchen Stunden auf.

Es herrschte schönes Sommerwetter und täglich kamen Fremde von Lunken herauf, um durch den Wald zu streifen, den Wasserfall zu besuchen oder ein Glas Wein oder Milch zu trinken. Sie ließen sich mit den Bauern gerne in ein Gespräch ein, um die Überlegenen spielen zu können, und immer tauchte die Frage auf: »Warum baut ihr hier oben kein Kurhaus?« So kam es, daß am nächsten Sonntagabend in der Gaststube ›Zum Steinbock‹ lauter und heftiger als je gesprochen wurde. Ein paar junge Männer hatten den Gedanken, Kaltenbach für die Sommerfrischler einzurichten, bereits zu dem ihrigen gemacht und verteidigten ihn nun schon wie einen Besitz. Das erschien den übrigen wie Verrat an der Heimat. Die sonst ruhigen und bedächtigen Bauernköpfe wurden heiß und die Fäuste schlugen auf den Tisch, daß die Gläser juckten und klirrten. Als das Blut in allen Adern schon dem Sieden nahe war und zwei Burschen kampflustig aneinander aufstanden, trat der Ammann in die Stube und brachte durch sein bloßes Erscheinen die Gemüter wieder zur Besonnenheit.

Er ließ sich seinen Schoppen aufstellen und hörte dann dem Wortstreit, wie es schien, fast gleichgültig zu. Hätte ihn aber einer genau betrachtet, er würde in seinen Augen das mühsam verhüllte Kochen und Lodern entdeckt haben. Es freute ihn, Parteigänger gefunden zu haben, und waren es auch nur drei oder vier, und er empfand einen Ingrimm gegen die Dickköpfe, die sich jedem vernünftigen Gedanken verschlossen. Gerne hätte er sich ins Gespräch gemischt, aber er war seiner selber zu wenig sicher, er fürchtete, sein Geheimnis würde ihm über die Lippen springen und seine Pläne in aller Ohren schreien. Krampfhaft hielt er sein Glas umfaßt, wie man unwillkürlich Kraft und Wille in den Körper ablenkt, wenn man die Meisterschaft über die Gedanken zu verlieren fürchtet. Sein Nachbar Simon, der sich zum Wortführer der Alten aufgeworfen hatte, spielte eben seinen stärksten Trumpf aus und rief den Neuerungssüchtigen zu, die Fremden würden die alte Frömmigkeit untergraben, die guten Sitten und die Zucht verderben, kein Schürzenband wäre vor ihnen sicher und die Dorfburschen müßten mit dem vorlieb nehmen, was die Stadtgecken ihnen gütigst übrigließen. Da hörte man auf einmal in der Stube einen Knall und ein in die Ohren schneidendes Reiben von Scherben: der Ammann hatte sein Glas zwischen den Fingern zerdrückt. Der Zank verstummte, man drängte sich heran, um zu sehen, wie es so gekommen sei, man sprach Vermutungen aus: das Glas müsse von ungleicher Dicke gewesen sein oder einen Sprung oder eine Blase gehabt haben. Der Wirt, um nicht zu Schaden zu kommen, beteuerte, das Glas sei ohne Mangel gewesen, er stelle nur gutes Geschirr auf.

Der Ammann ließ sie schwatzen, bezahlte Wein und Glas und entfernte sich, angeblich, um die blutende Hand am Brunnen zu waschen, in Wahrheit, um sich den auf ihn gerichteten Augen zu entziehen. Als er die Türe hinter sich zugezogen hatte, war man sogleich über den Grund, warum das Glas zerbrochen war, einig: das sei eine alte Sache, breche einem ein Trinkglas in der Hand, so bedeute das Tod und Sterben in der Familie, ob es wohl ihm selber gelte, er habe sich so verändert in letzter Zeit.

Der Ammann stieg an jenem Nachmittag wieder zum Wasserfall hinauf und dachte an seine jungen Freunde. »Man muß ihnen helfen«, sagte er sich, »sie werden's allein nicht durchsetzen, oder dann zu spät und nicht gründlich genug.«

Er hatte gehört, Fremde hätten dem Lammwirt in Lunken begreiflich gemacht, sein Haus liege nicht frei und nicht hoch genug, er sollte ein Gasthaus oben am Gemeindebann von Kaltenbach erstellen, damit würde er Herr des ganzen Tales werden.

Der Lammwirt war unternehmungslustig und frech, es war ihm alles zuzutrauen; sollten die Kaltenbacher warten, bis er ihnen ein Haus vor die Nase setzte?

In den folgenden Nächten lag der Ammann wie im Fieber. Er fühlte, daß er die endlosen Qualen und Verstellungen nicht länger aushielt, daß irgend etwas Unerhörtes, ein Sturz über eine Felswand, ein Sprung in den Bach, oder – ein großes Feuer kommen müsse. Schlummerte er ein, so taumelte er von einem Traum zum andern, von einer Beklemmung in die andere hinein. Einmal sah er auf dem Hause des Nachbars Simon rote Ziegel, die wie Flammen züngelten und immer größer wurden, bis sie über den Kirchturm hinausschlugen; ein andermal schaute er Kindern zu, die mit Feuer spielten, oder er entdeckte ein blaues Räuchlein, das aus Sepplis Stadel aufstieg, ein schlaues Gesicht annahm, und ihm durch Mienen bedeutete, es ja nicht zu verraten; dann wieder sah er den ganzen Wald, der sich um Kaltenbach zog, in lichten Flammen stehen und langsam, Baum neben Baum, auf das Dorf zuschreiten, er konnte jeden Stamm und Zweig unterscheiden, es war schauderhaft und groß und der ganze Himmel rot. Jedesmal erwachte er an einem freudigen Schreck: »Nun kommt es von selbst!« Und war er dann ganz wach und der grausamen Täuschung bewußt, stellte sich immer der lahme Gedanke ein: »Gottlob, deine Hand ist noch nicht schwarz!«

Den letzten Ruck gab ihm ein fast bangloses Ereignis, wie ja der Tropfen, der ein Gefäß endlich zum Überfließen bringt, so klein sein darf, wie die tausende, die es allmählich gefüllt haben.

Es war an einem Nachmittag, er fuhr mit Roß und Wagen auf die Wiese hinaus und fand mitten im Dorf den Weg versperrt; zwei Fuhrwerke, das eine beladen, das andere leer, waren in der engen Gasse aneinander gefahren, hatten sich verwickelt und konnten nicht mehr voneinander loskommen. Die Bauern fluchten und hieben mit den Peitschen auf ihre Ochsen ein, bis eines der Wägelchen mit einem heftigen Stoß und Knack zerrissen wurde. Nun bewarf der Eigentümer des zu Schaden gekommenen Fuhrwerkes den andern mit seinen gröbsten Schimpfworten und drang mit erhobener Geißel auf ihn ein. Ohne die Dazwischenkunft des Ammanns wäre es zu einer Rauferei gekommen.

»Die Gasse wird breiter werden«, sagte der Ammann mit zusammengebissenen Zähnen zu sich selber, als er davonfuhr. Daß er es tun mußte, stand für ihn nun fest. Es kam wie eine Beruhigung über ihn.

Der Gedanke, den Kampf nun endlich entschieden, seinen Widerstand durch die Notwendigkeit gebrochen zu wissen, erleichterte ihn. Er fühlte sich nicht mehr als Meister, sondern als Werkzeug ohne Verantwortlichkeit, und fragte sich nur noch, wie es zu vollbringen sei; denn wenn er nicht umsichtig handelte, war alles verloren! Was für einen Eindruck würde es im ganzen Lande machen, wenn es an den Tag käme, das Dorf sei böswillig in Brand gesteckt worden, von seinem Ammann!

Nur über etwas kam sein Gewissen nicht hinweg: war es nicht niederträchtig, auf Liebesgaben zu rechnen, wenn die Not durch eine freche Tat entstanden war? Er redete sich ein, in einem Lande hätten die Glückgesegneten die Pflicht, für die Zukurzgekommenen einzustehen; es half nichts, der Gedanke, das Glück seiner Heimat werde auf ein Verbrechen gegründet, behielt für ihn etwas Grausiges, und hinter dem Gedanken hockte die Furcht, der Himmel werde irgendeine Rache ersinnen. Er sagte sich täglich hundertmal vor: »Du, du allein mußt alles auf dich nehmen, die andern sind unschuldig und der Unterstützung würdig, nur du darfst davon nichts nehmen. Deinen Halt mußt du darin suchen, daß du es ja nicht für dich, sondern nur für die andern tust, und hat der Himmel den Lammwirt nicht geschlagen, so wird er auch deiner Tat nicht fluchen.« Auch das half nichts, das Gewissen bohrte Löcher in alle seine Gründe und Einwände. Um es zu beschwichtigen und allen lästigen Gedanken den Schlagbaum vorzulegen, malte er sich unablässig sein Verdienst vor die Augen. Er lebte in einem beständigen Wachtraum, er sah sich im Geist als unbekannten Wohltäter seines Dorfes, zauberte sich eine rosige Zukunft vor die Augen, weidete sich an der Wohlfahrt und den vergnügten Gesichtern seiner Nachbarn und gewahrte zuweilen mit einem heiligen Schrecken, daß er in ganz glücklicher, gehobener Stimmung war und vor sich hin pfiff. Dann sagte er sich: »Sei ernst, du mußt tragen, trag' jetzt schon!«

Die Tage verflossen, und immer noch suchte er nach der Lösung. Es war Mitte August geworden, es strich ein heißer, trockener Sommer übers Land, seit Wochen war kein Gewitter, kein Regenschauer über den Himmel gezogen, hatte sich kein Tau auf die Erde gesetzt. Das Gras in der Nähe des Dorfes war eingebracht, man arbeitete in den höheren Lagen, die Häuser waren tagsüber wie ausgestorben, nur dann und wann rasselte ein Heuwagen über das holperige Pflaster der Dorfstraße.

Da setzte zu allem noch der Föhn ein und vermehrte die Glut; es war so schwül, daß die Menschen ganz erschlafften und manche wie in einem dumpfen Taumel dahinlebten. Man sah nach den Wolken, die der Wind hinter den Bergen auftrieb, oder die plötzlich am Himmel sich bildeten, sich eine Strecke weit treiben ließen und dann wieder im Blau zerflossen, immer an der gleichen Stelle, fast genau über dem Dorf, und man erwartete mit Sehnsucht, daß sie sich endlich zusammenballen und den ersten Blitz von sich schleudern möchten.

Anders der Ammann: »Läßt der Föhn nach, so ist der Regen da, und du hast die Gelegenheit für ein Jahr verpaßt, tust du's jetzt nicht, so geschieht es nie!« Das Dorf war verlassen, das Vieh auf den Alpen, niemand krank und bettlägerig, worauf wartete er noch? Die Dächer waren ausgedörrt, die Schindeln knisterten in der Sonne, und darüber flimmerte die Luft und brauste der glühende Wind. Aus allen Richtungen stürzte der Föhn herab, mit so schwerem Gewicht, daß die Balken der Häuser ächzten und alle Kanten und Fugen stöhnten und pfiffen; er lastete auf dem Dorf wie auf den Menschen.

Der Ammann hatte ein Fuder Heu nach Hause gefahren. Nun stampfte das Pferd auf der Hofreite, von den Fliegen geplagt, während er in der Stube vor einem Glas Wein saß und den Kopf zwischen beiden Händen preßte. Er meinte, die Schläfen gingen ihm auseinander, er verlöre die Besinnung.

Beim Einfahren hatte er bemerkt, daß an Sepplis Stadel, dem äußersten im Dorf, eben dem, der schon in seinen Träumen vor ihm gestanden hatte, ein Laden offen war, und er wußte, drin lag trockenes Laub, wie man es im Herbst in den Wäldern sammelt, um es dem Vieh als Streu hinzuwerfen. Der Stadel war luftig gebaut und ließ den Wind nach allen Seiten durchstreichen, alles schien vom Himmel so gefügt. Der Anblick des Stadels hatte ihn in ein heißes Fieber geworfen, einen Schleier vor seine Augen gezogen.

»Du mußt«, sagte er sich, aber er vermochte keinen festen Entschluß zu fassen, es war so wüst in seinem Kopfe. »Hinaus ins Freie«, stöhnte er, »du wirst verrückt in der Stube!« Er hatte sein Glas Wein geleert, er stürzte ein zweites und ein drittes hinunter, auf einen Zug, um den Durst und die brennenden Gedanken und das Fieber zu löschen. Dann zerschmetterte er das Glas und die Flasche mit aller Kraft auf dem Boden, er hätte nicht sagen können warum. Einen Augenblick später saß er auf dem Wagen und sprengte davon.

Auf das, was er hierauf tat, konnte er sich nie mehr genau besinnen. Als er oben bei den Seinen anlangte, erwachte er wie aus einem Traum, er war in Schweiß gebadet, und sein Kopf schien ganz leer. Er band das Pferd an eine Lärche. Dabei wurde ihm auf einmal bewußt, daß er seine Pfeife nicht mehr im Munde hatte. So hatte er es getan! Die Pfeife lag in Sepplis Stadel im Laub! War niemand in der Nähe gewesen? Wenn man ihn gesehen hätte!

Er wandte sich um und blickte auf das Dorf hinab. Nichts Auffälliges! Eben fuhren hintereinander zwei Fuhrwerke an Sepplis Stadel vorbei und bogen in den Flurweg ein. Es war also dort noch nichts zu merken, die Sache ging gut. Gleich darauf fiel ihm eine andere Möglichkeit ein: wenn das Laub kein Feuer fing? Wenn die Pfeife erloschen war und man sie fand und als die seine erkannte? Was dann? Hatte er sie schon einmal im Wirtshaus geraucht?

Die Reue faßte ihn, er machte sich Vorwürfe, schimpfte sich einen Verrückten, es zog ihn an allen Haaren nach dem Dorf, er hörte sein Herz an die Rippen pochen, er mußte seine Pfeife wieder haben. Daß es ihr später keiner ansehen würde, warum sie dort lag, kam ihm gar nicht in den Sinn.

Er ergriff eine Gabel, um Heu zu Haufen zu werfen, möglichst weit von Frau und Kindern entfernt, er wußte, daß sie ihm seinen Wahnsinn anmerken würden. Da sah er, als er aus den Augenwinkeln nach dem Dorfe schielte, ein blaues Räuchlein aufsteigen, scheinbar nicht größer als von einer Zigarre. So war also das Verhängnis los! Wie wird's enden? Wann wird das erste ›Feuerjo!‹ übers Feld gellen?

Mit einem Schlage wurde er ruhig, er erstaunte selber, wie klar und gefaßt er war. Er arbeitete mit seiner Gabel, ohne nach dem Dorf zu sehen und überlegte, was nun alles zu tun sei, jetzt und morgen. Es stieg in ihm wie eine sündhafte Freude auf, nun seinen ganzen Mann stellen und seine rückständigen Nachbarn in den neuen Fahrweg stoßen zu können. Ja, er wollte es gut machen! Was Sünde war, sollte Segen werden!

Da tönte von einer fernen Wiese her der Ruf. »Es brennt!« Und hundertstimmig flog der Angstschrei: »Feuerjo!« von Wiese zu Wiese, von Halde zu Halde, durchs ganze Tal. Man warf die Gerätschaften hin und eilte, was man laufen konnte, dem Dorfe zu. Als die ersten dort ankamen, waren schon vier Häuser von den Flammen erfaßt, und wie die Sturmglocke vom Turme zu heulen begann, verdoppelte der Brand seine Wut, als reizte ihn das wilde Zeichen.

Der Wind blies das Feuer von einem Dache zum andern, löste brennende Schindeln los, stieß sie wie einen Jauchzer in die Luft, spielte teuflisch damit und ließ sie dann, wie es sich traf, auf andere Dächer niederfallen, wo die Glut gleich neue Nahrung fand. Von den Dächern drang das Feuer in die Kammern und in die Ställe und Heugaden hinab, und immer höher und wilder schlugen die Flammenzungen empor, dichter und dichter wirbelte der Rauch in die Luft und bildete über dem Dorfe eine dunkle Decke, die die Glut von unten durchleuchtete und der Wind wie eine sich stets erneuernde Riesenfahne talabwärts trug, weithin bis über Lunken hinaus. Unerträglich roch das schmauchende Heu.

Die Leute rannten mit verzerrten Gesichtern und brennenden Augen her und hin. Wer ein Stück Vieh im Stalle hatte, trieb es mit Lärmen und Schlägen ins Freie. Dann stürzte man nach dem Hausrat und rettete, was möglich war. Betten, Kleider, Tische, Backtröge, Pfannen, Kästen, Stühle, Sensen, Rechen, Gabeln wurden durcheinander auf die nahen Wiesen geworfen und die kleinen Kinder wie Ware darauf gesetzt.

Das Tal wurde heiß wie ein Backofen; das Brausen der vom Winde gepeitschten Flammen, der Sturz der Dachstühle und Balken, das Gewimmer der Sturmglocke, das Rufen der Männer und das Gekreisch der Frauen und Kinder, das Brüllen des Viehs und das Geheul der Hunde raubte allen die klare Besinnung, keiner achtete auf den andern, man rannte gegeneinander, jammerte oder schrie sich zornig an, fragte etwas und eilte davon, bevor man die Antwort vernommen hatte. Eine alte Frau saß auf ihrer schon brennenden Scheiterbeige, streckte die gefalteten Hände in die Höhe und betete mit alles übertönender Stimme. Sie mußte mit Gewalt herabgerissen werden.

Ans Löschen dachte niemand, man ließ sogar die Feuerspritze und die Schläuche verbrennen. Sie hätten auch nichts genützt, alle Menschenkraft war machtlos gegenüber dem Föhn und den Flammen, die in dem dürren Holze frohlockten und im Ungestüm miteinander wetteiferten. Die Feuerwehr von Lunken kam herangesprengt und versuchte ein paar verschont gebliebene Firsten zu retten, aber sie wurde immer mehr zurückgedrängt und beschränkte sich zuletzt darauf, die Kirche zu schützen, die über dem Dorfe und außer der Windrichtung stand. Einige rissen mit langen Haken die noch bestehenden Mauern und Kamine ein, damit den Brandschätzern nicht mehr viel zu tun übrigbleibe, andere schleppten glühende Balken aus den Trümmern und löschten sie mit Eimern, während ein paar durstige Kehlen um das Wägelchen des Lammwirtes standen, der mit Wein heraufgefahren war und den Allerweltskerl spielte.

Als die Nacht hereinbrach, stand das ganze Dorf bis auf die Kirche in Flammen oder war schon in Schutt gesunken. Die Leute richteten sich ein, unter freiem Himmel zu übernachten, die Kinder wurden in Bettdecken eingehüllt und wie Säcke auf die Erde gelegt, die Männer und Frauen stöberten noch eine Weile in den Trümmern ihrer Wohnstätten herum oder setzten sich zu ihrer armseligen Habe, die manche Brandwunde erlitten hatte, wachten darüber und zählten beim Feuerschein, der noch immer das ganze Tal erleuchtete, was sie gerettet und was sie verloren hatten. Viele weinten und schluchzten bei dieser traurigen Beschäftigung, andere schoben die Frage im Kopfe herum. »Wie ist es gekommen? Von ungefähr oder von böser Hand?«

In der Nacht brach das langersehnte Gewitter herein. Es trat gewalttätig auf und nahm Rache an der langen Herrschaft des Sonnenscheins, ununterbrochen zuckten die Blitze, kaum, daß das Dunkel zwischen zwei Flammen Zeit fand, das Land zuzudecken. Die Donnerschläge überboten sich, und einer schlug den andern auf den Mund. Schloßen, größer als Haselnüsse, fuhren mit Regen vermischt hernieder und erfüllten die Luft mit unheimlichem Tosen, oben im Wald brannten ein paar Tannen wie Fackeln. So hatte das Wetter lange nicht mehr durch das Tal gewütet.

Die Obdachlosen, die sich kaum für die Nacht eingerichtet hatten, verfielen aufs neue dem Jammer, die erwachenden Kinder wimmerten und schrien nach den Eltern, die Frauen klagten den Himmel an, und die Männer grollten und fluchten. Erst das Feuer und nun die Sündflut, sollten sie denn alle zugrunde gehen? Womit hatten sie das verdient? Der droben mußte schlafen, daß er so etwas zuließ.

Der Ammann saß bei seinem Häufchen Habe, den Rücken an ein versengtes Bäumchen gelehnt. Er starrte in das Unwetter und sprach kein Wort. So schrecklich hatte er sich in seinen Träumen die Vernichtung seines Dorfes, die Wut der Elemente, den Schmerz und das Gejammer der Leute nicht vorgestellt. Wenn er früher an den Brand von Lunken gedacht hatte, war ihm immer über dem Feuerschein das neuerstandene Dorf erschienen, und auch jetzt suchte er für die Not taub zu sein. »Das wird vorbeigehen«, sagte er sich, »und muß durchgekostet werden, wenn nachher alles besser werden soll.« Aber diese Stimme hatte kein Gewicht gegenüber der andern, die ihm zuraunte: »Achtzig Familien hast du um Haus und Habe gebracht, verstehst du das? Wüßten es die Leute, sie würden dich erwürgen oder in die Glut stoßen und täten recht daran. Nun bist du ein Verbrecher und verdienst das Zuchthaus, du, der Hans Georg Gonser, der Ammann des Dorfes. Auch wenn alles gut wird, wirst du dein Leben lang an dieser Nacht zu schleppen haben. Hätte dich doch ein Balken erschlagen! Aber der Tod will von dir nichts wissen. In wie manches Haus, das keiner mehr zu betreten wagte, bist du eingedrungen und immer wieder heil herausgekommen! Jeden andern hätte eine Decke oder ein Dachstuhl oder ein Kamin erschlagen, du hast dir nicht einmal den Bart versengt. Was soll das bedeuten? Mußt du deine Aufgabe vorher lösen? Oder das Gericht über dich ergehen lassen …?«

Seine Söhne lagen in seiner Nähe am Boden und suchten, als das Gewitter sich allmählich verzog, den Schlaf, seine Frau saß auf einem Laubsack und umschlang ihr Töchterchen, das den Kopf in ihren Schoß geschmiegt hatte und während des Unwetters, von der Anstrengung und Aufregung völlig erschöpft, eingeschlafen war. Die Frau wandte sich von ihrem Manne ab und schwieg wie er. Ahnte sie seine Tat? Hatte sie die Ursache seiner schlaflosen Nächte und seines verschlossenen Wesens nun erraten? Wie der lebendige Trotz nahm sich ihre unbewegliche, dunkle Gestalt aus.

Nach Mitternacht kam der Statthalter auf einem Wagen angefahren und versammelte die Dorfvorsteher in der Kirche. Der Ammann meinte, dem Scharfrichter entgegenzutreten; aber er nahm sich zusammen; galt es nun doch stark zu sein und das lang geträumte Werk zu beginnen. Er sprach mit dem Statthalter über die mutmaßlichen Ursachen des Unglücks und half ihm bei der Untersuchung. Man rief die Leute herbei, die zuerst auf der Brandstätte angelangt waren. Aber es war nichts Bestimmtes herauszubringen; man konnte nicht einmal feststellen, in welchem Haus das Feuer ausgebrochen war. Die meisten glaubten, es müsse in Sepplis Stadel gewesen sein, während andere den ersten Rauch auf Bachtonis Scheune und wieder andere auf Frischknechts Stall gesehen haben wollten. An böswillige Brandstiftung dachte niemand im Ernste, nachdem sich herausgestellt hatte, daß der Plazi im Gäßchen den ganzen Tag nie im Dorf gewesen war. Man nahm an, es habe jemand beim Heuabladen Tabak angesteckt, oder die Pfeife auf der Gasse, wo überall Heu zerstreut lag, ausgeklopft, und dann habe der Föhn Glut aus der Asche geblasen und glimmendes Heu auf die Dächer geweht. In der Stunde, da das Feuer ausgebrochen war, waren außer dem Ammann sieben oder acht Bauern ins Dorf gefahren, sie meldeten sich selber, keiner wußte etwas anderes, als daß er bei dem starken Föhn sorgfältig mit seiner Pfeife umgegangen sei. Einige konnten beweisen, daß sie gar nicht geraucht hatten, auch vom Ammann bezeugten Leute, die am Wege gearbeitet hatten, er sei ohne Pfeife gefahren.

Zu der Untersuchung hätte auch der alte Simon erscheinen sollen, man suchte ihn überall, ohne ihn zu finden. Seine Frau berichtete, er sei, als das eigene Haus verloren gewesen, zu seinem Tochtermann geeilt, sie glaube, er sei noch dort und wolle die Nacht bei seinen Enkeln verbringen, an denen er hänge. Man forschte beim Tochtermann nach. Ja, er sei dort gewesen und habe Geräte aus der Scheune geflüchtet, was weiter aus ihm geworden sei, wisse man nicht.

Über den Ammann kam eine namenlose Angst, es ward ihm sofort zur Gewißheit, daß der alte Nachbar in den Flammen umgekommen sei, es mußte ja alles viel schlimmer, viel grauenhafter werden, als er vorausgesehen hatte. Sein Verbrechen mußte anschwellen, bis es schwer genug war, ihn völlig zu Boden zu drücken.

Der Statthalter schlug vor, die Untersuchung, von der er nichts mehr erwartete, abzubrechen und im Gemeinwerk nach dem Vermißten zu suchen, der Ammann sollte die Arbeit leiten.

Er nahm seine Besinnung in beide Hände und machte sich ans Werk. Die Lunkener Feuerwehr lieh ihre Windlichter; bei ihrem trüben Schein begann man den noch heißen und rauchenden Schutt zu durchwühlen.

Als der Tag herabgraute, zog der Ammann mit seinem Haken den halbverkohlten Leichnam seines Nachbars unter ein paar Balken hervor. Er stürzte neben dem Toten hin und begann zu weinen wie ein Kind. Diesen Fall hatte er in seiner Rechnung nicht vorgesehen! Alles andere hätte er zur Not auf seine Schultern genommen, dieses Neue war zu schwer für ihn. Er war zum Mörder geworden, und hätte es am liebsten aller Welt ins Gesicht geschrien. Aber was sollte dann aus dem Dorfe werden?

Simons Frau kam jammernd herbei, kniete neben dem Ammann nieder und schluchzte: »Hast du mir ihn gefunden, Nachbar?« Er drückte ihr die Hand und schlich sich weg. Beim Dorfbrunnen stieß er auf den Küster und befahl ihm, um sechs Uhr die Gemeinde zusammenzuläuten. Dann verkroch er sich irgendwo.

Die Gemeinde war schon lange versammelt, als er endlich in die Kirche trat. Allen fiel auf, wie alt er in der einen Nacht geworden war. Aber er hatte sich noch in seiner Gewalt und entwickelte, wenn auch mit bebender Stimme, seine Pläne. Er hatte sich ja jeden Punkt längst zurechtgelegt. Alles, was er sagte, war einleuchtend und schien zweckmäßig: es sei ein schwerer Schlag auf das ganze Dorf niedergefallen, aber es sei andern Orten auch schon gleiches geschehen und sie stünden jetzt schöner und nicht ärmer da als zuvor. Jeder müsse nun seinen Schutt wegräumen und nur an die Zukunft denken. Tue jeder sein Bestes und helfe einer dem andern, wie es sich bei einem solchen Unglück von selber verstehe, so werde man über die größte Not wegkommen, Hilfe von außen werde bald eintreffen. Mit Trauern und Sinnen dürfe man keine Zeit verlieren, jede Stunde sei kostbar, es seien für den Winter Notwohnungen für Mensch und Vieh herzustellen, während der schlechten Jahreszeit müsse man Holz fällen und zurüsten, Steine brechen und die Keller ausgraben, damit im Frühjahr das Dorf wieder aufgebaut werden könne. Er rate, zu diesem Ende einen tüchtigen Baumeister kommen zu lassen, der einen wohlüberlegten Bauplan und Entwürfe für die einzelnen Häuser herzustellen und jedermann mit Rat zur Seite zu stehen hätte. Wenn man ein Dorf aufrichte, so sei das ein Werk, das nicht nur ein Jahr oder zwei, sondern ebensoviele Jahrhunderte dauern müsse, darum solle ein jeder weniger an sich selber, als an seine Kinder und Kindeskinder denken und sich sagen: Wir wollen's so machen, daß sie uns einst loben und unsere Umsicht rühmen. Man solle das Dorf luftig und aus Stein bauen, breite und gerade Straßen anlegen, auch an eine Wasserversorgung mit Hydranten denken und nicht immer fragen: Wo sollen wir das viele Geld hernehmen? Ein warmer Aufruf, vom Pfarrer verfaßt, werde seine Wirkung schon tun.

Dann malte er ihnen ein Stück Zukunft vor die Augen, was er ja trefflich verstand, und die Gemeinde, in die Notlage versetzt, stimmte ihm in allem zu. Keiner verließ die Kirche, ohne sich im geheimen zu sagen, das Unglück sei vielleicht weniger groß, als man meine.

Die Gemeinde ging auseinander, der Ammann blieb zurück, setzte sich in den Kirchenstuhl, der ihm gehörte und in dem er und vor ihm sein Vater und sein Großvater jeden Sonntag gesessen hatten. Er beriet sich mit seinem Herrgott, was er nun mit sich anfangen sollte. Jetzt, da alles ins rechte Geleise gelenkt war, konnte er abtreten, nur der Weg beschäftigte ihn und warf ihn in neue Kämpfe.

Als ein gebrochener Mann schlich er noch zwei Tage in dem schwelenden Gemäuer seines Heimwesens herum, oder er lag versteckt hinter einem Busch und wälzte sich in Selbstanklagen. »Hätte ich nur nicht schwerer zu tragen, als der Hamm-Batist im Geißboden«, stöhnte er manchmal.

Die Leute, die ihn so mutlos herumschleichen sahen, schüttelten den Kopf und sagten: »Dem Ammann hat es am meisten zugesetzt, er hintersinnt sich noch.«

Am dritten Tag nach dem Brande wurde der alte Simon beerdigt. Der Ammann folgte seinem Sarg und sah zu, wie man ihn in die Erde versenkte. Dann trat er vor und sagte mit fester Stimme zu den versammelten Leuten: »Ich muß ein Geständnis vor euch ablegen. Den guten Nachbar Simon habe ich auf dem Gewissen, ich bin's, der das Dorf angesteckt hat. Ich hatte es zu groß im Kopfe, ich wollte euch alle glücklich machen. Nun tut mit mir, was ihr wollt.«

Man begriff ihn nicht und sagte sich, er müsse bei dem Unglück den Verstand verloren haben. Man bedrängte und beschwor ihn, die fürchterliche Anklage zurückzunehmen; er aber ging auf seine Frau und seine Kinder zu, die wie versteinert dastanden und am liebsten in die Erde versunken wären, griff nach ihren Händen und sagte: »Lebt wohl und verzeiht mir, ich gehe zum Statthalter und zum Gericht.«

Dann nahm er die Landstraße unter die Füße und schwankte mit unsicheren Schritten zum Tal hinaus nach dem Bezirkshauptort.

Auf der nämlichen Bank, auf der der Hamm-Batist gesessen hatte, wurde er zu zehn Jahren Zuchthaus verurteilt. Seine Familie verließ Kaltenbach und suchte über dem Weltmeer eine neue Heimat.

Das Dorf ist längst wieder aufgebaut, und seine Dächer funkeln heller in der Sonne, als die von Lunken. Über dem Dorf, an der sonnigsten Halde, steht ein Gasthaus und lockt die Wanderer zu sich herauf. Im Garten schießt ein Springbrunnen seinen Strahl in die Höhe wie einen Freudenschuß, und große Spiegelkugeln blitzen und leuchten wie Sonnen.

Wenn sich dem Zuchthäusler die Türen des Gefängnisses öffnen werden und er den Mut findet, in sein Dorf hinaufzusteigen, mag er sich sagen: »Das ist der Traum, den ich so teuer bezahlt habe, ja, ja, so sah er aus.«

Die Bauern aber, die vor ihren schmucken Häusern sitzen, werden sich abwenden, um ihn nicht grüßen zu müssen, und einer wird etwa zum andern sagen: »Scheint's, sind noch nicht alle ausgestorben, die schwarze Hände haben.« Kommt er nach Lunken, so wird ihn der Lammwirt zu sich hereinwinken und ihm im Hinterstübchen, wo er Handwerksburschen und Bettler zu speisen pflegt, mit mitleidigem Gesicht ein Süppchen und ein Glas Wein aufstellen lassen, wenn er es annehmen mag.

Im Rotbuchenlaub

Es war in der Nacht vor dem Himmelfahrtstag. Das Dorf Buchenloh war wie von einem Fieber befallen und fand den Schlaf nicht. Die ledigen Burschen schwärmten durch die Gassen, pfiffen grell durch die Finger, stießen Jauchzer in die Luft oder grölten ein Lied. Sie ließen sich bald da, bald dort hören, getrennte Gruppen gaben sich Zeichen und verständigten sich; wo heiratsfähige Mädchen wohnten, trieben sie allerlei Schabernack, klopften an die Scheiben oder riefen mit verstellter Stimme Neckereien zu den Kammerfenstern hinauf. Wer ernstlich auf Freiersfüßen ging, saß in einer Stube und schäkerte hinter geschlossenen Fensterladen mit seiner Auserwählten. Er mußte sich mit ein paar Maß Wein freikaufen und wurde dann nicht weiter gestört.

Ein Haus blieb von den Burschen unangefochten. Es stand etwas abseits, an der Halde, wie ein Schaf, das der Hund nicht zur Herde getrieben hat. Seine Bewohner mochten den Nachtschwärmern, die bei ihrem scheinbar absichtslosen Treiben immer Bilder von Äckern, Wiesen und Baumgärten vor Augen hatten, zu belanglos erscheinen.

Das Haus gehörte der Witwe Meret Hablützel. Sie bewohnte es mit ihrem Sohn und einer Pflegetochter, die als Magd betrachtet und ausgebeutet wurde. Die Alte war in ihre Kammer hinaufgestiegen, ohne jedoch in der aufgeregten Frühlingsluft, in der Herzensschicksale und Dorfklatsch keimten, die Augen schließen zu können; die Jungen saßen vor dem Haus, er auf dem Gartenzaun, sie auf der steinernen Treppe, und wechselten ab und zu ein kurzes Wort. Sonst gingen sie ihren Gedanken nach oder horchten auf das Lärmen der Nachtbuben, das bald näher, bald ferner die Nacht aufschreckte, aber um sie herum einen großen Bogen machte.

»Warum gehst du nicht zu den Ledigen?« sagte nach einer langen Pause das Mädchen.

Der Ton verriet, daß es seine Gegenwart nicht wünschte.

»Was gehst du nicht zu Bett?« gab er zurück. »Weil ich ins Rotbuchenlaub will!«

»Ich komme mit!«

»Ich finde den Weg schon selber!«

Von oben ertönte in dem Augenblick eine keifende Stimme: »Was hockt ihr die ganze Nacht einander gegenüber wie Hund und Katze! Die Hermine hat recht, was gehst du nicht mit den Ledigen, Felix?«

»Aha, du hast wieder einmal die Ohren gespitzt, Mutter! Häng doch nicht immer das Haus an den Hals!«

»Ich schau' zum Fenster hinaus, wann ich mag! Und das sag' ich dir: ich will das Getue mit der Hermine nicht mehr haben! Merk dir's!« – »Einverstanden, Gotte Meret!« fiel das Mädchen ein, »aber ins Rotbuchenlaub werden wir doch miteinander gehen dürfen!«

»Geh, so weit du willst, und tanz, so toll du magst, wie letztes Jahr. Du bist nachher acht Tage zum Schaffen nichts nutz gewesen!«

Nach diesem Hieb, den sie ein Jahr lang in Bereitschaft gehalten hatte, verschwand Meret oben und schlug, ohne die Entgegnung abzuwarten, das Fenster zu.

Bald darauf erhoben sich Hermine und Felix wie auf ein Zeichen; sie hatten von oben ein Geräusch vernommen, wahrscheinlich hatte Meret das Fenster wieder geöffnet. Als die beiden an der Scheune vorbeischritten, wollte sich Felix zutulich an Hermine heranmachen; sie aber griff flink nach der Geißel, die neben der Stalltüre hing, und fing an, sie so wuchtig zu schwingen und damit zu knallen, daß der ganze Hof auffuhr und das Vieh im Stall brüllte. Meret rief von der Kammer aus, ob denn die Hölle aufgebrochen sei, und Felix, durch die Peitsche in angemessener Entfernung gehalten, bat das Mädchen, den Unfug doch zu lassen, man könnte ja meinen, sie sei verrückt geworden. Zur Antwort drang sie so rücksichtslos auf ihn ein, daß er die Flucht ergreifen mußte, wenn er nicht acht Tage lang die Spuren ihrer Handfertigkeit auf den Backen tragen wollte. Sie lachte hell auf und rief ihm zu: »Man hat mir in dem Haus die Geißel gegeben, da werd' ich doch knallen dürfen!« Wahrheit war, daß sie seit Jahren immer das Vieh am Pflug hatte treiben müssen und dabei die Peitsche zu meistern gelernt hatte wie ein Mann. Sie ging nach dem Baumgarten und setzte sich ins Gras, den Rücken gegen einen Birnbaum gelehnt, der noch in Blüte stand und von dessen weißen Dolden das Mondlicht silbern herabrieselte wie unzählige winzige Schneeflocken. In einiger Entfernung ließ sich Felix nieder.

»Was ist seit ein paar Tagen mit dir?« sagte er. »Du bist wie ein umgekehrter Handschuh, gibst mir und der Mutter kein freundliches Wort, ist denn der Teufel in dich gefahren?«

»Ja, das ist er! Und nicht nur der Teufel, sondern die ganze Hölle! Hast du's doch gemerkt?« rief sie gezwungen lachend.

»Ich glaubte in letzter Zeit manchmal – nun, du weißt es ja schon, und dann auf einmal hast du dich verändert. Hör', wir wollen einmal ernstlich miteinander reden.«

»Ach, geh! Wir sollen ernstlich miteinander reden, weil dich eine andere nicht anhören würde. Und dann die Mutter! Du hast's ja gehört, sie will das Getue nicht, das heißt, sie will mich nicht, und da hat sie ganz recht!«

»Sie wird sich schon drein schicken.«

»Aber ich würde mich nicht schicken! Oh, ihr seid lustige Leute! Du begehrst mich jetzt, weil die andern die Nase für dich etwas zu hoch tragen, und die Mutter will das Getue nicht, weil sie immer noch hofft, du werdest eine Reiche am Schurzband erwischen! Ja, ja, die Gotte Meret möchte oben hinaus. Ich will ihr noch eins knallen, ich bin heut mit ihr so einig!« Dies sagend erhob sie sich und schwang die Geißel noch kräftiger als zuvor. Das ganze Dorf widerhallte und vom Stammberg kam das Echo wie ein Rottenfeuer zurück.

Als sie ausgetobt und sich wieder gesetzt hatte, sagte Felix mit halblauter Stimme: »Ich weiß, woher es kommt, Hermine, und seit wann es so ist. Seit der Mattis wieder im Land ist, der Schammauch.«

»Was sagst du da?« schrie Hermine, sprang auf und fuhr mit erhobener Peitsche auf ihn los.

Er blieb unbeweglich und sagte: »Da haben wir's. Oh, du dummes Ding! Meinst du denn, ihm liege etwas an dir, es habe ihm je etwas an dir gelegen?« Er knallte mit den Fingern und fuhr fort: »Das will er von dir! Dir eins anhängen, und dann gute Nacht! Du bist auf dem Weg nach Ehrlosen! Verstehst du mich, nach Ehrlosen!«

Das Wort löste auf einmal die Spannung, in der sich das Mädchen befand; es warf sich ins Gras und fing an zu schluchzen.

Mattis Lanz war der Sohn des Löwenwirts von Buchenloh. Durch eine jene grausamen Äffungen des Schicksals, die in Romanen, aber auch im Leben sich ereignen, hatte die erste Liebe des reichen Wirtssohnes Hermine gegolten. Der Löwenwirt war ein Schammauch, ein ins Dorf Eingewanderter, und deshalb von allen Stammsässigen im Grunde mit Mißtrauen betrachtet und nicht als vollwertig anerkannt. Da er aber reich war, im Herbst den Wein immer bar bezahlte und die größten Steuern abgab, und zwar willig, flößte er ihnen doch Achtung ein, und sie zogen die Mützen vor ihm fast tiefer als vor dem Pfarrer. Auch dem Sohn ließen sie manches durchgehen, was sie an andern nicht geduldet hätten. So kam es, daß Mattis mit siebzehn Jahren dreist genug war, unter Herminens Kammer, die als Mägdekammer hinten hinauslag, eine Leiter anzulehnen und der Geliebten ans Fenster zu klopfen. Sie öffnete und ließ ihn ein, sie war wie von Sinnen, denn sie hatte ja auch Tag und Nacht und stündlich an ihn gedacht. Wie Wilde fielen sich nun die beiden an und küßten und umhalsten sich. Auf einmal aber wurden sie durch ein Geräusch aufgeschreckt, am Fenster erschien ein großer Kopf unter einem breiten Filzhut. Es war der Wirt. Er hatte seinen Sohn davongehen hören, war ihm nachgeschlichen und hatte ihn nun wie in einer Falle gefangen.

»Hab' ich dich, Bürschchen!« sagte er mit unterdrückter Stimme, um die Meret nicht zu wecken. »Nimm Abschied von deinem saubern Schätzchen und komm herab, ich will dich heimbegleiten, damit dich der Schuhu nicht holt.« Darauf verschwand er am Fenster.

In der Kammer war große Ratlosigkeit. Hermine dachte zuerst daran, Mattis auf dem rechten Wege hinauszuführen; denn sie ahnte wohl, daß der Alte nicht umsonst hinter dem Hause wartete. Aber dann wäre sicher Meret erwacht und zu dem Schlimmen das Schlimmste gekommen. Es blieb nichts anderes übrig: Mattis mußte seinen Rückweg zum Fenster hinaus nehmen und an seinem Vater vorbeigehen. Ohne Abschied genommen zu haben, in jämmerlicher Verfassung, stieg er hinab. Wie ihn der Vater erlangen konnte, packte er ihn, bog ihn übers Knie und schlug ihn mit einem Stock fürchterlich durch; denn er war ein riesiger Mann. Mattis gab keinen Laut von sich, und das Mädchen, das von oben der Handlung zusah, wagte aus Furcht vor Entdeckung nicht einmal für den Armen ein Wort einzulegen. Als der Alte seines Amtes gewaltet hatte, nahm er dem Sohn so, daß es Hermine hören mußte, das Versprechen ab, niemals wieder etwas mit dem liederlichen Mädchen zu tun zu haben. Dann ließ er ihn laufen. Er selber trug die Leiter weg und stellte sie an ihren Platz; denn in einem Dorfe findet sich jeder in des andern Dingen zurecht.

Hermine meinte in jener Nacht vor Scham zu vergehen und erwartete in unsäglicher Seelennot den Morgen, da die Schande auf sie herabfallen würde. Aber es geschah nichts, die angstvollen Tage verstrichen einer nach dem andern, Meret, Felix, alle Leute sprachen zu ihr wie sonst, keiner wich ihr aus oder warf ihr etwas Anzügliches zu, der Wirt hatte also reinen Mund gehalten.

Hermine hoffte auf Mattis und erwartete, er werde das ihm schnöd abgenommene Versprechen unter die Füße treten und eine Gelegenheit finden, mit ihr zusammenzukommen. Aber sie sah ihn nie mehr, und eines Tages verbreitete sich die Nachricht, sein Vater habe ihn für ein paar Jahre ins Welschland geschickt, damit er für seinen zukünftigen Beruf als Gastwirt noch etwas Rechtes lerne. Die Leute gifteten: »Das Welschland sei für den Windflügel gerade der rechte Boden, der Alte werde das vielleicht früh genug erfahren; aber das sei nun einmal der Lauf der Welt, der eine trommle zum Sammeln und der andere zum Auseinanderlaufen.«

Für Hermine fielen auch einige Neckereien ab; denn daß sie und Mattis nach einander geschielt hatten, wußte das ganze Dorf, und die ganz Schlauen brachten auch die Welschlandreise mit dieser Liebelei in Zusammenhang, ohne zu wissen, wie recht sie hatten. Dem Mädchen wollte bei diesen Sticheleien das Herz aus der Brust springen, aber das achtete niemand groß, und wer etwas merkte, lächelte höchstens über die siebzehnjährige dumme Magd.

Nun waren drei Jahre verstrichen, Mattis war wieder da, am Sonntag hatte ihn der Wirt selber mit dem Gefährt auf der Bahnstation abgeholt. Er hatte sich noch wenig blicken lassen, Hermine hatte ihn noch nicht gesehen, und so befand sie sich in größter Verwirrung: es drängte und gärte unbändiger als damals in ihr, drei Nächte hatte sie kaum ein Auge geschlossen und meinte, um den Verstand zu kommen. All die Jahre war ja bewußt oder unbewußt Mattis ihr ganzes Denken und Sinnen gewesen. In ihrer Seele grub sich die Überzeugung ein, da er sie in den Augen seines Vaters bloßgestellt habe, müsse er eines Tages wieder vor sie treten und den Schandfleck von ihr nehmen. Manchmal redete sie sich zwar ein, ihn zu hassen, weil er dem Vater in jener Nacht nicht wie ein wütender Hund an die Kehle gesprungen war. Ja, vor einigen Wochen hatte sie sich von Felix fast überreden lassen, ihm ihre Hand zu geben, nur um endlich aus ihrem Zwiespalt herauszukommen und ein Ende zu machen, den Steg hinter sich zu zerschlagen. Jetzt fühlte sie, daß sie in den drei Jahren nicht um Haaresbreite von Mattis losgekommen war.

Als sie aus dem Schluchzen ins Weinen überging, machte sich Felix teilnehmend an sie heran und suchte sie aufzurichten.

»Du bist so gescheit und doch so dumm, Hermine«, sagte er, »glaubst du denn, er kenne dich noch? Stell' dir vor, ich wollte um seine Schwester anhalten; was würdest du sagen? Lachen würdest du, und das ganze Dorf mit dir! Sieh, wir sind die Hablützel von Buchenloh, gleiche Vögel sitzen auf die gleichen Äste. Der Löwenwirt ist nur ein Schammauch, aber er würde uns nicht einmal mit einem Stecklein anrühren. Das macht, er hat Gülten, breite Wiesen und Äcker, den goldenen Löwen und vier Pferde im Stall. Und wie der Alte pfeift, wird auch der Junge pfeifeln; von Tannen gibt's wieder Tannen, von Pappeln Pappeln, das läßt nun einmal nicht von der Art.«

»Was weißt denn du!« unterbrach sie ihn ohne Überzeugung.

»Ich will dir etwas sagen, Hermine«, fuhr er mit leiser Stimme fort, »es ist mir längst etwas aufgefallen, ich kann es mir nicht reimen, und doch muß es etwas bedeuten. Jedesmal, wenn wir dem Löwenwirt begegnen, spuckt er aus, auffällig genug. Ich weiß nicht, gilt es beiden oder nur einem, soviel aber ist sicher, wegen Wassernot im Maul tut er's nicht. Sahst du's nie?«

»Doch.«

»Wie meint er's?«

»Was kann ich wissen? Vielleicht verachtet er mich.«

»Ja, so ist es! So hab' ich's empfunden! Es gilt dir! Und warum? Weil du einmal gewagt hast, seinen Herrn Sohn anzusehen! Und du willst Leuten, die nach dir spucken, wie ein Wurm über den Weg kriechen?«

»Über den Weg kriechen?«

»Ja, damit sie dich zertreten. Was liegt denen an einem Wurm!«

»Kennst du mich so?«

»Oh, er wird dir nachstellen und du wirst dich überrumpeln lassen. Von einem andern nicht, aber von ihm, man hat ja keine Überlegung, wenn man vernarrt ist. Ich hab' dich gern, drum seh' ich so scharf. Sei auf der Hut, er kommt aus dem Welschen!«

»Schweig!« rief ihm Hermine zu und wandte sich von ihm ab. Im Grunde aber gab sie ihm recht, sie sah sich haltlos an einem Abgrund, ein Blick von Mattis, und sie fiel hinunter.

Vor sich hinbrütend saßen die beiden noch lange im Baumgarten. Vom Kirchturm hatte es drei geschlagen. Das Dorf war allmählich etwas ruhiger geworden; jetzt belebte es sich auf einmal wieder und wurde lauter denn je; es war, als ob die Häuser dem Morgen entgegenjauchzten, so mächtig klang das Dorf. Von allen Seiten ertönten Rufe: »Auf, auf!

Ins Rotbuchenlaub, ins Rotbuchenlaub!« Auch Mädchen waren nun auf der Gasse, das ganze junge Volk zog zum Buchenwald hinauf.

Hermine und Felix erhoben sich, um sich irgendeinem Schwarm anzuschließen. Wie sie langsam davongingen, sagte das Mädchen unsicher: »Wenn er auch kommt, so bewahr' mich vor ihm.« Die Dunkelheit verbarg die Schamröte, die ihr bei diesem Geständnis der Schwäche in die Wangen stieg.

»Ich tu's beim Eid!« gab er in keckem Tone zurück, denn er glaubte, sie habe sich nun ganz ihm zugekehrt.

Auf dem Hügel, der sich über das Dorf erhebt, steht mitten im Wald eine seltsame, weitbekannte Baumgruppe. Es sind Blutbuchen, die Mütter aller derer, die jetzt in Gärten und Anlagen ihre dunkeln Häupter erheben. Eine Sage umhüllt die Bäume, wie ein geheimnisvoller Schleier.

Vor langen Jahren, so berichten alte Leute, herrschte eine schreckliche Hungersnot im Lande, zu Tausenden starben die Menschen hin, und die Überlebenden wurden wie reißendes Wild. In Feld und Wald war kein Tier mehr zu sehen, so hungrig hatten die Menschen unter ihnen gewütet. Auf dem Hügel, wo jetzt die Blutbuchen stehen, jagten an einem Himmelfahrtstage drei Brüder mit gierigen Augen und Zähnen, um dem Tod, der ihnen auf Schritt und Tritt nachsetzte, zu entgehen. Sie waren vor Tagesgrauen aufgebrochen, hatten jeden Busch, jede Höhle, jeden Bachlauf durchsucht und nichts gefunden, keinen Hasen, keinen Vogel, kein Nest mit Eiern, keinen Krebs: der Wald war ausgestorben, ausgemordet. Es war Mittag geworden, die Jäger sanken vor Hunger und Ermattung mutlos zusammen, bereit sich sterben zu lassen, wie sie schon so viele hatten enden sehen. Der Älteste sagte: »Wer es am längsten aushält, decke die andern mit Erde oder, wenn er dazu zu schwach ist, mit Laub zu; vielleicht kommt ein Fremder vorbei und tut ihm den nämlichen Dienst.«

»Es ist verflucht, so ins dürre Laub zu beißen«, stieß der Jüngste hervor und wälzte sich grimmig herum. Dabei geschah ihm wie ein Wunder: er hörte etwas durchs Laub rascheln, es mußte etwas Lebendiges sein, es kam auf ihn zu, es war eine Maus. Sie blieb stehen, richtete ihre schwarzen kleinen Augen auf die drei Burschen und wandte sich dann eilig zur Flucht. Der Anblick entzündete auf einmal die Lebenskraft des Jägers wieder, er sprang auf, und die andern zwei folgten ihm, ohne erst zu wissen, warum. Und nun jagten sie nach der Maus wie Wahnsinnige, sie schlugen danach und sprangen und schrien, bis einer sie mit einem Faustschlag erreichte. Sie brüllten vor Freude; aber das war nur ein Augenblick, die Überlegung blitzte ihnen durch den Kopf, daß sie alle drei von der Maus nicht essen konnten. Wem sollte sie nun zufallen?

Der Älteste hob sie mit raschem Griff vom Boden auf, der Jüngste schrie, er habe sie entdeckt, und der Mittlere knirschte, er habe sie erschlagen, sie gehöre ihm! Es erhob sich ein Streit um die Beute, der immer hitziger wurde; die Brüder zogen ihre Jagdmesser aus den Gürteln, und nach wenigen Augenblicken lagen zwei tot und der dritte auf den Tod verwundet auf dem Waldhügel. Ihr Blut färbte den Boden weit im Umkreis.

Auf dem Fleck aber wuchsen darauf drei Buchen empor, und da sie im Blute wurzelten, färbten sich ihre Blätter dunkel wie Purpur.

In der Gegend sah man lange mit leisem Grauen zu den wunderbaren Bäumen empor, die mit ihren blutigen Stirnen vom Hügel weit ins Land schauten und mahnten. Nach und nach aber entstand der Glaube, daß ein Blutbuchenzweig, am Himmelfahrtstag gebrochen, Glück für das ganze Jahr bringe. So kam der Brauch auf, an diesem Tag ins Rotbuchenlaub zu gehen. Das Volk hat auch eine Erklärung für die Wunderkraft der Buchen gefunden. Jener Fleck Erde, so erzählt man sich, der Zeuge der schrecklichen Tat gewesen, sei von Mitleid mit der erbarmungswürdigen Menschheit ergriffen worden und gebe nun die blutige, wider Willen genossene Nahrung als Frühlingssegen allem Volke zurück.

Im Lauf der Jahre keimte indessen, wie aus einer andern, wildern Volksseele, die Überzeugung auf, daß dieser Boden von Zeit zu Zeit blutdürstig werde und ein Menschenopfer verlange. Man wollte bemerkt haben, daß das immer geschah, wenn sich das Laub einmal weniger tief färbte als sonst. Das Andenken an einen verschmähten Liebhaber, der sich unter den Buchen den Hals durchschnitten hatte, lebte noch frisch im Gedächtnis der Leute, von andern Fällen berichtete die Sage.

Als Hermine und Felix unter den Buchen ankamen, war schon das ganze ledige Volk des Dorfes versammelt. Es begann zu tagen, und in dem bleichen Zwielicht schmückten sich alle mit Rotbuchenlaub. Die Burschen umrahmten ihre Hüte mit Zweigen, die Mädchen legten sich schwere Kränze ums Haar. Hermine begnügte sich nicht damit. Sie flocht sich noch zwei breite Bänder und legte sie sich kreuzweis über

Schultern und Brust. Sie wollte schön und lustig, verführerisch sein, und sich vor allen auszeichnen.

Während sie mit Felix hinangestiegen war, hatte sich in ihr Reue über das, was sie ihm gesagt hatte, eingestellt. Sie empfand, daß sie sich nicht mit ihm verbinden durfte, da ihm ja doch keine Faser ihres Herzens gehörte. Sie fühlte sich jetzt sogar von ihm angewidert, es ärgerte sie, daß er so zuversichtlich an ihrer Seite schritt. Ihr Trachten mußte dahin gehen, Mattis zu erobern. Und in der lauen, duftenden, aufgewühlten Frühlingsluft keimte und erstarkte in ihr die Hoffnung, sie werde ihn an sich zu reißen vermögen, er werde ins Rotbuchenlaub kommen, er müsse es, weil ihr Herz ihn so tapfer zog, und dann werde ein leuchtender Tag für sie und ihn anbrechen. Und sollte ihr der Tag Unglück bringen, nun, so wollte sie es auf sich nehmen, sie war zu allem Glück und zu allem Leiden entschlossen. Unruhig musterte sie die Gruppen, die schwatzend und geschäftig in dem Halbdunkel standen oder saßen; manchmal meinte sie, ihn erkannt zu haben und wandte sich dann enttäuscht und mißmutig wieder weg. Warum kam er denn nicht? Zog ihr Herz noch nicht stark genug?

Es wurde heller unter den Baumkronen, nun mußte bald die Sonne erwachen und herausrollen. Nach und nach wurde es ganz still, mit Andacht wurde der erste Sonnenstrahl erwartet, alle Augen waren nach oben ins Laub gerichtet. Da auf einmal ging Leben durch die Kronen. Bis jetzt hatten sie wie schwarze Ballen über der Erde geschwebt, nun fingen sie an, sich oben zu röten, und wie heißes Blut, das durch tausend Adern und Äderchen kreist und sich belebend ausbreitet, floß der Purpurglanz vom Wipfel über die Äste, Zweige und Blätter zu der Erde und dem jungen Volk hinab und füllte den ganzen Raum mit wonnigem, geheimnisvollem Schauer. Wie gemalte Kirchenscheiben, durch die das Licht wie aus einem Zauberland gedämpft hereinbricht, legte sich das Laubdach zwischen Himmel und Erde. Ein leiser Morgenwind erhob sich und regte das junge Laub auf, es wurde lebendig, erzitterte vor Lust, und aus dem ruhigen Schein wurde ein mächtiges Flimmern und Funkeln, ein Leuchten und Glühen, jedes Blatt, jeder Zweig, der ganze Baum schien in Licht und Glanz zu tanzen und, von Lenzfreude durchbebt, der jungen Sonne zu huldigen. Es herrschte lautlose Stille. Da, während die jungen Leute mit erstaunten Augen und gerührten Herzens das Wunder zu ihren Häuptern betrachteten, ließ sich eine betrübte Stimme vernehmen, die man nicht erkannte, die aus der Tiefe zu kommen schien, als spräche der Erdboden selber: »Das Laub ist bleich dies Jahr.«

Man erschrak, man suchte mit den Augen den ungebetenen Mahner, man sah nach dem Laub, und alle fanden es wirklich unter dem Einfluß der bekümmerten Stimme blasser als sonst. Da ertönten zum Glück die Klänge einer Ziehharmonika, und gleich waren alle Grillen zerflogen. Das junge Volk wurde lebendig wie das Buchenlaub, Burschen und Mädchen griffen sich bei den Händen und bildeten um den ehrwürdigsten der drei Bäume einen großen Ring. Jauchzend umsprangen sie den Stamm.

Nach einer Weile löste sich der Ring in Paare auf, und nun schwangen sich die mit purpurnen Ranken geschmückten Tänzer, daß die Röcke flogen, während durch Laub und Geäst die Sonnenstrahlen zu ihnen hinabdrangen und über dem irdischen Tanz einen leichteren, lautlosen, farbenprangenden aufführten.

Als man sich zum zweiten Tanz anschickte, kam ein weißgekleideter Bursche gemächlich den Wald herauf. Es war Mattis. Man wartete, bis er zur Stelle war, damit er auch mittun könnte. Er aber grüßte kurz und setzte sich ins Laub. Man verzog die Gesichter und murrte: »Er trägt den Kopf immer noch über dem Hut.« Einer aber rief laut: »Es geht auch ohne ihn«, und alle andern antworteten mit Gejauchze und Gejohle. Mattis zum Trotz wurde nun erst recht lustig getanzt, soviel Übermut, so wilde Sprünge hatten die Blutbuchen wohl noch nie gesehen.

Hermine gebärdete sich wie toll. Sie war mit Felix zusammen, aber nicht er, sondern sie lenkte die Bewegungen, und sie wußte es so zu fügen, daß der Saum ihres Kleides mehrmals Mattis streifte. Als die Musik abbrechen wollte, rief sie: »Vorwärts, du Fauler!« und tanzte weiter. Alle andern kamen schließlich außer Atem und ruhten aus, auch Felix erklärte, er könne nicht mehr. Da ließ sie ihn fahren und tanzte allein. Ihre Wangen glühten und waren dunkler als das Laub, in das sie sich gekleidet hatte. Alle sahen ihr zu und errieten, warum sie sich so unsinnig benahm und um wen sie sich so mühte.

Mattis hatte sie nicht gleich erkannt, sie war in den drei Jahren so groß geworden, ihre Brust so hoch, ihre Arme so stark. Er ließ kein Auge von ihr, solch ein Geschöpf hatte er in der Fremde nirgends gesehen. Jedesmal, wenn sie an ihm vorbeitanzte, faßte sie ihn fest ins Auge; sie war dermaßen berauscht, daß sie die Gegenwart der andern kaum mehr fühlte und nur für ihn da war, sie hatte alle Rücksicht abgeworfen. Er konnte schließlich nicht mehr widerstehen. »Vater hin, Vater her!« dachte er, sprang auf, schlang die Arme um sie und tanzte mit.

»Aha«, tönte es von allen Seiten, »alter Zunder brennt am besten!«

Als Hermine endlich mit ihren Kräften zu Ende war, ließ sie sich von Mattis zu dem Platze führen, wo er gesessen hatte.

Da vertrat ihr Felix den Weg, faßte sie am Handgelenk und raunte ihr zu: »Besinn' dich!«

Damit zog er die durch den rasenden Tanz Erschöpfte und fast willenlos Gewordene hinweg.

Man kicherte schadenfroh. Mattis war, er habe eine Ohrfeige empfangen, und er hatte Mühe, seinen Zorn zu bemeistern. »Ich hol' sie mir wieder!« rief er Felix verächtlich nach. »Versuch's!« gab dieser drohend zurück.

»Der nächste Tanz wird's zeigen!«

»Sie ist nicht für des Löwenwirts Fasel gewachsen!«

»Und wenn sie's anders wüßte?«

»Was willst du damit sagen?«

»Frag' sie!«

»Ich brauch' sie nicht zu fragen! Du kommst zu spät, Schammauch!« schrie Felix.

Nun war Mattis' ganze Überlegung dahin. Aus den Worten des Gegners glaubte er herauszuhören, daß seine Jugendliebe während seiner Abwesenheit die Beute eines andern geworden sei. Er hatte seit langer Zeit nie mehr an Hermine gedacht, nun aber war die Begehrlichkeit nach ihr wieder in ihm entbrannt, eine jähe Eifersucht überfiel ihn, er kam sich wie ein Betrogener, Hintergangener vor und schrie voll Verachtung: »So? Hat sie dir auch schon aufgetan!«

»Auch schon aufgetan?« wiederholte man. Die Mädchen verbargen ihre boshaften Gesichter in den Schürzen, die Burschen spuckten aus.

Hermine richtete sich hoch auf, ihre Wangen waren auf einmal leichenblaß geworden. Sie blickte mit funkelnden Augen nach Mattis und sagte: »Du lohnst gut!« Dann zu Felix gewendet: »Bist du ein Mann, so schlag ihm das Wort in den Rachen zurück, und dann verlang'!« Alle fühlten, daß jetzt, da sich ein Mädchen zum Preis ausgesetzt hatte, etwas Gewalttätiges geschehen müsse. Felix warf den Kittel von sich und rief, daß der Wald schallte:

»Hussa, hussa! Schammauch 'raus!«

Das war eine Herausforderung, die von allen verstanden wurde.

Gleich waren die beiden aneinander. Jeder grub dem Gegner seine Finger ins Fleisch, sie standen Schulter gegen Schulter, Knie gegen Knie, Fuß gegen Fuß, sie stießen und rissen sich, wühlten mit den angestemmten Schuhen den harten Waldboden auf, rings um die Buche drängten sie sich, keuchend, mit aufeinandergebissenen Zähnen und verzerrtem Mund, nur ihrer Wut bewußt. Felix wehrte sich, wie man sich um die Liebe wehrt, aber er war Mattis nicht gewachsen. Seine Arme erlahmten nach und nach, während die Muskeln des andern mit jedem Ruck und Stoß wuchsen und anschwollen.

Plötzlich fühlte sich Felix an den Gegner herangezogen, in die Luft gehoben und hingeworfen. Er schlug mit dem Kopf an den Baumstamm und blieb lautlos liegen. Ein dunkler Strom ergoß sich aus seinen Haaren und färbte die knorrigen Wurzeln der Buche, die auf dem Boden wie Schlangen dem Stamm zukrochen.

Ehe ein Arzt zur Stelle kam, war es mit Felix vorbei.

Mattis wurde zu drei Jahren Zuchthaus verurteilt. Zu den Blutbuchen sah man wieder mit Scheu empor, und als der Himmelfahrtstag wiederkehrte, blieb es still in Buchenloh; kein Jauchzer, kein Lied wagte an den alten Brauch zu erinnern.

Nur eine scheute den Gang in den Wald nicht, obschon sie am meisten Grund dazu gehabt hätte, Hermine. Als die aufstehende Sonne ihren Glanz über die Blutbuchen ausgoß, saß sie unter dem Purpurdach und dachte an den, der im Gefängnis unter Verworfenen einen schweren Tag durchlebte und in Gedanken wohl an ihrer Seite war.

Sie hatte in dem verflossenen Jahr mit ihm abgerechnet, in langen entsetzlichen Nächten für ihn und gegen sich gerungen. Er hatte sie der Verachtung preisgegeben, das ganze Dorf sah sie seither über die Achseln an, denn man glaubte sie schuldiger, als sie war; ja, sie fühlte ganz wohl, daß man sie für feile Ware hielt. Mehr als einmal mußte sie Zumutungen lockerer Vögel zurückweisen. Sie selber konnte den Leuten nicht ins Gesicht schreien, daß man ihr unrecht tue, da hätte man sie erst recht verlacht. Sie mußte also den Schimpf für ihr ganzes Leben auf sich nehmen, das war nicht mehr zu wenden. Und doch versöhnte sie sich mit Mattis; nicht zwar mit dem, der unter der Buche mit ihr getanzt hatte, sondern mit dem Mattis von siebzehn Jahren, mit dem sie im ersten Morgenrot der Liebe das Herz getauscht, an den sie einst

Tage und selige Wochen lang gesonnen hatte, von jedem seiner Worte gerührt, von jedem Blick berauscht, auf den sie drei Jahre lang gewartet und den sie in ihren kindlichen Glückstraum verwoben hatte. Zu diesem Mattis und zu diesem Traum kehrte sie nun willentlich zurück, um ihr Elend zu vergessen. Wenn sie an den andern dachte, so war es fast wie an einen fernen Bekannten, dem sie einmal in einer bösen Stunde gegenübergestanden hatte, und der durch ein unvernünftiges Spiel des Schicksals ins Unglück gekommen war.

Diese Flucht in den Traum war für sie eine Tat der Selbsterhaltung. Seit Felix' Tod lag die ganze Last des Heimwesens auf ihr, sie war Haushälterin, Knecht und Krankenwärterin. Die alte Meret hatte sich dem Schmerz um den Sohn so willenlos preisgegeben, daß sie dem Wahnsinn verfallen war und wie ein Kind gepflegt werden mußte. Wie hätte es da Hermine neben all der Arbeit und Sorge noch ertragen, ihrem eigenen Kummer nachzuhängen, in den wenigen Stunden, da sie an sich selber denken konnte, vor dem Einschlafen oder an verlassenen Sonntagen, an ihrem eigenen grauen Werg zu spinnen? Ohne die Abkehr von der Wirklichkeit wäre sie zugrunde gegangen.

So führte sie ein Doppelleben: ein Leben der täglichen Sorgen und Arbeit und ein diesem gestohlenes, auf Augenblicke beschränktes und mit süßer Erinnerung erfülltes Scheindasein. Beide zusammen waren wie ein graues Tuch, durch das sich goldene, in der Sonne leuchtende Fäden ziehen.

Als der Auffahrtstag zum viertenmal wiederkehrte, war Hermine lange vor Sonnenaufgang unter den Buchen und schmückte sich mit Laub und Zweigen, ganz wie damals. Sie wußte genau, daß Mattis kommen würde. Er war nun frei und lebte bei seinem Vater, der nach dem Unglück Buchenloh den Rücken gekehrt und sich in einem andern Dorf niedergelassen hatte. Er hatte ihr einmal geschrieben, und sie hatte ihm als Antwort ein Blutbuchenblatt geschickt. Das sollte er sich selber deuten.

Sie verbarg sich im Gebüsch und wartete ab. Und wirklich, als es zu tagen begann, vernahm sie ein Rauschen oben im Wald und behutsame Schritte, die näher kamen; er war's. Wie ein Dieb oder ein scheues Wild schlich er heran, und erst, als er sich überzeugt hatte, daß niemand zugegen war, betrat er die Unglücksstätte. Er sah sich lange um, er mochte nach Hermine spähen, deren Nähe er ahnte. Dann setzte er sich an die Stelle, von wo er damals dem Tanze zugesehen hatte, und blickte hinauf ins Laub, wo nun bald das Sonnenwunder sich ereignen mußte.

Und es kam wie einst, groß, überwältigend. Blutig und zitternd strömte das Licht auf den Gipfel der Buche und vom Gipfel über die Zweige und Blätter zu dem Unglücklichen hinab. Es troff ihm so heiß in die weitgeöffneten Augen, daß sie ihm schmerzlich überflossen und er sich stöhnend abwandte und hinwarf. Wie ein Wurm wand er sich am Boden. So hatte er sein Unglück noch nie empfunden, so hatten ihn die Reue und der Schmerz um das elend zerschlagene Leben noch nie heimgesucht.

Da trat Hermine aus ihrem Versteck hervor, kniete bei ihm nieder und berührte seine Schulter. Erschreckt sah er auf, erkannte sie und schluchzte: »Du bist gekommen, so hab' ich dich recht verstanden!«

Sie erwiderte: »Ich komme, um dir tragen zu helfen, Tis.«

»Du nennst mich Tis, wie einst; du bist gut! Oh, du weißt nicht, was es heißt, von der ganzen Welt verachtet zu sein!«

»Doch, ich weiß es. Drum bin ich da.«

Er faßte ihre Hand, und da sie es geschehen ließ, sagte er: »Du stößest sie nicht zurück? Dir graut nicht davor?«

»Wer tragen will, muß anfassen. Mach' keine Worte! Nur der Schuldige kann dem Schuldigen helfen. Was wissen die von uns, die nie in Schuld getreten sind.«

»Alle Schuld liegt auf mir.«

»Ich weiß es besser.«

»Du nimmst einen Teil auf dich, dann hast du mir verziehen! Sag', hab' ich wirklich jemand, der mich nicht verachtet? Ja, ich seh's, ich bin für dich kein wildes Tier, ich bin ein Mensch wie einst! Das macht mich so froh.« – »Wenn du froh bist, so schmücke dich mit Laub. Damals hast du es nicht getan, daher kam's! Du wolltest nicht sein wie wir, dich nicht unter uns mischen. Schmücke dich mit Rotbuchenlaub, es soll Glück bringen.«

»Ich bring' es nicht über mich, es käme mir vor wie gelästert.«

»Ich habe mich ja auch geschmückt, es ist ein Festtag heut. Sieh, wir müssen das Alte vergessen und uns an das ganz Alte erinnern. Kinder müssen wir wieder werden. Die Buchen sind ja auch wieder jung geworden und glitzern und freuen sich, als hätte nie Schnee und Reif auf ihnen gelegen. Schmück' dich mit ihrem Laub!« – »Schmücke du mich.«

Sie tat es, sie suchte die vollsten Zweige aus und wand einen kleinen Wald um seinen Hut.

»Nun komm«, sagte sie, »laß uns durch das Holz gehen und von der Zeit plaudern, da wir Kinder waren, uns so gern hatten und nicht einmal wußten, was es war.«

Er folgte ihr willig und fühlte die Last, die ihn eben noch zu Boden gedrückt hatte, langsam von den Schultern fallen. Den ganzen Tag schweiften sie im Wald, weder Hunger noch Durst kamen über sie, ein Gefühl der Seligkeit erfüllte sie immer mehr. Sie fanden ihre Kindheit wieder, wie man manchmal in einer Dachkammer ein altes Spielzeug findet und es als Zeugen einer glücklichen Zeit mit Rührung betrachtet und wieder zu sich nimmt. Sie, die vier Jahre voller Elend hinter sich hatten, erfuhren, daß die Sonne noch immer schön, der Schatten immer noch kühl und der Waldesduft auch ihr Eigentum war.

Als die Sonne sich zum Scheiden wandte, standen sie oben auf dem Scheitel des Berges.

»Leb' wohl«, sagte Hermine, »du gehst dort, ich hier hinunter.«

Er hielt ihre Hand zurück und flüsterte: »Du warst heut so gut zu mir und hast mich von meinem Elend weggeführt, wenn's immer so wär', wenn's immer so sein könnte?«

Sie verstand ihn. »So kann es nicht immer sein, Mattis, so ist es nur im Rotbuchenlaub oder im Traum. Weißt du denn nicht, daß wir heut allzeit geträumt haben?«

»Du hast mir zu verstehen gegeben, du tragest auch einen Teil der Schuld. Legen wir die Teile zusammen, wir werden sie leicht tragen wie heut.«

Sie schüttelte den Kopf. »Du solltest nicht in mich dringen und das Unmögliche verlangen! Erwache und denk' daran, was alles zwischen uns liegt und geflossen ist! Ein unseliges Wort und Blut und verlorene Ehre! Das läßt sich nicht aus der Welt und aus dem Gedächtnis schaffen, aus meinem Gedächtnis einmal nicht. Wenn ein Glas zersprungen ist, mag man die Scherben zusammenpassen wie man will, es wird nie mehr ein ganzes Glas daraus.«

Da sie merkte, wie ihn das niederschlug, änderte sie die Begründung. »Sieh, meine Gotte könnte mich nicht entbehren. Sie ist ja wahnsinnig, du weißt es doch?«

Er war ganz kleinlaut geworden und sagte: »Es ist entsetzlich, wieviel ich mir aufgeladen habe.«

»Ach, sie ist jetzt ganz glücklich«, fuhr Hermine tröstend fort. »Zuerst hat sie dem Felix Tag und Nacht nachgeweint, nichts als Jammer kam ihr aus dem Mund. Dann auf einmal hatte sie eine Erleuchtung. An einem Morgen sagte sie zu mir: ›Hör', Hermine, man hat mir meinen Sohn ans Holz geschlagen, gelt? Der ans Holz geschlagen wurde, ist der Heiland, also ist mein Sohn der Heiland, und ich bin die Mutter Gottes. Nun ist es doch noch gut mit uns geworden. Der Felix hat es mir heut nacht selber gesagt.‹ Dann fing sie an, Halleluja zu singen, und so tut sie nun täglich vom Morgen bis zum Abend. Wie soll ich sie da verlassen?«

Mattis wollte den Vorschlag machen, die Unglückliche auch zu sich zu nehmen, aber er fühlte, daß Hermine eine Gemeinsamkeit nicht wollte, daß er auch in Zukunft seine Bürde allein tragen müsse, und so schwieg er.

Als Hermine inne wurde, daß sie das Glück des Tages in sein Gegenteil verkehrt hatte, daß die wohlgemeinte Teilnahme nun wie ein böses Spiel aussah, fuhr sie fort: »Ich mache dir einen Vorschlag. Wenn dich der heutige Tag gefreut hat, so komm' übers Jahr wieder, und wir leben ihn noch einmal. Noch einmal wollen wir dann unsern Kummer zusammenschütten, vielleicht wird wieder Freude daraus.«

Er drückte ihr die Hand, dann gingen sie auseinander.

Seither machen die beiden sich jedes Jahr einen guten Tag, zu Auffahrt oder Pfingsten. Sie gehen sich entgegen, träumen dann zusammen durch den Wald und lassen die Zeit ihrer ersten Liebe auferstehen, die nun die einzige Lichtquelle ihres Schattenlebens ist. Sie freuen sich immer lange vorher auf den Tag, und lange zittert die Erinnerung daran in ihnen nach. Sie sind alt, aber sie vergessen's an diesem Tag.

Ihre Herzen sind ruhig geworden, sie haben sich mit dem zertrümmerten Lebensglück abgefunden, oder doch fast, und selbst jene verhängnisvolle Fahrt ins Rotbuchenlaub wirft kaum noch einen Schatten auf ihren Weg.

Abschied nehmen sie immer an der nämlichen Stelle, oben auf dem Grat des Berges, von wo man beider Dörfer sehen kann. Da sagt eines zum andern: »Komm' ich übers Jahr nicht, so magst du annehmen, ich sei gestorben und mein Herz habe Ruh'.«

Dann steigen sie von der sonnenbestrahlten Höhe auf entgegengesetzten Pfaden hinab in Tiefe und Alltag.

Die beiden Russen

Es waren zwei Sonderlinge. Sie wohnten im armmütigsten Hause des Dorfes, im ›Kratz‹, ganz für sich, in Gesellschaft ihrer zwei Ziegen und einer brandroten Katze. Man nannte sie die Russen. Wie ihre Behausung inwendig aussah, wußten wir Kinder nicht, stellten uns aber etwas recht Unheimliches vor; denn wo zwei so struppige Bären ihr Wesen trieben, konnte es unmöglich ganz geheuer sein.

Es war besonders der Alte, den wir scheuten. Er zählte fast achtzig Jahre, ging aber trotzdem nur wenig vornübergeneigt und überragte alle Männer des Dorfes um Haupteslänge. Sein Kopf steckte stets in einem schweren Filzhute, unter dem ein unendlicher Wust von Haaren und Bart hervorquoll. Den übrigen Körper deckten ausgetragene Militärhosen und ein langer brauner Rock, dessen rechter Ärmel eingestülpt war; denn statt des Armes hing dort dem Alten nur ein Stummel von der Schulter herab. Fragten wir die Erwachsenen, warum er nur einen Arm habe, so erhielten wir einen schalkhaften, unbestimmten Bescheid: »Er hat den andern in Rußland fallen lassen«, oder: »Der Kaiser ›Näppi‹ hat ihm den andern abgekauft«, Worte, aus denen wir nicht klug wurden und die uns den alten Russen fast als etwas Übernatürliches erscheinen ließen.

Dieser Respekt wurde noch durch das Amt, das der Unheimliche bekleidete, erhöht: er war der Wächter des Dörfchens, und man hatte uns den Glauben beigebracht, er sei unsertwegen, ganz allein unsertwegen da. Wenn er während des Gottesdienstes mit der ›Halbarte‹ auf der Schulter langsam die Gasse hinauf- und das Hintergäßchen hinunterschritt, verkrochen wir uns schleunigst in die Tennen oder Hausgänge; und sträubten wir uns, abends ins Bett zu gehen, so brauchte die Mutter nur zu sagen: »Ich glaube, der Russ' hat mit der ›Halbarte‹ an die Türe geklopft«, und unser Widerstand war gebrochen.

Sein Hausgenosse war eine weniger gescheite Gestalt; man nannte ihn zur Unterscheidung den ›Jungen‹, obschon er sechzig Jahre alt sein mochte. War der andere in die Länge gediehen, so ging bei ihm alles in die Breite; er füllte fast die Gasse, wenn er daherkam. Auf seine Kleider gab er wenig; im Sommer trug er nichts als Hosen und Hemd, im Winter kamen noch Holzschuhe und eine Ärmelweste hinzu; nie aber zog er eine Kappe über sein rostrotes Haar, nie Strümpfe an seine Füße.

Übrigens sah man ihn selten im Dorf. Er war entweder mit Axt und Säge im Wald oder mit Pickel und Schaufel in der Kiesgrube tätig.

Daß die beiden nicht Vater und Sohn, auch nicht Bruder und Bruder waren, glaubte man zu wissen; dagegen ging darüber, wie sie zusammengekommen, nur das dunkle Gerücht, der Alte habe den Jungen im Habersack aus Rußland gebracht. Über das ›Warum‹ und die näheren Umstände erhielt man keine Auskunft. Das ganze Leben der beiden war wie in Nebel getaucht.

Einmal sollte doch die Wahrheit aus ihrem Dunkel hervortreten. Es war am letzten Tage des Kriegsjahres 1870.

Der Silvester war für uns Kinder ein Festtag mit besonderem Reiz. Er begann früh am Morgen mit einem lärmenden Zug durchs Dorf und ins Schulhaus und schloß mit Spiel und Lustbarkeit erst nach Mitternacht, wenn die Glocken das neue Jahr eingeläutet hatten. Dazwischen fiel gar manches: so brachte uns in der Dämmerstunde Sankt Nikolaus mit großem Gepolter die lieblichen Tannenbäumchen, an denen viel flunkernde und knusperige Dinge baumelten. Etwas später ging dann der Wächter von Haustüre zu Haustür und sang mit seiner furchtbaren Stimme und altväterischen Aussprache uns zum Ergötzen seinen Spruch:

Das alte Jahr ist an sein'm Ziel,
das neue bring' euch Segen viel!
Das wünschet, der euch Nacht um Nacht
durchs ganze Jahr das Dorf bewacht.
   Amen.

Solches tat der alte Russe nicht zu seinem Vergnügen und noch weniger aus Liebe zur Sangeskunst, sondern um die Leute daran zu erinnern, daß er an diesem Abend seinen großen Zwilchsack mit sich trage, den man ihm mit Brot, Speck, Rauchwurst und anderen schmackhaften Dingen füllen möchte.

Diesmal ließ sich zu unserer Verwunderung das zitternde Gejohle des Alten nicht hören, und doch hatte es schon zehn Uhr geschlagen. Wie wir endlich die Fenster öffneten, um zu horchen, ob er vielleicht im Hinterhof den Anfang gemacht habe, kam ein ganzer Trupp Leute murmelnd die Gasse herauf, voraus der Wächter mit der ›Halbarte‹ auf der Schulter. Wir riefen hinunter, was los sei. »Der Junge ist nicht aus dem Wald heimgekommen, es könnt' ihm etwas geschehen sein«, gab man zurück.

Das reizte aller Neugier, und bald waren wir Buben an der Spitze des Zuges neben dem Russen. Er schritt mächtig aus, tat, als ob niemand um ihn wäre, und murmelte von Zeit zu Zeit vor sich hin: »Wenn mir der Bub tot wär'! Wenn ich den Hans nicht mehr hätt'!«

Wir stiegen ins ›Eigenholz‹ hinauf. Der Mond stand am Himmel und leuchtete uns, bis wir unter die dunkeln Tannen traten. Dort zündete der Wächter seine Laterne an und schritt dann wieder voran auf dem verschneiten, bei der grimmigen Kälte unter unsern Schuhen kreischenden Waldwege. Nach einiger Zeit traten wir wieder in das Mondlicht hinaus. Wir waren an der Stelle, wo der Junge den ganzen Winter unter den Bäumen gewütet hatte. Die Stämme lagen wirr durcheinander, als hätten die einen die andern im Zorn erschlagen. Der Wächter stand still und schrie in die Nacht hinaus: »Hans! Hans!« Es tönte so schauerlich aus dem Walde zurück, daß uns fror. Es kam keine Antwort, und der Alte seufzte: »Muß ich das noch erleben!«

Man zerstreute sich, um zu suchen, ich entsinne mich noch wohl, mit welchem heimlichen Schauder; und von Zeit zu Zeit ertönte des Wächters verzweifelter Ruf: »Hans! Hans!«

Nach etwa einer Viertelstunde vernahm man einen durch Mark und Bein gehenden Schrei, er hätte von einem wilden Tier kommen können. Wir stolperten über die Stämme weg, in der Richtung, aus der der Ruf gekommen war.

Es war ein seltsamer Anblick, der sich uns bot. Der Alte kniete am Boden neben seiner Hellebarde, die er in den harten Schnee gestoßen hatte, und mit den Armen umschlang er den Jungen, der wie ein knorriger Strunk zwischen den Stämmen der Weißtannen lag. Sein linkes Bein war zwischen einen schweren Ast und einen Wurzelstock eingeklemmt; er mußte gestrauchelt und von dem stürzenden Baum erlangt und erschlagen worden sein. Der Wächter suchte ihn mit seinem Arm und seinem Stummel zu rütteln, als gälte es, einen Schlafenden zu wecken, und murmelte dabei vor sich hin: »So hast du mir doch noch erfrieren müssen, und hab' ich dich einst aus der russischen Kälte heimgetragen. Armer Hans!« Seine Stimme klang, als ob er weinte. Ich spähte nach ihm, konnte aber keine Tränen entdecken. Das wäre auch schwer gewesen; denn in dem bärtigen Gesicht hatten sie es leicht, sich zu verkriechen.

Der Alte bettete den Leichnam sorglich auf den Schnee und streichelte ihm mit der Linken das rote borstige Haar, auf dem der Mond lag, und dabei sagte er mehrmals: »Wenn wir nur tauschen könnten, Hans!«

Lange störte ihn niemand in seinem Treiben; wir waren alle erstaunt und gerührt, den rauhen Mann so weich und erschüttert zu sehen. Endlich aber redete ihn der Schlosser Siegmund an: »Wer ist er denn gewesen, Wächter?« Der andere sah auf und redete wie aus einer fernen Welt heraus: »Ja, das ist nun lange her, und doch ist mir, es sei erst gestern gewesen. Aber was geht euch das an!«

Wieder fing er an zu brüten; ein tiefes Schweigen herrschte ringsum, das Schweigen der Erwartung: wird er's erzählen?

Da stieg tief aus der Erde empor ein kurzes, dumpfes Dröhnen; es waren die Festungskanonen von Belfort, wir haben sie in jenen Winternächten oft vernommen.

Der Wächter horchte auf und sagte: »Hört ihr ihn da drunten, den Menschenmetzger? Er mag denken, es sei ganz wie damals: der Krieg, der Frost, Erfrorene im Schnee; es fehlt nur der Hunger. Ja, damals hab' ich dich aus der Kälte getragen, Hans, ich weiß nicht mehr wie manchen Tag, wie manche Woche! Ja, ja, ich sag's euch, immer auf dem rechten Arm; denn der Linke taugte nichts, er hatte einen Säbelhieb, grad da, über dem Ellbogen. Mein Kamerad Glari hat mich verbunden; er ist ein paar Tage nachher erschossen worden oder erfroren oder von Kosaken erstochen, was weiß ich! Das war eine Zeit, du mein Gott! Doch was wißt ihr von Rudolf Glari und von Rußland!« – Wieder versank er in Schweigen.

»Aber der Hans! Du wolltest ja von ihm erzählen«, redete ihn der Schlosser wieder an. »Er war doch nicht dein Bub?«

»Mein Bub! Nein, der war nicht mein Bub! Er hat der roten Götschin von Niederlützwil gehört. Wer sein Vater war, weiß ich nicht, er soll in Spanien gefallen sein. Wer fragte nach so was!«

»Wie kamst du denn dazu?«

»Wie ich dazu kam? Ach, das ist eine lange Geschichte. Man hat mir damals gesagt, es sei eine Dummheit gewesen, und mich ausgelacht, drum hab' ich's nie wieder erzählt; jetzt ist er tot, und ihr werdet nicht über mich spotten. Ich will es euch sagen. Seine Mutter, die Götschin, ist mit einem Karren und einem Rößlein mit nach Rußland gezogen.

Auf dem Karren war ein rotangestrichenes Fäßlein, daraus hat sie Gebranntes verkauft, für Geld und manchmal auch ohne Geld; sie hat es nicht so genau genommen und es mit dem Soldatenvolk gut gemeint, besonders mit uns Schweizern. Dann aber hat man uns die Stadt Moskau über den Köpfen angezündet, und wir mußten in den Winter und ins Elend hinaus. Da hätte sie manchmal selber gern um ein warmes Schnäpslein gebettelt, wenn eins zu haben gewesen wäre. Sie führte freilich ihr Fäßlein mit, aber es war hohl. Davor auf dem Karren saß der Hans da, ein Büblein, drei, vier Jahre alt, ich weiß es nicht genau. Er sah aus wie ein kleiner Lumpensack, so gut hatte ihn die rote Götschin eingewickelt. Sie selber hinkte neben ihrem Rößlein her und zog und schob es, wenn es nicht mehr gehen wollte. Und war es weder mit Worten noch mit Schlägen vom Platze zu bringen, so stand sie daneben und steckte ihm die Hände zwischen Leib und Vorderbeine, um sich zu wärmen; denn es war eine grausige Kälte, die nicht fror, sondern brannte, ich sag' die Wahrheit! Alles brannte sie ab, was nicht in Wolle steckte! Und dazu kamen noch die Kosaken, die überall waren mit ihren mageren Rossen und langen Stangen. Und erst der Hunger! Die Vordern aßen alles auf, Lebendiges und Totes, und wir hatten das Nachsehen. Der Wind zimmerte an uns, wie mit einer Axt. Wenn man dem Nachbar ins Gesicht schaute, sah man nichts als lange Zähne und geschwollene rissige Lippen, tiefe Hungeraugen und Knochen, die fast durch die Haut stachen. Das war ein Marschieren! Und die Nächte! Im Wald, in Schneelöchern, in Scheunen ohne Türen, im Gemäuer von Häusern, die kurz zuvor abgebrannt waren!

Da haben ein paar schlechte Gesellen der Götschin das Rößlein ausgespannt und vor ihren Augen abgestochen; was wollte sie machen? Tags darauf habe ich selber ihren Karren und das rote Fäßlein in einem Graben liegen sehen. Und auch sie habe ich zwei Tage nachher gefunden. Ich watschelte davon und nagte an einer gefrorenen Kartoffel, ab und zu rieb ich mir Nase, Ohren und Hände mit Schnee rot und dachte immer nur das gleiche: ›Einmal muß doch die große Not aufhören, es geht ja der Heimat zu, schon so manchen Tag!‹ Da hör' ich unvermutet jemand mich anrufen: ›Winkler! Winkler!‹

Ich dreh' mich um. Da sitzt sie im Schnee und hält ihren Lumpensack im Arm, ich meine das Büblein.

›Es ist aus mit mir‹, sagte sie, ›ich muß erfrieren, der Tod ist an mir!‹ Ich heiße sie aufstehen, es würd' schon gehen; sie aber schüttelte den

Kopf, es helfe nichts mehr, die Füße seien ihr schon tot, sie merke es wohl, und nun komme der Schlaf über sie; was das bedeute, wisse ich ja. Und dann jammerte sie, ich möchte doch den Hansli mitnehmen; es wäre so traurig, wenn das unschuldige Büblein auch zu Eis werden müßte.

Ich wollte weitergehen; es hatte ja ein jeder für sich selber zu sorgen genug. Sie aber bettelte und bettelte, und dabei kugelte ihr das Wasser aus den Augen und gefror auf den Backen zu Eis. Da hab' ich mich gebückt und ihr ihren Lumpensack abgenommen. Sie wollte mir die Hand geben, zum Dank oder Abschied, was weiß ich; aber dabei sank sie ganz zurück. Ich sagte: ›B'hüt Gott, Götschin!‹ und ging meines Weges, denn man hörte Schüsse; die Russen waren uns auf den Fersen. Und dann wird man abgestumpft in einem solchen Elend. Wie viele haben wir im Schnee liegen sehen, alle tot, und stieß man mit dem Fuß daran, so tönten sie hell wie Eisschollen.

Ich mußte das Büblein immer auf dem rechten Arm tragen; ich hab' euch ja gesagt, daß der andere nichts wert war. Bald fing mich die Hand zu brennen an; ich kannte das und setzte den Kleinen auf den Boden, um mir die Finger mit Schnee warm zu reiben. Das konnte ich immer seltener tun, denn die Kosaken ließen uns keine Ruhe; jeden Augenblick konnte eine Kugel oder eine Lanze mir in den Leib fahren, ich mußte vorwärts. Da ist mir wohl der Gedanke gekommen, meine Hand sei mir mehr wert als zwei fremde, und einmal hab' ich den Hansli niedergelegt und ein ›B'hüt dich Gott!‹ über ihm gesprochen. Aber er fing an zu flennen und zu heulen, wie wenn er mich erraten hätte, und ich hab' es nicht über mich gebracht. Ich hob ihn wieder auf, und wo ich etwas zu beißen erlistete, hab' ich's mit ihm geteilt wie ein Vater.

Freilich, am vierten Tage merkte ich, daß es mit meiner Hand nicht mehr richtig war; sie wurde dunkel, ich biß drein und spürte nichts, gar nichts mehr. Sie war verloren. Da kam eine schreckliche Angst über mich, wie ich mich einarmig durchs Leben schlagen könnte. Sollte ich ein Bettler und Landstreicher werden? Es war ein Glück, daß mir die Kosaken zum Jammern keine Zeit ließen; ich mußte vorwärts, mich und den kleinen Götschi durch Schnee und Eis schleppen, immer im schneidenden Bieswind, in traurigen Lumpen, mit vor Hunger und Schwäche lahmen Füßen.

Auf einmal kamen wir in ein wildes Gedränge, alles staute und stieß sich. Wir waren an ein breites Wasser geraten, über das mußten wir weg. Man hatte zwei Brücken geschlagen. Wir sahen sie wohl von der Höhe herab; sie glichen zwei dunkeln schmalen Brettern, und wir sagten uns alle: ›Wer nicht über eines der beiden Bretter kommt, der verhungert hier oder erfriert oder wird erstochen.‹ Es kam eine grausame Angst über uns, und wir stürzten wie wilde Tiere auf die Brücken los. Viele waren schon hinüber, es hieß, man werde die Brücken bald abbrechen.

Wieder kam mir der Gedanke, den Hansli von mir zu werfen. Aber ich konnte es wieder nicht; er wäre ja zertreten worden, und ich hätte ein unschuldiges Leben im Schuldbuch gehabt. ›In Gottes Namen!‹ sagte ich und fing an zu drängen wie die andern. Der Kleine schrie mir im Arm bei dem Stoßen und Treiben, und ich schrie mit ihm wie ein Tier und machte mir einen Weg. Wo ich die Kraft hernahm, weiß ich nicht. Das war eine Arbeit! Trotz der Kälte lief mir der Schweiß über den Rücken; ich trieb die linke Schulter wie einen Keil in die Menge hinein; ich arbeitete mit den Füßen, mit dem Kopf und eroberte mir den Boden Zoll um Zoll. Häuser in der Nähe waren in Brand geraten, und viele Soldaten wurden in Feuer und Rauch hineingetrieben und verbrannten oder erstickten. ›Nur das nicht! Lieber erfrieren!‹ schrie ich mir zu und wütete und kam von dem Brand weg. War das ein Geschrei und Gefluch'! Das könnt ihr euch nicht vorstellen. Fuhrwerke, Wagen und Schlitten fuhren in uns hinein, die Peitschen hieben auf uns herab, die Rosse traten ganze Haufen nieder und wurden dafür selber erstochen, die Räder quatschten über die Hingefallenen weg; da gab's kein Erbarmen! Es tönte, wie wenn schwere Wagen über Weißrüben fahren. Ich habe drei Schlachten erlebt, so eine nicht! Und ohn' Unterbruch fiel der Schnee, als wollte er alles, alles begraben.

Ich hatte mich wohl drei Stunden durchgeschlagen und gestoßen. Da fühlte ich endlich Holz unter den Füßen; ich war auf der Brücke. Gottlob! Aber wie ich mich freute, kam neuer Schauder über mich. Ich war hart am Rand und sah, wie andere vor mir hinausgedrängt wurden, mit einem Schrei ihren Nachbar anfaßten und mit ihm zusammen überschlugen und ins Wasser und in die Eisschollen hinabfielen. Da hieß es, aufs neue sich wehren; und auch der Kleine hielt sich tapfer, er klammerte sich so fest an meinen Hals, daß mir war, er sei an mich angewachsen. Auf der Brücke ging es noch grausamer zu als bei den Feuern. Wär' ich nicht so stark gewesen wie drei zusammen, ich hätt' es nimmer fertiggebracht; man denke doch, ohne brauchbaren Arm, wie ich war. Aber ich kam nach und nach in die Mitte der Brücke, und da war die Not überstanden; denn nun wurde ich wie von einem Wasser hinüber- und noch weit ins Feld hineingeschwemmt.

Als sich das Gedränge um mich lockerte, schlug ich halb ohnmächtig hin, und wie in einem Traum sah ich nach der Brücke, auf der es immer grausiger zuging. Scharenweis fielen die Soldaten ins Wasser, klammerten sich an Eisschollen fest und trieben abwärts. Wie lang!

Und drüben der Brand und der schwarze Rauch und das Geschrei!

Wie ich so schaue, höre ich neben mir unterdrückte Rufe: ›Lambrö!‹ Er stand aufrecht im Schlitten, das Gesicht nach der Brücke. Ich hätte geglaubt, er würde flennen bei dem Elend, an dem er allein doch schuld war. Aber nichts davon! Er sah ruhig drein, wie ich ihn einmal in der Schlacht gesehen hatte; und dann setzte er sich, wickelte sich in einen grauen Pelz, und davon ging's! Da kam eine heilige Wut über mich; ich sprang auf, ich wollte die Faust ballen und gegen ihn schwingen – und merkte wieder, daß sie mir erfroren war. Das gab mir einen solchen Stoß, daß ich wieder hinsank und ihm nicht einmal fluchen konnte.

Kanoniere, die nicht in Moskau gewesen waren und in ganzen Kleidern steckten, sahen mich; sie luden mich und den Kleinen aus Barmherzigkeit auf einen Wagen und nahmen uns mit bis in eine Stadt, wo man wieder deutsch sprach. Das dauerte noch manchen Tag, ich weiß fast nichts mehr davon, ich habe fast immer geschlafen. Dort schickten sie mich in ein Krankenhaus; denn meine rechte Hand hatte sich verschlimmert, sie wurde schwarz, wie verkohlt, und es ging ein übler Geruch von ihr aus. Wo das Gesunde und das Tote zusammenstießen, zwei Zoll hinter dem Handgelenk, lief ein roter Ring um den Arm, der wie Feuer brannte.

Im Spital machte man wenig Federlesens mit mir. Es ist nun fast eine Ewigkeit, aber ich höre die Säge noch in den Ohren. Mit ein paar Zügen war's getan, die Hand und der halbe Vorderarm weggeschnitten. Da hat es mir doch die Tränen herausgepreßt! Man denke doch! Die fünf Finger, mit denen ich zwanzig Jahre lang gegessen und getrunken und gearbeitet hatte, fielen wie ein Stück Tod von mir ab und wurden zu andern Füßen und Händen in einen großen Korb geworfen. Wo wurden sie begraben? Was wird von ihnen noch übrig sein?

Eine Woche lang haben sie mich behalten; aber es kamen jeden Tag Scharen von der Armee, die noch schlimmer dran waren als ich. Und so ging ich denn. Man gab mir einen Sack mit Tragbändern; ich steckte den kleinen Götschi hinein, schlüpfte in die Riemen und nahm den

Weg unter die Sohlen. Vier Wochen lang hab' ich den Hansli dann auf dem Rücken getragen, von Dorf zu Dorf und von einer Stadt zur andern, und in jedem Ort habe ich gefragt, wo der Weg nach der Schweiz führe. Hunger mußten wir nicht mehr leiden; denn, wenn die Leute das Bübchen sahen, gaben sie mehr als ich brauchte. Aber es war doch eine trübselige Reise nach der Heimat, ohne den Arm, der das Brot verdient. Wie manchmal habe ich da den verflucht, der uns in das große Elend geführt hatte, und ihm angewünscht, es möchte ihm auch ein Arm so abfrieren oder abgesägt werden wie mir. Das war kein frommer Wunsch; aber wer auf den Menschen herumstampft, soll kein ›Gott segn' euch!‹ erwarten.

Als ich zu Hause ankam, war der Vater seit zwei Monaten tot. Die Mutter aber weinte, daß es einen Stein hätt' erbarmen mögen, und sah mich doch mit guten Augen an. Ich glaube, sie weinte über den Zustand, in dem sie mich sah, und war dennoch froh, daß sie mich nur wieder hatte.

Ich fürchtete, sie würde murren wegen des Bübleins; aber von dem geschah nichts. Sie machte ihm ein Bettchen neben dem Ofen, und als er drin lag, sagte sie zu mir: ›Je nun, es hat jetzt halt so kommen müssen, Bub, eine Hand hast du in Rußland gelassen und dafür zwei andere heimgebracht; mög' Gottes Segen dabei sein!‹

Die Nachbarn freilich haben anders gedacht und mich ausgelacht. Aber was tat's! Da ich keinen Pflug mehr halten konnte, sah ich mich nach etwas anderm um. In meinem Dorf war nichts zu finden, ich verkaufte meine paar Äckerchen und kam zu euch, ihr brauchtet einen Wächter, und nun hab' ich euch lang das Dorf behütet! Gelt, lang? Die Mutter aber hat recht behalten, es war ein Segen mit dem Hans! Sechzig Jahre haben wir beide einander geholfen, einer des andern Stecken; und jetzt ist er mir erfroren. Wenn ich nur neben ihm liegen könnte!«

Der Alte schwieg und streichelte das rote Haar des Jungen. Es herrschte eine lange Stille.

Da tönten wieder tief aus dem Erdboden die fernen Kanonenschüsse. Der Wächter richtete sich hoch empor und rief: »Hört ihr ihn jetzt! Er ist da unten und kann nicht zur Ruhe kommen, und immer wenn einer von seiner Armee abgerufen wird, schießt er seine Stücke los! Das gilt dem Hans!«

»Nein, nein, Wächter«, sagten wir, »das kommt von Belfort! Es ist ja der große Krieg, wie du weißt!«

»Narretei! Das würde man nicht so weit hören. Merkt ihr denn nicht, daß es von unten kommt, aus dem Boden? Ich hab' es diesen Winter schon manchmal gehört. Das ist der Näppi, er kann nicht zur Ruhe kommen, der Menschenmetzger!«

Der Alte richtete sich hoch auf, schwang seine ungleichen Arme in die Luft und schrie: »Seht, so möcht' ich noch heut nacht vor ihm stehen und ihm ins Gesicht schreien: Du hast mir meinen Arm abgerissen, du Wolf, du Mörder! Freut es dich?«

Er sah furchtbar aus, wie er so stand und schrie.

»Hebt mir nun meinen Hans auf die Achseln!« sagte er immer noch zornmütig. Die Männer erwiderten, sie würden den Toten schon nach Hause tragen; er aber ließ sich nichts einreden. Schließlich tat man ihm den Willen und hob ihm den erstarrten Leichnam auf die rechte Schulter. Er umfaßte ihn mit seinem Armstumpf, so gut es ging, und stützte ihn mit der Hellebarde, die er sich mit der Linken über die Schulter gelegt hatte, wie Zimmerleute Balken zu tragen pflegen.

Dann ging es durch den Wald dem Dorfe zu. Als wir bei der Kirche ankamen, begannen eben die Glocken zu läuten; sie gaben dem alten Jahr den Abschied.

In diesem Augenblicke sank der Wächter unter seiner Last zusammen. »Er ist schwer, und ich bin zu nichts mehr nutz«, sagte er keuchend. Er vermochte sich nicht mehr zu erheben, die Männer trugen ihn hinter dem Jungen in das Haus zum ›Kratz‹.

Am Neujahrsmorgen ging die Kunde durch das Dorf, auch der alte Russe sei zur großen Armee abgerufen worden, man habe ihn neben dem Jungen ausgestreckt gefunden, er sei im Tod mächtig gewachsen.

Die beiden wurden am gleichen Tage beerdigt, nebeneinander, wie sie nebeneinander gelebt hatten, der Alte auf seiner Hellebarde. Ihr Grab ist längst vergrast, und nur wenige erinnern sich noch, daß dort einer liegt, der sich seine rechte Hand hat abfrieren lassen, um zwei fremde zu retten.

Schweizer

Der Vater war im Schwabenkrieg gefallen, die Mutter hatte ihre beiden Buben, Jörg und Erni, mühsam großgezogen und war dabei ganz buckelig und bresthaft geworden. Sie bewirtschaftete ein kleines Gut auf einem Weiler, der einsam auf einem Bergrücken lag und die Breite hieß. Da kein Mann dazu sah, waren die Äcker immer magerer, das Haus baufällig und der Stall fast leer geworden, alles verwahrlost und verlottert. Die Hugin, so nannte man die Frau, sah den Verfall wohl hereinbrechen, aber sie dachte: »Ich will mich vom Morgen früh bis zum späten Abend quälen, und so wird es, so Gott will, gehen, bis Jörgli groß ist, dann mag er zusehen.«

Jörg wurde groß und baumstark dazu; aber die Lust zur Arbeit kam ihm nicht, und die Hand der Mutter war viel zu schwach, um den wilden, wenn auch im Grunde gutmütigen Burschen zu regieren. In kriegerischer Zeit aufgewachsen, hatte er nie ein anderes Spielzeug gekannt als die Waffen des Vaters, die Kameraden des Gefallenen einst in einer Regennacht hereingebracht und fast ohne ein Wort zu sagen im Hausflur niedergelegt hatten. Tag und Nacht träumte er von Schlachten, Sold und Lagerleben, schlug sich in Gedanken mit Landsknechten herum, rannte einem Pferd den langen Spieß in die Brust oder stieß einem Reiter den Helm vom Kopf. Da er das Haus nie anders als zerfallen gesehen hatte und daran gewohnt war, daß jeder Regen durch das Dach schlug und der Ost- wie der Westwind durch die Wände pfiff, so meinte er, das müsse so sein und machte sich weiter keine Gedanken darüber. Auch die Ermahnungen und Schelten der guten Mutter machten, als etwas Alltägliches, auf ihn wenig Eindruck.

Es kam der Mai 1513. In der Lombardei, wo das Feuer immer unter der Asche glomm, brach der Krieg los, und rauflustige Haufen von Schweizern zogen über das Gebirge zum Herzog von Mailand, mit ihnen Jörg, der aus seinem Spielzeug nunmehr sein Handwerksgerät machte. Er war unter denen, die sich in Novarra eingeschlossen und die Stadt heldenmütig verteidigt hatten, bis Entsatz kam, er hatte dann in der großen Schlacht mitgefochten und war nachher vom Hauptmann Keller von Bülach wegen seiner Tapferkeit öffentlich belobt worden. In die Heimat zurückgekehrt, nahm er sich gemächlich Zeit, den Riß, den er am Arm davongetragen, zu heilen, ließ ein paar Silberstücke in der

Tasche klingeln, musterte jeden zweiten Tag seine Waffen und erzog sich zum Zeitvertreib den Bruder nach seinem Geschmack.

Erni vergötterte den ›Großen‹, der ihm in allem unvergleichlich schien. Die Liebe, die die Natur in ihm für den Vater gepflanzt hatte, hängte er blindlings an Jörg und hatte keinen andern Gedanken, als ihm in allen Dingen gleich zu werden. Jörg ließ es sich gefallen und vergalt Ernis Bewunderung mit einer leicht verhüllten, rauhen und bärenhaften, aber aufrichtigen Zuneigung. Es tat ihm so wohl, von jemand mit treuherzigen Augen angestaunt zu werden, jemand zu haben, der sich ihm mit ganzer Seele ergab, dessen einziges Streben war, seine Art zu reden, seine Art zu lachen und sich zu tragen, anzunehmen, und dem er dafür Beschützer, Rater und Vater sein durfte. Die beiden Brüder waren unzertrennlich und selten hatten sie zweierlei Meinung. Was der Ältere vertrat, das galt auch dem Jüngern als recht. Die großen, starken Kerle waren bei dem müßigen Leben im Grunde ihres Wesens Knaben geblieben; wie Knaben streiften sie durch den Wald, scheuchten Hasen und Rehe auf und liefen schnellfüßig hinter ihnen drein, um zu sehen, welcher von beiden es länger aushalte. Sie holten sich, ohne etwas Böses zu denken, Beute auf anderer Leute Kirsch- und Apfelbäumen und verzehrten sie mit ruhigem Gewissen oben am Waldrand, wo der Blick weit ins Land schweifte, von den geisterhaften Schneekuppen bis zu den blauen, im Dunst verschwimmenden Rücken des Jura. Zuweilen begann Jörg von seinem Feldzug zu erzählen, vom Marschieren und Schlagen und Stechen, vom Lärm der Büchsen und vom Stöhnen und Ächzen und Ersterben des Schlachtfeldes, bis sie auf einmal, wie auf Verabredung, ein Kriegslied in die Weite schrien, als wären sie von Teufeln besessen:

>»Gehauen und gestochen
>Mit Beil und Hallebart,
>Der Brüder Blut gerochen,
>   Potz Velten!
>Ist alte Schweizerart!«

Oder dann sprangen sie aneinander auf, packten sich, um ihre Kraft zu messen, an und rangen miteinander, bis der Große den Kleinen auf die Erde gezwungen hatte. Wie junge, ungeschlachte Bären spielten sie miteinander und waren sorglos und mit ihrem Leben zufrieden.

Das Korn zu sicheln wurde der alten Mutter überlassen, das Bücken mußte ihr ja leicht fallen, da sie schon so tief zur Erde gekrümmt war! Die Nachbarn schüttelten freilich den Kopf, wenn sie die Alte sich so abmühen sahen, und fluchten auf das Reislaufen, das landauf, landab so viele geplagte Mütter und verweinte Gesichter und so viele Tagediebe von Söhnen machte. Aber dieses Kopfschütteln gewahrten die Brüder nicht, dafür hatten sie keine Augen.

So ging es bis in den folgenden Sommer hinein. Jörg hatte sein bißchen Sold vertan und fing an, sich auf der Breite zu langweilen. Das Herumlungern und die Balgereien mit dem Bruder genügten ihm allmählich nicht mehr und man sah ihn ganze Tage an der Landstraße sitzen und die Vorüberziehenden nach den Weltläufen fragen. Als er vernahm, daß aufrührerische Scharen von Bernern, Solothurnern und Luzernern auf eigene Faust nach Frankreich ziehen wollten, um vom König längst verdienten aber zurückgehaltenen Sold einzufordern, verließ er heimlich, selbst ohne Erni etwas zu verraten, die Breite und eilte nach Liestal, wo die Reisigen sich sammelten. Der Zug nahm jedoch, da es an umsichtiger Führung und Geld fehlte, ein klägliches Ende und löste sich im Elsaß ruhmlos auf. Die Mehrzahl der Reisläufer kehrten in die Heimat zurück, um eine günstigere Gelegenheit abzuwarten, Jörg jedoch, dem das Soldatenblut unbändig in den Adern kochte und der sich geschämt hätte, wie ein geschlagener Pudel nach der Breite zurückzuschleichen, zog tiefer nach Frankreich hinein und nahm Handgeld. Mutter und Bruder wußten nicht, wo es ihn hingetrieben hatte, und nahmen an, er sei wie viele andere wieder nach Italien gezogen.

Einige Monate später kam in Frankreich Franz der Erste zu Thron und Krone und legte sich herausfordernd gleich den Titel eines Herzogs von Mailand bei. Das bedeutete Krieg. Die Lombardei mochte dürsten, sie sollte getränkt werden. Der junge König machte gewaltige Rüstungen und zog dann über die Alpen, um sich Ritterehren und nebenbei auch sein Herzogtum auf dem Schlachtfelde zu verdienen. Die Schweizer, von den Mailändern herbeigerufen, rückten ihm über den Gotthard entgegen. In ihren Reihen befand sich Erni. Die Abenteuerlust hatte auch ihn völlig in ihren Bann gezogen. Die Erzählungen des Bruders, sein wuchtiger Soldatenschritt, das Klingeln der Taler in den Taschen, die kecken Kriegslieder klangen ihm beständig in den Ohren nach und verfolgten ihn selbst im Schlaf, und als der Ruf zum Auszug erging, war der Trieb in die Ferne stärker als der Hang zu dem stillen Weiler und zu dem buckligen, mürrisch gewordenen Mütterchen. Um sich auszurüsten, verkaufte er eine der beiden Kühe; die ohnmächtige Frau vermochte nicht, ihn davon abzuhalten, weder mit Schelten noch mit Flehen noch mit dem bißchen Kraft ihrer von der Arbeit verunstalteten Hände.

»Ich will den Jörg suchen«, sagte Erni, um die Mutter zu beschwichtigen, »vielleicht hat er mich nötig. Wir kehren zusammen heim, mit vollen Taschen, und dann wollen wir eine Kuh kaufen und bei dir aushalten, ich verspreche es beim Eid!«

Als er in der Morgenfrühe, da der Himmel wie mit Blut besprizt über dem Lande lag, aufbrach, wußte die Mutter, daß sie ihn zum letzten Male sah. Es war die schwerste Stunde ihres Lebens. Mutterliebe, Schmerz und Zorn kochten in ihr durcheinander und brachten sie der Verzweiflung nahe. Sie flehte ihn mit Blicken und Worten und Händeringen an, sie umfaßte ihn, um ihn zu halten, sie drohte ihm mit ihrem Fluch. Umsonst! Er wand sich los und ging. Sie folgte ihm vor das Haus, sie stieß Verwünschungen gegen ihn aus, sie schrie vor Schmerz wie ein Kind und mußte sich an der Scheiterbeige halten, um nicht umzusinken. Umsonst! Erni schritt schneller aus und bog hastig um die Hausecke. Da überbot in ihr der Zorn das Weh und richtete sie jäh auf. Sie wußte kaum mehr, was sie tat, sie raffte einen Arm voll Scheiter zusammen, lief hinter ihm drein und warf sie ihm zornmütig nach. Dann sank sie, halb ohnmächtig geworden, zusammen. Ihn schauderte, es lief ihm wie ein eisiger Wassertropfen den Rücken hinab, aber er streckte die Schritte, soviel er konnte, und blickte erst hinter sich, als die Breite und der Hardwald weit zurücklagen. Nun setzte er sich, vom Gewissen angehalten, an den Wegrand und überlegte ob er so mit dem Fluch der Mutter beladen ziehen sollte. Ihr Schmerz ging ihm zu Herzen, er liebte sie in seiner Art und schwankte einen Augenblick; wie er sich aber die Frage stellte: »Was würde Jörg tun?« da war er entschieden, sprang auf, riß das Schwert heraus und schlug damit hinter sich, als müßte er etwas Unbequemes zwischen sich und der Heimat, ein Band oder eine Fessel, zerhauen. Darauf schritt er fürbaß und sang, erst mit unsicherer, dann mit fester werdender, dröhnender Stimme, sein Soldatenlied:

> Wir ziehn mit Hörnerblasen
> In hellen Haufen aus!

In Welschland woll'n wir grasen,
  Potz Velten!
Und brechen einen Strauß.

Gehauen und gestochen
Mit Beil und Hallebart,
Der Brüder Blut gerochen,
  Potz Velten!
Ist alte Schweizerart.

Es war nach dem ersten Tag von Marignano. Das Würgen hatte am Nachmittag begonnen und erst gegen Mitternacht, da völlige Dunkelheit hereingebrochen war, für ein paar Stunden aufgehört. Die Heerhaufen von hüben und drüben hatten sich derart ineinander verbissen und ineinander hineingetrieben, daß an eine Sammlung nicht mehr zu denken war. Wo man eben gefochten hatte und stand, warf man sich auf die Erde nieder, entschlossen, beim ersten Tagesgrauen dem Gegner wieder an die Kehle zu springen. Hörte man neben sich atmen, so wußte man nicht, war es Freund oder Feind, sollte man eine gute Nacht wünschen, oder hinschleichen und mit dem Beimesser zustoßen. Verwundete, die nicht mehr viel zu verlieren hatten, stöhnten jämmerlich nach Hilfe oder schrien um Wasser; dann und wann ertönte die Stimme eines Hauptmanns, der den verzweifelten Versuch machte, seine Leute zu sammeln, dumpfe Trommelschläge oder der Ruf eines Harsthornes drangen wie aus endloser Ferne, grelle Pfiffe manchmal aus erschreckender Nähe ans Ohr. Brennende Gehöfte beleckten den Himmel mit ihren Feuerzungen und übergossen die Bäume und Felder mit blutigem Schein, Hunde heulten in die Nacht und Vieh brüllte wild in den Flammen, über dem ganzen Land schwebte wie ein Ungeheuer das Unheil und bestrich mit seinen kalten, grausigen Schwingen die Erde und die Leiber, die darauf lagen. Es war schauerlich, und trotz der Erschöpfung war keiner beherzt oder sorglos genug, um die Augen zu schließen und sich dem Schlaf zu überlassen.

Erni hatte sich unter einem Weidenbusche an einem Graben hingestreckt. Er hatte wie ein Rasender gefochten und war, ohne auf sich zu achten, vorgestürmt, bis er im Dunkel über eine Leiche stolperte und hinfiel. Das brachte ihn zur Besinnung. Er hatte all die Stunden in einem Taumel, in einem wilden Rausch gelebt; jetzt, da er wieder denken konnte, wunderte er sich, daß er noch lebte und Gefühl in den Fingern und keine einzige Wunde hatte. Zugleich kam ein Durst über ihn, wie er ihn so namenlos noch nie verspürt hatte. Er suchte ihn zu beherrschen, aber er fühlte ihn immer brennender werden, und obschon er wußte, daß Feinde ganz in der Nähe lagen und lauerten und jede Bewegung ihm einen Dolchstoß eintragen konnte, gab er dem Drange doch endlich nach und kroch auf allen vieren dem Graben entlang, die Hellebarde in der einen Hand und mit der andern nach Wasser tastend. Plötzlich richtete sich etwas Dunkles aus dem Grase halb vor ihm auf; er hielt die Waffe stoßbereit und wartete ab.

»Wer da?« rief es ihm mit unterdrückter Stimme in den heimatlichen Lauten entgegen.

»Gut Freund!« erwiderte Erni in gleicher Weise, »hast du Wasser, Kamerad? Ich verbrenne!«

»Nein!« gab der andere kurz zurück. »Rühr' dich nicht!«

»Hier im Graben möcht' Wasser sein«, flüsterte Erni.

»Schweig und rühr' dich nicht!« stieß der andere wieder hervor.

Erni, dem dieses Verhalten eines Waffenbruders seltsam vorkam, kroch etwas zurück und faßte seine Waffe fester an. Wie zwei sich duckende Raubtiere lagen sich die beiden eine geraume Zeit lauernd und regungslos gegenüber, bis sich endlich Erni wieder ein Herz faßte und, um mit irgend etwas die Unterhaltung wieder aufzunehmen, flüsterte:

»Es war ein verfluchter Tag heut!«

»Ein verfluchter Tag!«

»Ich glaube, wir sind Meister geblieben!«

»So seid ihr?«

»Was ihr? Wir!«

»Ei freilich, wir! Versteht sich!«

»Ja, wir haben drei Feldstücke genommen, ich war selber dabei. Es war heiß!«

»Mög' sie der Teufel haben! Und nun hör' auf!« Wieder entstand ein langes Schweigen und Warten, und wieder brach Erni die Stille, immer neugieriger geworden, wer der unheimliche Kamerad sein möchte.

»Woher bist du? Ich meine dich an der Stimme zu kennen?«

»Da hast du feine Ohren!«

»Du bist aus dem äußern Amt?«

»Mag sein!«

»Ich bin zum erstenmal dabei und kenne noch nicht einmal meine Kompagnie. Ich bin von der Breite, wenn du weißt, wo die ist.«

»Von der Breite, sagst du?«

»Von der Breite.«

»So bist du Hugs Erni.«

»Der bin ich freilich, doch wie heißest du?«

»Frag' nicht, und laß mich in Ruh'!«

Erni ließ sich aber nicht mehr abschrecken; er näherte sich dem andern wieder und bettelte: »Tu wie ein guter Kamerad und sag' mir, wer du bist, und dann hilf mir Wasser suchen, ich geh' zugrund!«

Der fast kindliche Ton wirkte auf den andern, er flüsterte kaum vernehmlich: »Ich bin der Jörg, dein Bruder. Es ist zum Versinken!«

Erni verstand nur den ersten Teil der Antwort und jubelte: »Jörg, du, Jörg? Da sei Gott Dank! Ich hab' all die Tage nach dir gespäht, mir fast die Augen ausgedreht und tausendmal nach dir gefragt! Und nun hab' ich dich! Bist du heil? An allen Gliedern gesund?«

»Ja, heute noch, aber morgen?«

»Morgen! Wer denkt jetzt an morgen! Doch ja, morgen! Morgen wollen wir zusammengehen und zueinander stehen, und dann mag der Teufel selber kommen!«

»Ja, der Teufel und alle Donnerwetter! Ha, ha! Du guter Junge, du! Doch wir sprechen zu laut! Duck' dich wieder ins Gras! Wir sind mitten unter Welschen!«

Sie lagen nun nebeneinander, so nah, daß jeder den Atem des andern spürte, ihre derben Hände griffen ineinander und umschlossen sich wie Zangen. Sie waren so glücklich, beieinander zu sein, sich mitten auf dem Felde voller Greuel und Todesnot gefunden zu haben! Ihre rauhen Gemüter und ihre Soldatenstimmen wurden auf einmal so weich, wie sie seit den Knabenjahren nie mehr gewesen, es war ihnen wie zu der Zeit, da sie sich, um einen Kinderschmerz zu vergessen, der Mutter vertrauensvoll an die Schürze gehängt hatten. Die fremde, blutige Erde schien ihnen nun freundlich und befreundet wie heimatlicher Grund.

»Du hast Durst, da trink, es ist noch ein Schluck drin«, sagte Jörg, indem er dem Bruder die Feldflasche mit Schnaps reichte, »und dann sag', was macht die Mutter?«

»Wenn ich das wüßte! Sie hat mir geflucht, als ich davonlief und mir Scheiter nachgeworfen, ich hab' sie noch nie so gesehen, sie war doch sonst so gut! Gelt, ich bin ein schlechter Kerl! Aber sieh, ich mußte dir nach, das hat all die Zeit in mir gearbeitet. Doch wenn's hier vorbei ist, kehr' ich heim, ich will ihr an die Hand gehen und bei ihr bleiben, das hab' ich mir heute gelobt. Der Krieg ist nicht so lustig, wie ich dachte. Siehst du das Haus dort drüben? Es brennt noch, wir haben's angesteckt. Dort war auch so eine alte, krumme Mutter mit ganz schwarzen, unheimlichen Augen, noch etwas bresthafter, als die unsrige, die wollte nicht aus den Flammen, und hat gräßliche Flüche nach uns gespuckt. Sie hat sich verbrennen lassen, ich sehe noch, wie das weiße Haar auf einmal kraus wurde. Seither muß ich immer an unsere Mutter denken: wenn Landsknechte kämen, Feuer ins Strohdach würfen, und ihre Buben wären nicht da, sie würde sich auch verbrennen lassen. Ja, das würde sie! Oder was meinst du?«

»Ach, laß das Geschwätz! Im Feld muß man hartgesotten sein, Erni!« Jörg wollte das Wort rauh herausstoßen, aber es geriet ihm weich und verriet die Bewegung, die in ihm wühlte.

»Ich hab' ihr den Bleß verhandelt, du weißt doch, die junge Kuh –«

»Versteht sich, du mußtest doch Waffen und Rüstzeug kaufen.«

»Schilt mich lieber, Jörg! Ich wollte, du würdest mich ein paarmal hinter die Ohren hauen, damit ich wüßte, daß man einer alten Mutter nicht die Kuh aus dem Stall verkauft! Aber gelt, wenn die Schlacht aus ist und wir haben die andern zerhauen und die Taschen mit Talern gefüllt, dann kehren wir heim, so schnell uns die Füße tragen, und die Mutter soll noch gute Tage haben.«

»Schwatz' nicht wie ein Weib, Erni, mach' Fäuste, wenn es dir zu weich zum Maul heraus will!«

»Die Lust am Raufen ist mir vergangen, mir graust halb, ich habe heut so Gräßliches gesehen! Einem hat eine Stückkugel den Kopf, ratsch! vom Leib gerissen; meinem Nebenmann, dem Fritschi aus dem Trinenmoos, – du kennst ihn doch? – wurden von einem Landsknecht die Eingeweide herausgehackt! Ich glaub', die Hälfte meiner Kompagnie hat dran glauben müssen. Ob der Hauptmann lebt? Weißt du nichts von ihm? Unter wem stehst du?«

»Laß das! Sprich mir lieber von der Breite! Hat's viele Kirschen gegeben heuer? Und ist das Korn geraten? Und was macht die Lisbeth auf dem Neuhof?«

Erni kicherte: »Aha, die Lisbeth! Steckt sie dir doch im Sinn? Sie kam fast jede Woche einmal herüber, wie von ungefähr natürlich. Glaub' aber nicht, sie habe lang nach dir gefragt! Sie hat nur gleichgültig aufgeschnappt, was wir ihr etwa hinwarfen. Du mußt freundlicher zu ihr sein, wenn wir heimkehren! Gelt?«

»Wenn wir heimkehren, ja, wenn wir heimkehren!«

Jörg sprach das Wort kaum vernehmlich, wie zu sich selber, und es entstand eine lange Stille, während der die Brüder nachdenklich auf den schauerlichen Schlummer des Schlachtfeldes horchten, auf dem der Nachtmahr lag.

»Sag'«, flüsterte Erni endlich, »gruselt dir auch, wenn du einen – durchrennst? An meinen ersten werd' ich zeit meines Lebens denken! Es war einer von der Schwarzen Bande, er drang auf mich ein, ich wich aus und stieß ihm, fast ohne daß ich es wollte, die Halbart unters Kinn, die Augen quollen ihm aus dem Kopfe wie Mäusen in der Falle, ich wußte nicht, daß unsere Augen so groß sind. Es ist seltsam, wie man im Feld tötet, man weiß nachher kaum, wie es zugegangen ist.«

»Schweig davon! Man soll es nicht weiter erzählen, wenn man einen abgetan hat, das bringt Unglück, jeder alte Soldat sagt dir das! Sprich von der Breite, von der Lisbeth, ganz gleich was! Sieh, wenn man so lange weg war und so weit herumgetrieben wurde, da möchte man wieder einmal von dem Nest plaudern, in dem man groß geworden ist.«

»Wo warst du denn all die Zeit?

»Was liegt daran, ich weiß es selbst nicht mehr! Laß das und sprich von der Breite!« entgegnete Jörg unwillig. »Donnerwetter, kannst du denn nicht von der Breite schwatzen? Habt ihr auch etwa an mich gedacht, du und die Mutter? Hat sie mich nicht verwünscht, als ich weglief?« – »Es ist ihr erst bei mir überlaufen! Sie hat nur mir geflucht. Seither schleicht mir immer die Ahnung nach, ich werde hier im Welschland ins Gras beißen müssen. Ich wußte nicht, daß ein Fluch so schwer ist.«

»Versuch' zu schlafen, armer Kerl, ich wache schon.«

»Ich kann nicht! Hör', Jörg, ich möchte dir wieder einmal ins Gesicht sehen. Komm, wir schleichen uns zum Hof hinüber, er brennt noch und gibt hell. Wer weiß, ob wir uns morgen noch sehen. Es wird vor Tag wieder losgehen!« – »Mir ist's im Dunkeln schon recht.«

Erni fuhr dem Bruder mit der Hand übers Gesicht und schmeichelte: »Komm, ich möchte dir in die Augen sehen.«

»Laß mich in Ruh'!«

»Was merk' ich da? Hast du dir den Bart wachsen lassen? Wie steht er dir? Komm, laß schaun, mich wundert, wie du jetzt aussiehst.« Jörg entgegnete unwirsch: »Hast du noch keinen Bart gesehen? Quäl' mich jetzt nicht mehr!«

»Dich quälen? Sei doch nicht so böse! Vielleicht finden wir dort Wasser und etwas zu beißen. Ich bin ganz hohl.«

»Ich hab' noch ein Stück Zwieback, da nimm's!«

»Du hast Zwieback? Uns hat man keinen verteilt. Das sollen ja nur die Welschen haben!«

»Mag sein.«

Erni zerbiß den Zwieback und es tönte, als ob er Kieselsteine mit gieriger Hast zwischen den Zähnen zermalmte. Als er das Stück zermahlen und verschluckt hatte, sprach er:

»Er schmeckt gut, aber es gehört Wasser dazu. Komm!«

»Ich kann nicht, Bruder.«

Erni richtete sich halb auf.

»Tu mir's zu Gefallen, Jörg, komm! Der Zwieback hat mich noch durstiger gemacht, er liegt mir wie glühende Kohlen im Magen, ich spüre jedes Bröcklein!«

»Man würde mich dort zerhacken«, entgegnete Jörg kleinlaut.

»Bist du im Kopf nicht mehr recht? Zerhacken wir Schweizer einander?«

»Ich will dir's sagen: Ich trage kein Kreuz.«

»Wie?«

»Ich stehe beim König!«

»Um Gottes willen, Jörg, so sind wir Feinde und Brüder.«

Erni wich von seinem Bruder zurück, und als er den ganzen Jammer erfaßte, fing er an zu schluchzen wie ein Kind. Jörg kroch zu ihm hin, legte den Arm um ihn und suchte ihn mit rauhen Zusprüchen aufzurichten, obschon es ihm selber recht beklommen und elend ums Herz war: »Potz Velten, was bist du für ein pappiger Eidgenoß! Wenn ihr alle so seid, so hetzen wir euch morgen allesamt in die Hölle! Im Feld muß man die Augen verstopfen, das Heulen mergelt aus! Hast an deinem ersten Tag ein paar Gurgeln durchstochen, und brüllst nun wie ein Laffe! Pfui, Erni!«

Das Schelten tat nach einiger Zeit seine Wirkung. Erni schämte sich vor seinem Bruder und nahm sich zusammen.

»Weißt du«, sagte er, um seine Schwäche zu entschuldigen, »was mir einen solchen Stoß gegeben hat? Mir ist der Gedanke gekommen, ich hätte dich in der Dunkelheit erstechen können, oder du mich; das hat mir das Herz umgekehrt.«

Um den kräftigen Sprüchen des Bruders auch etwas Soldatisches an die Seite zu stellen, fügte er hinzu: »Stell' dir vor, ich hätte dir das Beimesser in die Brust gestoßen und dazu geschrien: ›Da verreck', du Hund!‹ und du hättest mich an der Stimme erkannt. Mir graust! Es ist ein großes Unglück, daß du nach Frankreich gelaufen bist.«

»Mach' mir keine Vorwürfe, Kleiner!« knirschte Jörg aufwallend, denn Dinge, die er sich selber sagte, wollte er nicht von andern hören.

Da schmiegte sich Erni fest an ihn heran und flüsterte ihm ins Ohr: »Ich hab' einen Gedanken! Es ist ja gar nicht so schlimm, wie ich erst glaubte, es merkt's kein Mensch. Ich meine es so: wir ziehen einem Toten den Rock aus, du legst ihn an und kommst zu uns herüber.«

Jörg hatte ihn nicht zu Ende reden lassen, er stieß ihn derb von sich, und raunte ihm zu: »Das ist hundsföttisch!«

Erni ließ sich nicht abschrecken. Er tastete nach der Hand des Bruders, streichelte sie und machte einen neuen Versuch: »Wie? Ist es schlecht zu seinem Land und seinem Bruder zu stehen?«

»Laß mich«, knirschte Jörg, der wohl fühlte, wie unnatürlich seine Lage war.

»Wer will dir einen Vorwurf machen, wenn du ausreißest? Zu deinen Landsleuten herüberkommst? Das wird ein jeder begreifen und Amen dazu sagen.«

»Ich ein Überläufer und ein Treubrüchiger? Nein, Erni, alles, nur das nicht! Laß mich, laß mich in Ruh'!«

»Wer soll es wissen?«

»Ich! Ich habe vom König Handgeld genommen und weiß, wo ich stehen muß.«

»Er ist unser Feind! Und was ist Geld gegen Blut? Bruderblut?«

»Tu mir keine Gewalt an, Kleiner, ich habe den Eid geleistet; weißt du denn nicht, was das ist?«

»Hat der König noch nie einen Eid getan und dann gebrochen? Hat er den alten Sold bezahlt? Warum zogen denn die Berner und Luzerner nach Frankreich? Wenn ein König sein Wort nicht hält, müssen wir es halten?«

»Ein König mag tun, wie er will, ein Schweizer hält seinen Eid!«

»Geh nachher zum Pfaffen und laß dich büßen, aber ficht morgen nicht gegen mich! Deine Halbart hat unser Vater getragen –«

»Schweig, ich mag keinen Eidbruch auf mich laden!«

»An deinen Waffen ist unseres Vaters Blut, er ist für's Land und nicht gegen 's Land gefallen.« – »Zuerst komm' ich und dann das Land.« – »Nein, zuerst das Land!«

»Ich will Ruhe haben da drin! Verstehst du mich? Ich müßte mich mein Leben lang schämen wie ein Hund, wär' ich von meiner Fahne weggelaufen. Ich könnte keinem ehrlichen Menschen mehr ins Gesicht schauen. Sieh, als ich im Winter in Flandern stand, da hat ein Glarner mich und andere zum Ausreißen überreden wollen, denn wir wurden schlecht behandelt, froren fast die Hände und Füße ab, hatten Hunger und kriegten keinen Sold. Wir hörten ihm zu und keiner sprach ein Wort. Am folgenden Morgen lag er auf einem Misthaufen, mit einem Stich in der Brust. Das hat ihm kein Franzose getan! Man wirbt uns an, weil man uns trauen kann, weil wir nicht feil sind, wie Spanier oder Italiener. Schweizertreu! Ich will das Wort nicht zuschanden machen! Und nun laß mich in Ruh', mir kocht's da drin über!« – »Und mir auch! Ich möchte dich an der Kehle packen und dich schütteln. – Doch, nein, wir wollen gut sein; wozu sonst habe ich dich gefunden in dieser schauerlichen Nacht?«

Er spürte, wie sich Jörg von ihm abwandte, aber er durfte ihn nicht loslassen, und es kam ihm wie eine Erleuchtung. »Hör', Jörg, nun weiß ich, warum es mich ins Feld trieb. Es war um deinetwillen, ich mußte dich finden, ich mußte dich retten und heimholen, es mußte alles so kommen, es mußte! Aber du mußt dich auch finden und heimholen lassen, du lieber, hartköpfiger, böser Kerl! Denk' an die Mutter; ich glaube, wir haben an ihr gesündigt und müssen es gutmachen. Wir haben uns sonst so wohl verstanden und ich hab' dich so lieb, du Trotzkopf, drum tu mir nur den einen Gefallen, ich will dafür das ganze Leben nie wieder etwas von dir verlangen, ich will dein Knecht sein, alles, was du willst, nur ficht morgen nicht gegen mich! Hast du mich denn gar nicht mehr lieb?« Erni sprach es so treuherzig und weich, daß Jörg sich unsicher werden fühlte. Er sprang auf:

»Ich bin dein Bruder, wenn du aber willst, daß ich dein Feind werde, so sprich noch ein Wort in dem Ton!« So stieß er hervor und machte Miene, sich zu entfernen.

Erni kannte des Bruders Trotz und wußte nun, daß er verlorenes Spiel hatte. Er gab den Kampf auf, obschon es ihm schier das Herz abdrückte.

»Leg' dich wieder neben mich, Großer«, flüsterte er, »ich will dich haben, solange ich kann, und nachher mög' Gott helfen. Komm, laß uns plaudern, bis es tagt, wer weiß, wann wir wieder zusammenkommen?«

Jörg warf sich wieder neben ihn hin und erwiderte:

»Du hast wohl recht! Ihr werdet mich morgen erstechen oder erschlagen. Das weiß ich, seit ich dich hier gefunden. Aber das wollen wir jetzt vergessen! Schwatze also, schwatz' mir von der Zeit, da wir noch kleine Buben waren, im Hardwald herumlungerten oder streiften und den Schwabenkrieg spielten. Weißt du noch?«

»Oh, freilich! Du wolltest immer der Schweizer, ich mußte der Schwabe sein, und du hast mich oft elend zerhauen. Aber ich war dir nicht böse, ich dachte, es müsse ja so sein, daß die Schwaben auf die Hosen kriegten. Aber wohl hat es mir doch getan, wenn ich dir ›Kuhmaul‹ sagen konnte, bis dir der Zorn zu Kopfe stieg. Jetzt bin ich der Schweizer und du –«

»Laß das, sprich von der Bubenzeit, Erni.«

So plauderten die beiden leise weiter und vergaßen sich halb, bis der Himmel sich im Osten zu färben begann. Dann nahmen sie Abschied voneinander, hastig und fast rauh, denn es ging ihnen scharf an die Seele. Jörg sagte: »Wer's übersteht, soll die Mutter vom andern grüßen und ihr helfen in ihren alten Tagen. Ist's abgemacht? – Und geht es heute los, so drängt sich jeder nach rechts, damit wir auseinander kommen. Verstehst du? Jeder auf seiner Seite nach rechts! Und sag' niemand, daß ich gegen euch gestanden.«

Sie drückten sich die Hand, erhoben sich und gingen aufrecht auseinander, ungeachtet der Gefahr, die sie umlauerte.

Es war wie wenn das Aufstehen der großen Kerle als Zeichen zur Schlacht erwartet worden wäre. Gleich ertönte ein Horn und dann noch eins, man unterschied deutlich den Stier von Uri, der an diesem Tag zum letztenmal brüllen sollte; Trompeten antworteten und durchschnitten die Luft, dumpfe Rufe erhoben sich wie aus der Erde empor, Pferde wieherten wild über das Feld, Waffen klirrten, und der erste Büchsenschuß rollte wie ein Weckruf schwer über die Leiber der Toten und der Lebendigen. Ehe der Tag recht erwachte, rannten die beiden Heere wieder gegeneinander, es hatte so mancher Stoß und Hieb, den die Nacht vereitelt, auf den anbrechenden Tag geharrt.

Erni tönte die Mahnung des Bruders in den Ohren, und er sagte in einem fort vor sich hin: »Dräng' dich nach rechts, so triffst du ihn nicht, es wär' entsetzlich!«

Bald kam er ins Gedränge, er schlug nach rechts, er wehrte sich nach links, stürmte vor und wich zurück, wie der Wechsel des Kampfes es mit sich brachte. Endlich wurde er von einem Haufen ungestümer Kameraden erfaßt und mitgerissen, er wußte nicht mehr, ob nach rechts oder nach links, er hatte keinen eigenen Willen mehr, er hatte nur die Richtung und Wut und Mordgier des Knäuels, in dem er sich befand. Er schrie, wie die anderen schrien, und alles schwamm ihm rot vor den Augen, alle Muskeln waren zum Reißen gespannt, jede ihrer Zuckungen war ein Todesstoß. Er merkte nicht einmal, wie sicher er im Taumel des Kampfes traf, wie tief die Spitze seiner Hellebarde ins Fleisch drang, wie leicht ihm das Morden von der Hand ging. Er tötete wie im Schlafwandel.

Eben hatte er einen Landsknecht niedergestoßen und die Hellebarde mit einem starken Ruck wieder freigemacht, da tauchte hinter dem Gefallenen eine mächtige Gestalt auf, ein trotziger Geselle in schwarzer Rüstung, blitzte ihm in die Augen und hatte den Spieß auf ihn gerichtet, zuckte aber zurück, als wollte er sich zur Flucht wenden.

Gewiß, Erni mußte den andern kennen, das Gesicht hatte er irgendwo schon gesehen, aber es blieb ihm keine Zeit zur Besinnung, er war wie geladen, die Kameraden an seiner Seite drängten und stießen vor und schrien, und er schrie und stieß wie sie, er mußte sich seiner Haut wehren; er lenkte den Speer, der ihm zaghaft entgegenstarrte mit der Hellebarde ab und stieß dem untätigen Feind die Spitze tief in die Brust. Das war alles das Werk eines Augenblicks.

Erst nach dem Stoß war der Gedanke in ihm klar geworden: »Ums Himmels willen, das ist ja der Jörg. Der Bart ist schuld! Du lieber Gott!«

Nun war er wie gelähmt. Er wollte die Waffe aus der Wunde reißen, er wollte neben Jörg niederstürzen, ihn beim Namen rufen, ihn um Verzeihung flehen, ihn retten. Er wollte, aber er vermochte es nicht, er starrte nach dem Blut, das dem Bruder wie ein Brunnen aus dem Herzen sprang, er starrte nach den großen Augen, die schmerzlich auf ihn gerichtet waren, nach dem Mund, aus dem ein roter Schaum drang und der etwas ausstieß, eine Verwünschung, ein Wort der Verzeihung, ein Lebewohl; er wußte es nicht.

Wie Erni so stierte und nach einem Wort suchte und es nicht fand, fuhr es ihm wie Feuer durch den Hals, er wollte schreien, aber der Schrei erstarb ihm in der Kehle und todwund stürzte er neben den Bruder hin, ein feindlicher Spieß hatte ihm den Hals durchbohrt.

Über die beiden Sterbenden tobte der Kampf hinweg und wogte zurück; ihr Blut aber floß in zwei dunkeln, gewundenen Bächen ineinander, als spürte es die Zusammengehörigkeit. So lag es lange auf dem harten, trockenen Grund, die Erde schien es nur mit Scheu und Schauder zu verschlucken.

Die geblendete Schwalbe

Der erste Mensch, den ich sich zum Sterben rüsten sah, war unser Knecht Domini. Seither weiß ich, daß wir in der letzten Stunde strenges Gericht über uns halten.

Es war an einem Frühlingsnachmittag. Ich schlenderte von der Schule nach unserem Hofe zurück, stand unter jedem Birn- und Kirschbaum still, und horchte auf das Summen der Bienen, die oben in den Kronen ihr geschäftiges Wesen trieben. Auf einmal hörte ich Gezwitscher über mir. »Die Schwalben sind da, nun wird sich der Domini freuen«, dachte ich und spähte ins Blaue, wo sich etwas Dunkles wie ein Schmetterling schaukelte. Rasch lief ich die Halde hinunter, um die frohe Botschaft zu verkünden.

Domini war lange Jahre Knecht in unserem Hause gewesen, wir betrachteten ihn fast wie unsern Großvater. Und er verdiente unsere Liebe, denn er meinte es immer gut, nicht nur mit den Menschen, sondern auch mit den Tieren. Wenn er in den Stall trat, ging von vorn bis hinten eine Bewegung, und kein Stück versäumte es, ihm Hand oder auch Gesicht zu belecken, wenn sich eine Gelegenheit dazu bot. Auch den übrigen Haustieren, dem weißen Spitzhund und den Katzen, war er ein guter Freund. Er duldete es nicht, daß wir sie unfreundlich behandelten. Plagte einer von uns einen seiner Schützlinge und er kam dazu, so nahm er den Bösewicht am Arme und mit dem Finger auf den Mißhandelten deutend, sagte er regelmäßig ernst und eindringlich: »Siehst, Bübchen, da drin ist auch etwas.« Wir verstanden nicht ganz, was er meinte und machten uns in übermütiger Laune manchmal über sein »Da drin ist auch etwas« lustig. Heimlich aber sannen wir oft über das uns rätselhafte Wort nach.

Seine eigentlichen Lieblinge unter den Tieren waren die Schwalben. Ihre Ankunft im Frühling war für ihn ein großes Fest; ihr Wegzug im Herbst brachte ihm traurige Tage. Wehmütig sah er den letzten Zügen nach, die nach Süden zogen und sich über dem Hof, wie ihm zulieb, noch einmal im Spiel ergingen. In seiner Kammer, an den Balken, die die Decke trugen, klebten zwei Nester; in jedem wurde Jahr für Jahr zweimal gebrütet, wurden zweimal Junge groß gefüttert und fliegen und sich in der Welt tummeln gelehrt. Domini nahm Anteil an den Alten und den Jungen, als wäre es seine eigene Familie gewesen. Mißriet eine

Brut, so ging ihm das zu Herzen wie eines Menschen Sterben, flogen die Jungen zum erstenmal aus, war er in beständiger Angst, es möchte eines in die Krallen der Katzen oder des Habichts fallen, und erst wenn sie gezeigt hatten, daß sie sich im Leben zurechtfanden, wurde er wieder ruhig.

Noch nie hatte Domini die Ankunft der Schwalben so sehr ersehnt wie diesmal. Als sie im Herbst fortgezogen waren, hatte er traurig gesagt: »Wenn sie wiederkommen, bin ich nicht mehr da!« Er mochte fühlen, daß seine Kräfte schwanden. Wirklich fing er bald darauf an zu kränkeln und zusammenzuschrumpfen, und seit dem Bächtoldstage hatte er das Bett nicht mehr verlassen.

Als ich in die Stube trat, hörte ich oben in der Kammer mit einem Stock auf den Boden klopfen; so tat Domini, wenn er wünschte, daß man nach ihm sehe, denn er duldete nicht, daß beständig jemand um ihn sei. Man denke doch, es war Frühling, und da bedurften Acker und Weinberg eher menschlicher Hilfe als der kranke Domini! Ich stieg die Treppe empor. Schon ehe ich die Tür geöffnet hatte, rief er mir mit seiner matten Stimme zu: »Bübli, die Schwalben sind da, mach' ihnen das Fenster auf!« Sein Gesicht strahlte und er murmelte vor sich hin: »Nun hab' ich's doch noch erlebt!« Bald aber wurde er unruhig, die Schwalben flogen nicht herein, wie sie sonst zu tun pflegten, hie und da kam freilich eine an die Fensteröffnung, hielt sich darin einen Augenblick schwebend, guckte herein und schwirrte dann wieder davon, ohne Dominis Zuruf: »Komm nur, Tschitschi!« zu beachten. »Geh hinunter, Bübli, sie scheuen dich!« sagte er zu mir, und ich entfernte mich. Von der Hofreite aus sah ich, daß die Schwalben nicht mich gescheut hatten, denn sie trieben noch immer das gleiche unentschlossene Spiel.

Als gegen Abend meine Eltern und Geschwister vom Felde heimgekehrt waren, stiegen wir alle zu Domini hinauf. Er war ganz trostlos, daß ihn seine Schwalben, nach denen er sich so lange gesehnt hatte, flohen. »Nun«, sagte er, »sie merken eben, daß der Tod in der Kammer steht.« Mein Vater suchte ihm den Gedanken auszureden, er aber schüttelte den Kopf, womit er sagen wollte, daß er es anders wisse und die Schwalben wohl auch. Nach einiger Zeit bat er, man möchte ihn allein lassen, nur mich, den Jüngsten, wollte er bei sich haben. Es verstrich eine geraume Zeit, ohne daß einer ein Wort sprach; mir ward fast unheimlich. Dominis Augen waren stets nach dem Fenster gerichtet, wo von Zeit zu Zeit noch eine Schwalbe sich flüchtig zeigte.

Endlich, als die Kammer sich schon mit Dämmerlicht füllte, schwebte eine herein, flatterte ein paarmal über das Bett und dann wieder zum Fenster hinaus. »Tschitschi, komm, komm!« flehte Domini, und wirklich, sie kam wieder, um sich diesmal auf den Rand eines Nestes zu setzen, wobei sie wie zum Gruß einen kurzen muntern Pfiff ausstieß. »Schließ das Fenster, aber ganz leise«, flüsterte mir Domini zu, und seine Stimme bebte, als er für sich weiter fuhr: »So ist doch eine dabei, wenn ich sterbe!« Ich wollte gehn, denn das Wort ›Sterben‹ erweckte mir Grauen; er aber hielt mich zurück und sagte: »Ich will dir etwas beichten, Bübli, es kann dir nützen und ich kann's nicht hinübernehmen. Sieh, ich war einmal ein grober Bub, wie ihr auch manchmal seid; ich hatte einen Kameraden, der war es noch mehr. Er hatte Schwalben in seiner Kammer, und an einem Sonntagnachmittag überkam uns der Übermut, das Fenster zu schließen und eine zu fangen. Es war eine wilde Jagd. Das geängstigte Vöglein schwirrte hin und her, schoß immer gegen das Fenster und stieß sich schier den Kopf ein, seine kleine Brust hob und senkte sich wie im Fieber, wenn es an der Scheibe hing; wir aber wurden bei dem Werk immer wilder und ruhten nicht, bis das arme Tierchen in unsern Händen zappelte. Da kam Sepp ein teuflischer Gedanke. Er sagte zu mir: ›Wir stechen ihr die Augen aus!‹ Damit zog er sein Sackmesser hervor. ›Öffne es, ich halte sie und du stichst zu.‹ Mir schauderte, aber er war der ältere und dazu der Meisterssohn und befahl mir, zu tun, wie er gesprochen. Ich griff zum Messer und öffnete die Klinge. Es ging ihm zu langsam, und er schrie mich ungeduldig an: ›Nun, du Gret, wird's bald?‹ Ich sagte, daß ich es nicht tun könne, ich wolle lieber den Vogel halten, er solle das andere machen. Nun griff er nach dem Messer und ich nahm das arme, geängstigte Vöglein in die Hand. Da ich vor Aufregung mit den Händen zitterte, packte Sepp den Schnabel mit seiner Linken und mit der Rechten stieß er die Messerspitze rasch in das kleine schwarze Auge. Es floß wie eine Träne daraus und rollte über die Federn auf meine Hand. Ich habe den Anblick nie vergessen. Das Vöglein schrie auf wie ein Kind, sah mit dem Auge, das ihm noch blieb, nach mir und dann wieder nach ihm, und flehte uns in seiner Todesangst an, ich merkte, wie sein Herzchen zum Zerspringen klopfte. Es war mir gerade, als hätte Sepp mir selber ins Auge gestochen, ich fühlte den brennenden Schmerz und wartete den zweiten Stoß nicht ab, sondern eilte zum Fenster, riß es auf und warf den Vogel in die Freiheit. Er überschlug sich einmal, nahm dann den Flug über den Speicher und immer höher hinaus, bis er uns entschwand. Er wollte recht weit von uns wegfliehen, dem Lichte zu, das wir ihm halb geraubt hatten. In jenem Augenblick verstand ich, daß ein Tier nicht ein Tier ist, so nämlich wie man meint, sondern daß noch etwas anderes drin steckt.

In der Nacht drauf habe ich mehr geweint als geschlafen und den Entschluß gefaßt, kein Tier mehr zu quälen oder auch nur unsanft zu behandeln. Ich habe mein Wort gehalten und sie haben es mir vergolten. Merkst du jetzt, Bübli, warum es mir leid gewesen wäre, wenn mich die Schwalben im Sterben alle geflohen hätten? Es wär' mir wie ein Gericht gewesen. Ich danke der einen dort, daß sie gekommen ist. Du aber, Bübli, tu Tieren nie etwas zuleid. Menschen können Übeltäter verklagen und strafen, die Tiere müssen alles still über sich ergehen lassen und nicht einmal alle können zum Himmel hinaus schreien. Ich habe mir jenes Augenstechen bis zur Stunde nicht verziehen und ich hätte nicht sterben können, ohne es einem Menschen gebeichtet zu haben. Nun dünkt mich, es sei mir leichter.«

Domini griff nach meiner Hand und drückte sie, so gut es in seiner Schwäche noch ging, und ich drückte sie wieder und von da an lebte seine Liebe zu den Tieren auch in mir.

Am folgenden Tag beim Frühstück erfuhr ich, der Domini sei in der Frühe gestorben. Mein Vater hatte bei ihm gewacht und berichtete uns von seinem Ende. Als der Tag anbrach und die Fenster sich erhellten, fing die Schwalbe in ihrem Neste kräftig ihr Morgenlied zu singen an. Da öffnete Domini, der von Stunde zu Stunde mehr zusammengesunken war, nochmals die Augen, wie aus einem Traum erwachend, und suchte damit den Sänger über sich. Sobald er ihn gefunden hatte, sank er mit einem Lächeln tiefer ins Kissen zurück und entschlummerte.

Ich stieg in die Kammer hinauf. Domini lag an der Wand auf einer Bank ausgestreckt, er war wenig verändert und schien zu schlafen, der lange weiße Bart deckte seine Brust. Wie ich ihn anschaute und von Schauern ergriffen wurde, flog eine Schwalbe herein, setzte sich über dem Toten auf den Nestrand und fing an, auf ihn hinab zu singen, was ihr aus der Kehle mochte. Das nahm die Beklemmung von mir und nun erst bemerkte ich, daß der gute Domini lächelte. Mir schien, er lausche, und ich lauschte mit ihm und dachte bei der Weise, die die

Schwalbe ihrem toten Freunde sang, was er selber etwa gedacht hätte: »In dem Lied ist auch etwas.«

O Leben, o Liebe!

Eine Amselgeschichte.

Es war ein schreckliches Drama. Der Untergang einer hoffnungsvollen Nachkommenschaft.

Auf einer Tanne im Garten hatte ein Amselpaar sein Nest gebaut. Alles war bis zur Stunde glücklich abgelaufen: die Eier, fünf an der Zahl, waren ausgebrütet, die Jungen kräftig geraten, mit begehrlichen Schnäbeln, die jeden Tag größer wurden und sich unheimlich weit öffnen konnten. Keine Raupe war ihnen zu groß oder zu garstig, kein Käfer zu hart oder zu trocken. Was hatten die guten Eltern vom frühen Morgen bis zum Sonnenuntergang zu tun, um die fünf Schrei- und Hungerhälse zu stopfen! Und ein Liedchen wollte doch auch noch gesungen sein! Wer Amselmann heißt, möchte der Vaterfreude den gebührenden, über Baumwipfel und Dächer schallenden Ausdruck geben.

Um halb vier Uhr morgens, da es kaum dämmerte und Würmer und Gesäme noch in der Sicherheit des Dunkels lagen, schwang sich der Vater zu oberst auf die Tannenspitze und sang sein bald frohes, bald schwermütiges Lied zu dem Weibchen hinab, das noch unten auf dem Neste saß und die Jungen vor der kühlen Morgenluft schützte, wobei es sich mit dem Schnabel sachte die Federn glatt strich. Denn man soll auch in der arbeitsreichsten Zeit vor dem Mann und andern nicht liederlich erscheinen.

Auch die Kleinen sind jetzt erwacht, sei es am Gesang des Vaters, sei es am Hunger, sie strecken ihre Köpfe durch das Gefieder der Mutter empor, dem jungen Licht entgegen. Die Mutter, der die Pflicht etwas tiefer sitzt als dem Vater, hat sich nun auf den Nestrand gestellt und schaut eine Weile mit dem einen Auge auf den Rasenplatz, ihre Weide, hinab, mit dem andern nach ihrem Liebling, dem Merulus, der seinen Schnabel schon so weit aufsperrt, daß seine Brüder und Schwestern daneben fast verschwinden. An ihrem Ältesten kann sie sich nicht satt sehen, so muß ihr Mann in der Jugend ausgesehen haben, wie sonst hätte er sich zu einer so prächtigen Männlichkeit ausgewachsen!

Aber Merulus' Schnabel wird immer weiter, vom ganzen Nest sieht man nur noch ihn. Das ist eine eindringliche Mahnung, und schon hüpft die Mutter unten auf dem Rasen her und hin, den Schwanz hoch über Gras und Tau erhoben und die Augen scharf auf den Boden geheftet. Da hat sie auch bereits eine Schnecke erspäht, eine von den fetten und schmackhaften; sie fährt darauf los, flattert auf und steckt den Leckerbissen, ohne auch nur einen Augenblick an ihren eigenen nüchternen Magen zu denken, in den Schnabel ihres Lieblings, der so rasch zubeißt, daß er mit der Schnecke fast den Kopf der Mutter hinunterschluckt.

Die Amselfrau lacht in sich hinein und gibt ihrem Mann durch einen kurzen Ton zu verstehen, daß sie bereits tätig am Werke sei; dann geht sie wieder auf die Suche. Er tut, als höre er sie nicht und pfeift so herzhaft und weltfremd weiter, daß der ganze Garten und die Nachbarschaft erschallt und es ihm selber fast in den Ohren weh tut. Erst als der erste Sonnenstrahl über die Berge und Dächer blitzt, erwacht auch in ihm das Pflichtgefühl; er flattert zu dem emsigen Weibchen hinunter und entschuldigt sich manierlich, daß er sich, in seine Kunst versenkt, so sträflich lange habe vergessen können. Dabei verschluckt er, wie aus Gedankenlosigkeit, das erste Würmchen, das er findet, statt es in väterlicher Gesinnung der hungrigen Brut zu bringen. Dieses Versehen bleibt dem Weibchen nicht verborgen, es streift ihn mit einem vorwurfsvollen Blick und wendet sich von ihm ab. Etwas beschämt hüpft er in seine Nähe und sagt möglichst unbefangen: »Die Würmer werden mit jedem Jahr mißlicher; wer ein guter Vater ist, wagt kaum mehr, das ungenießbare Zeug seinen Kindern vorzusetzen.« Sie gibt ihm keine Antwort, und er ist froh, eine Teufelsraupe zu finden, mit der auch er seine Opferwilligkeit beweisen kann.

So ging es vierzehn Tage lang. Was für ein geschäftiges, glückliches Leben füllte den Garten, wie wuchs täglich die Hoffnung in dem Nest aus der Rottanne! Da aber schlich an einem Nachmittag, als die jungen Amseln gerade etwas lärmend und übermütig waren, eine rote Katze durch den Garten. Sie blieb unter der Tanne stehen und blinzelte hinauf. Sie sah nichts, aber ihr Ohr konnte sie unmöglich getäuscht haben, und es ging eine merkwürdige Bewegung durch ihren Leib. Sie beherrschte sich jedoch, suchte sich ein sonniges Plätzchen aus und streckte sich hin, ganz harmlos und wie von ungefähr. Als sie die bequemste Lage herausgefunden hatte, bettete sie sich den Kopf auf die rechte Vorderpfote und verhielt sich dann ganz ruhig; man hätte gemeint, sie schlafe, wenn sich das nach oben gerichtete Auge nicht dann und wann auf einen Augenblick boshaft und stechend geöffnet hätte.

Der Amselmann war aufmerksam geworden. Er schlug den Schnabel ein paarmal kräftig zusammen, was in seiner Sprache sagen wollte: »Aufgepaßt! Es ist nicht geheuer!« Er mußte die Mahnung wiederholen, denn die Jungen verstanden sie das erstemal nicht und meinten, mit fröhlichem Lärm antworten zu sollen. Der Kater machte die Augen eine Sekunde lang weit auf und entdeckte das Nest; dann dehnte er sich wie im Schlaf in der Sonne und schlug mit der Schwanzspitze kaum bemerkbar gegen die Erde. Er war nun seiner Sache sicher.

Eine Viertelstunde lag er ganz still, während oben alles in größter Spannung verharrte und kein Laut zu hören war. Endlich rekelte er sich träge, fuhr sich mit den Vorderpfoten ein paarmal gedankenlos über die Ohren und schlich dann bedächtig, wie einer, der nicht recht weiß, wohin, dem Stamm der Tanne zu. Er richtete sich daran in die Höhe und kratzte die Rinde mit seinen Vordertatzen, wie Katzen etwa tun, wenn sie sich die Trägheit aus den Gliedern recken wollen.

Nun brachen im Amselvater die zurückgehaltene Kampfeslust und der Zorn los. Zeternd fuhr er herab, hart über den Kopf des Feindes weg, und setzte sich dann lärmend und scheltend auf den Gartenzaun, die Katze stets im Auge behaltend. Alles war an ihm Bewegung, Feuer, Wut.

Das Weibchen folgte tapfer seinem Beispiel und hätte dem Feind beinahe die Flügel um die Ohren geschlagen. Der Kater blickte ganz unschuldig und verwundert um sich, als wollte er sagen: »Aha, ihr habt euer Nest da oben? Wie dumm ihr seid! Ohne euern Lärm hätte ich es nicht einmal gemerkt! Nun ihr aber Streit wollt, so mag es sein. Und nun hütet euch!«

Mit einem Ruck war er bei den ersten Ästen; die Rinde hatte unter seinen Krallen einen merkwürdigen, trockenen Ton von sich gegeben. Die Amseln erhoben ein furchtbares Geschrei, sie wußten nun, daß es auf Tod und Leben ging. Was für ein Haß sprühte aus ihren Augen! Sie schossen wütend an die Katze heran, die lauernd und scheinbar gelassen in dem untersten Astwinkel saß und ihre Aufregung und Blutgier nur durch die nervösen Bewegungen des Schwanzendes verriet. Nach einer Weile stieg sie einen Ast höher, um sich dann wieder ruhig zu verhalten. Sie konnte sich Zeit lassen, sie wußte, daß die Beute ihr nicht entging, auch war es ja nicht der Hunger, der sie trieb. Man sah es ihr an: sie schwelgte jetzt schon im Genuß. Das immer lauter werdende Angstgeschrei der Eltern war ihr fast so köstlich wie der Geschmack des warmen Blutes, der ihr bevorstand. Die spitzen, auf sie losfahrenden Schnäbel, die kleinen bösen Augen, die gegen sie brannten, die im Zorn sich sträubenden Federn, die Krallen mit ihrem ohnmächtigen Drohen, all das gab ihr ein heimliches Gruseln, das die Mordgier in ihr immer höher steigerte und ihrer Raubtiernatur ein angenehmer Anreiz und Kitzel war.

Sie ließ die Amseln gewähren, rückte von Zeit zu Zeit einen Ast höher und dem Nest um soviel näher; nur wenn die Vögel ihr etwa zu nahe kamen, schlug sie mit den hervorgekehrten Krallen rasch nach ihnen oder schoß aus ihren falschen Augen einen Blick, der deutlich genug zeigte, daß es ihr nicht ums Spaßen zu tun war.

Wie ein Verhängnis, das kein Wehren und Beten abwenden mag, schlich sie höher und näher an die Brut heran.

Eine halbe Stunde lang trieb sie ihr kaltes, böses Spiel. Die Amseln waren vor Aufregung und Angst, Schreien und Angreifen, Hin- und Herflattern schon ganz erschöpft und wären leicht selber die Beute des Räubers geworden, hätte er es auf sie abgesehen gehabt. Da auf einmal und unversehens sprang er mit einem blitzschnellen Ruck auf das Nest und warf einen Blick auf die jungen, von zarten Federn und Flaum bedeckten Vögel. Auf den Tod erschrocken krochen sie ineinander. Nur Merulus hatte Muts genug, den Schnabel aufzusperren und die Augen auf das Ungetüm zu richten, das groß und unbarmherzig über ihm stand, und er dachte: »Diese Teufelsraupe ist mir zu mächtig!«

Der Kater senkte den Kopf auf das Nest und beschnüffelte seine Beute, als ein Feinschmecker, der er war. Er hätte sich vielleicht noch mehr Zeit gelassen, und sich noch länger an dem Anblick des in Todesangst zitternden Nestes geweidet, wäre ihm nicht der Amselvater mit dem Schnabel wütend ins Fell gefahren, gerade zwischen den Ohren. Jetzt verging ihm die Lust, viel Federlesens zu machen, er zog die Lippen etwas zurück, packte Merulus, den er gleich als den Leckersten erkannt hatte, und zog den Zappelnden mit spitzen Zähnen fast behutsam und sorglich aus dem Neste. Der Kleine suchte sich zu wehren und schrie, was aus seinem Schnabel herausmochte, bis ein mörderischer Druck der Zähne ihn kleinlaut machte und bald ganz zum Schweigen brachte. Im Nu war er verschlungen. Der Räuber faßte noch einen andern und warf die drei übrigen mit den Pfoten aus dem Neste, von dem er nun selber Besitz ergriff, um seine zweite Beute mit aller Gemächlichkeit und unbekümmert um die Angriffe und das Wehklagen der Eltern zu verzehren.

Langsam, fast verdrossen, vom Blut und dem aufregenden Spiel übersättigt, zog er sich endlich zurück. Unten auf dem Boden zappelte noch eines der Jungen, die übrigen waren einer andern Katze zum Raub geworden, die, durch den Lärm angelockt, schon lange auf der Lauer gelegen hatte. Er beschnüffelte das arme Zappelwesen eine Weile, unschlüssig, ob er es lassen oder mitnehmen sollte, dann schnappte er es rasch auf und verschwand damit wie ein Dieb in einem Kellerloch. Auf einmal schien das Gewissen in ihm erwacht zu sein.

Das Geschrei und Gezeter der Alten dauerte noch eine Weile fort, aber allmählich verstummte es, die Armen mochten am Ende ihrer Kräfte sein. Das Weibchen trieb sich den ganzen Abend traurig in der Nähe des leeren Nestes herum, klagte leise und herzbewegend und suchte nach seinen Kleinen. Das Männchen hielt eine Zeitlang bei ihm aus, entzog sich dann aber den Blicken im Gebüsch. Und seltsam, als die Abendsonne feurig rot unterging und Garten und Stadt mit ihrer Glut überströmte, sah man den Amselmann wie gewohnt auf seiner Tannenspitze sitzen, und laut und fest und innig, kaum schwermütiger als sonst, zuversichtlich und tröstlich schallte sein Lied zu dem Weibchen hinab, das auf dem Ast neben dem Neste saß. Es horchte aus seiner Trauer auf und fühlte, daß oben um neue Liebe geworben wurde und morgen ein neuer Frühling anbrechen werde. Es stieß einen leisen, wehmütig süßen Ton aus und hüpfte auf einen höhern Ast, wo es von dem Werber besser gesehen werden konnte.

Wie stark sind Leben und Liebe, wenn sie zusammenstehen.

Die Schützenbecher

Am rechten Ufer des Zürichsees liegt über dem mit Reben bepflanzten Hang ein alleinstehendes Gehöfte, das man das Himmeli nennt. Es hat diesen Namen wohl der erhöhten Lage, noch mehr vielleicht seiner Fruchtbarkeit zu verdanken; denn um das schmucke Haus liegt ein ganzer Wald von Obstbäumen, und der Wein, der an der Halde wächst, ist wohlbekannt am See. Wenn den Bauern dortzulande etwas über die Maßen mundet, sagen sie: »Es ist gut wie Himmeliwein, man möcht' dran sterben!«

In dem Hause wohnte die Witwe Steppacher mit ihrem Sohn, dem Himmelifritz, und einem Knecht. Den Mann hatte sie schon vor einer Reihe von Jahren verloren, und seither nie wieder ans Heiraten gedacht; ihr ganzes Sinnen war darauf gerichtet, den Buben ehrbar großzuziehen und ihm das Himmeli zu erhalten. Sie war emsig wie eine Ameise und hielt die Dinge wacker zusammen, drum war sie auch dünn wie eine Ameise, was ihrer guten Laune jedoch keinen Abbruch tat. Die Arbeit schlug an, das merkte sie, und hielt sie am Silvesterabend Musterung über ihre Schätze und konnte sie einen wenn auch kleinen Zuwachs feststellen, so faßte sie Mut und Heiterkeit für ein ganzes Jahr.

Die Sorgen, von denen sie in früheren Jahren oft geplagt worden war, lernte sie erst wieder kennen, als ihr Fritz zwanzig Jahre alt geworden. Bis dahin hatte sie ihn immer fein säuberlich im Himmeli zu halten vermocht, jetzt aber, nachdem er die Rekrutenschule durchgemacht hatte, wurde er des gleichförmigen, stillen Lebens überdrüssig und suchte an Sonntagen gern im Dorf lustige Gesellschaft auf. Ja, eines Tages trat er vor die Mutter hin und sagte, er müsse in den Schützenverein eintreten und brauche Geld.

»Müssen?« fragte sie.

»Ja, müssen, Mutter, wer Soldat ist, muß einem Schießverein angehören, sonst hat er das Vergnügen, jedes Jahr einmal in die Kaserne einzurücken, um seine Pflichtschüsse abzugeben.« Sie ereiferte sich: »Was nützt auch auf Gottes Erdboden das ewige Pulvern und Knallen, es wäre gescheiter, ihr lerntet etwas besser mit dem Karst und der Sense umgehen, als mit dem nichtsnutzigen ›Gvetterligewehr‹. Wozu braucht man denn schießen zu können, das möcht' ich doch einmal wissen!«

»Hätte der Tell nicht schießen können, so hätte er sein Kind erschossen«, erwiderte Fritz, »und wir wären jetzt Schwaben oder Österreicher, und wenn einer auf einem Roß oder in einem Wagen einherkäme, müßten wir uns jedesmal fragen: Soll ich jetzt den Hut ziehen und sagen: ›Guten Tag, Herr Kaiser‹, oder ›Gott grüß' Euch, Herr König‹ und dabei den Buckel biegen wie beim Rebenheften. Vom Himmeliwein aber würden wir nicht viel zu sehen bekommen, dem wüchsen Räder oder Füße und er würde vom König und was weiß ich von wem sonst noch verjuchheiet werden.«

»Du bist ein Schalksnarr«, sagte die Mutter, »so geh, wenn du's doch nicht lassen kannst, aber das sag' ich dir. Wenn du einmal wackelig nach Hause kommst, so lege ich deine Flinte auf den Scheiterstock und striegle sie mit dem Beil.«

Ein Jahr später kam der Himmelifritz mit dem ersten Kranz von einem kleinen Schützenfeste nach Hause. Von da an war ihm etwas Neues ins Blut gefahren, die Unrast, die uns die Ruhmsucht gibt. Was für andere die Liebe in diesen Jahren ist, das wurde ihm das Zielschießen, eine wahre Leidenschaft. Schwang er die Sense auf der Wiese, den Karst auf dem Acker oder die Hacke im Weinberg, so sah er sich im Geiste stets im Scheibenstand und erblickte, im Feuer des Schusses, das Absehen, das Korn und das Schwarze der Scheibe, alle drei hübsch aufeinander, wie es sein muß. Am Sonntagmorgen aber nahm er sein Gewehr hervor und machte Zielübungen über den See weg nach dem Zifferblatt der Talwiler Turmuhr, denn er hatte Augen wie ein Falke. Am Nachmittag schritt er hinunter nach dem Schützenstand, dabei schlug ihm das Herz so freudig, wie andern Burschen, wenn sie zum Liebchen ziehen. Und hatte er alle Schüsse sauber in die Scheibe gesetzt, so war er für eine Woche froh, wie seine Mutter für ein Jahr froh war, wenn sie am Silvesterabend ihre Dinge in Ordnung gefunden hatte.

Fritz mochte vierundzwanzig Jahre alt sein, als er an einem Abend vor dem Schlafengehen zu der Mutter sagte: »Morgen brauche ich Geld, viel Geld diesmal, ich – ich will um einen Becher schießen.« Er sah, wie die Frau bei dem Worte zusammenschrak, und er fragte sie: »Was ist dir?«

Sie erwiderte nichts, sondern stieg auf dem Ofentreppchen in die Kammer hinauf, und er hörte, wie sie oben einen Schrank öffnete und etwas Klirrendes herausnahm. Dem Klange nach waren es keine Münzen, und Fritz wurde neugierig. Er sollte nicht lange im Zweifel bleiben.

Bald sah er die Mutter das Treppchen herabsteigen, sie hielt vorn auf der Brust in den Armen etwas Blinkendes: es waren vier silberne Becher. Sie stellte sie auf den Tisch und sagte: »Da, Fritz, sieh dir das Geschirr an.«

»Du hast Schützenbecher?« fragte er verwundert, und griff nach einem von ihnen; er hatte von den Schätzen keine Ahnung gehabt.

»Ja, sieh dir das Geschirr an«, wiederholte sie ernst. Dann nahm sie den einen in die Hand, hielt ihn dem Sohne vor die Augen und sprach langsam: »Das ist ein teures Familienstück, Bub, aus dem Becher hat sich dein Großvater zu Tod getrunken.«

Sie sagte es in seltsam verhaltenem Ton und er trat halb erschreckt einen Schritt zurück. Die Witwe ergriff hierauf die drei andern Becher mit beiden Händen, streckte sie wiederum dem Sohne hin und fuhr fort: »Noch teurer müssen dir diese Geschirre sein, aus ihnen hat sich dein Vater zu Tod getrunken.«

Fritz war so betroffen, daß er nichts weiter zu antworten wußte, als: »Du spaßest, Mutter, die Becher sind ja alle wie neu.«

»Du mußt es nicht wörtlich nehmen, aber es ist doch wahr. Als dein Großvater diesen Becher nach Hause brachte, soll er zum erstenmal auf den Füßen geschwankt haben. Er brachte den ersten Becher in unsere Gemeinde; kam er ins Wirtshaus, so pries man ihn und trank ihm zu und nannte ihn Schützenkönig. Das gefiel ihm, das Wirtshaus wurde ihm heimelig und der Wein lieb. Von da an hat er von unserem guten Himmeliwein keinen Tropfen mehr verkauft, er hat ihn selber getrunken. Von ihm stammt das Wort: das ist gut wie Himmeliwein, man möcht' dran sterben. Er ist dran gestorben.

Wie es dem Großvater ging, ist es noch einem andern ergangen, doch ich will dir diese Geschichte nicht erzählen, obgleich ich es wohl imstand' wäre, denn der andere war dein Vater selig.«

Sie stellte die Becher wieder auf den Tisch und sagte nach einer Weile: »Mich dünkt, wir haben genug solcher Familienstücke, nun willst du hingehen und andere dazu holen. Fritz, mir schaudert vor solchem Silberzeug!«

»Wie kannst du mich für so schwach halten, Mutter? Hast du mich ein einziges Mal betrunken aus dem Schützenverein oder von einem Festchen heimkehren sehen?«

»Bisher waren es nur kleine Anlässe, du bist nie länger als einen Tag fortgeblieben, jetzt aber gehst du in einen andern Kanton, bleibst zwei, vielleicht drei Tage unter leichtem Volk ...«

»Es sind alles rechtschaffene Männer.«

»Ja, aber die Festlust und der Festwein und das Reden und Singen, und dann das Haschen nach dem Silberzeug, das macht euch den Kopf trüb!«

»Man sieht, daß du noch nie an einem Schützenfest gewesen bist, da geht es viel nüchterner zu, als du denkst, lärmen und über das Maß trinken tun nur die Festbummler und Lotterschützen, denen es nicht drauf ankommt, ob ein Schuß in der Scheibe sitzt oder nicht. Mache es mir jetzt nicht schwerer als nötig. Ich kann nicht zu Hause bleiben, ich habe mein Wort gegeben, die besten Schützen, unser fünf, haben sich zu einer Gruppe zusammengetan, man zählt auf mich.«

»So versprich mir, die ganze Zeit nüchtern zu bleiben. Gib mir die Hand darauf, wie bei einem rechtschaffenen Handel.«

Er tat es wohlgemut. Sie öffnete die Kommode, und reichte ihm das Geld, das er verlangte.

Am andern Morgen sah sie ihm zum Küchenfenster hinaus nach, bis er unten im Dorf verschwand. Sie wurde die trüben Gedanken nicht los. Wenn er nur jede Kugel ins Blaue schösse!

Tags darauf gegen Abend hörte die Steppacherin Musik, die vom See heraufschallte. »Jetzt werden die Schützen kommen«, dachte sie und schritt vor das Haus, wo sie die ganze Gegend überblicken konnte. Ein Dampfschiffchen, mit roten und blau und weißen Tüchlein geschmückt, strebte von Zürich herkommend dem Dorfe zu; auf dem Dampfschiffsteg aber funkelte etwas in der Sonne, das waren die Trompeten, deren Schall heraufdrang. Das Schiff landete, großes Freudengeschrei übertönte die Musik, die Schützen mußten sieggekrönt heimkehren.

Der Lärm und die Musik verhallten. Die Steppacherin schaute vom Himmeli ins Dorf hinunter, hoffend, ihren Fritz aus den Häusern und Bäumen hervortreten zu sehen. Sie schaute, zehn, zwanzig Minuten lang, er kam nicht. »Sie sind in die Krone gegangen, nun mag es gut werden.«

Die Nacht kam und Stunde um Stunde verging, Fritz erschien nicht; seine Mutter aber trat jeden Augenblick vors Haus und horchte in die Stille hinaus. Endlich, als es ein Uhr schlug, hörte sie Tritte, die die Halde emporkamen, langsam, unsicher.

Sie trat in die Stube und erwartete den Sohn. Die Haustüre öffnete sich, zwei Hände tasteten sich durch den Gang und suchten nach der Türklinke, dann stolperte Fritz, einen derben Schützenfluch ausstoßend, über die Schwelle und in die Stube.

»Du kommst schön zum Vorschein«, sagte die Steppacherin ruhig, »hält man so Wort bei euch Schießbrüdern? Pfui!«

Das Wort stach ihn.

»Was haderst du da? Meinst etwa, ich habe zu viel? Ja wohl! Ich, zu viel! Sieh, das hab' ich herausgeschossen!« Dies sagend, zog er mühsam ein Futteral aus der Rocktasche und aus diesem einen blinkenden Becher, den er triumphierend auf den Tisch stellte. »Den hab' ich herausgeschossen, es ist der einzige im Dorf. Wie gefällt er dir?«

»Wie soll er mir gefallen! Ich wollte lieber, du wärest nicht betrunken.«

»Ich? Betrunken? Was faselst du da! Durst hab' ich, Himmelsak... Hol' mir Wein, Mutter, Durst hab' ich, ich muß noch eins über die Leber gießen!«

»Geh ins Bett und schlaf dich aus, du Weinschütz!«

»Mit wem redest du so? Wart, ich will dir's zeigen! Holst du keinen Wein, so hol' ich mir selber meinen Schoppen. Ich will doch sehen, Himmelsak... Ich hab' noch Durst!«

Sprach's, griff eine Flasche aus dem Eckkästchen und stolperte hinaus und in den Keller hinunter.

Die Mutter sah ihm nach und blickte dann auf den gleißenden Becher.

»Wie der Vater und der Großvater«, seufzte sie. »Oh, das verfluchte Geschirr!« Die helle Wut gegen den Becher kam über sie, und ein Gedanke blitzte ihr durch den Kopf: »Was ich einst dem Gewehr verheißen, das will ich dem Becher halten!«

Sie griff hastig danach und schritt in die Küche hinaus. Dort stellte sie das Gefäß auf den Scheiterstock, ergriff das schwere Beil und wuchtig fuhr das Eisen herab. Der Becher schrie auf wie ein lebendes Wesen. »Ja, schrei nur, ich will dir's gleich austreiben!« Und wieder und wieder fuhr die Axt auf und nieder, bis der Becher zu einer Platte zusammengeschlagen war. Die Steppacherin lachte, ihr war, sie habe den Teufel erschlagen. Ruhig trat sie in die Stube, legte das Silberblech auf den Tisch und setzte sich auf einen Stuhl. Bald darauf trat Fritz wieder herein. »Wo ist der Becher, du mußt daraus trinken. Zweimal haben wir ihn heute verschwellt, jetzt sei's zum dritten.«

Da entdeckte er auf dem Tisch das zusammengequetschte Kleinod, das, was noch vor wenigen Minuten sein Stolz gewesen war. »Mutter!« schrie er auf, es zuckte ihm in allen Muskeln, seine Hände ballten sich und erhoben sich drohend über dem Haupte der Frau. Sie blieb ruhig und versetzte kurz: »Dem Gewehr hab' ich's versprochen, dem Becher gehalten.« Das Wort entflammte seinen Zorn noch mehr. Er ergriff den zertrümmerten Pokal und warf ihn der alten Frau wuchtig an den Kopf.

Sie sank lautlos vom Stuhl auf den Boden, Blut floß ihr aus dem grauen Haar.

Auf einmal war Fritz nüchtern, er stürzte neben ihr nieder und hob sie in den Armen auf, von Reue erfaßt.

Sie öffnete bald die Augen wieder und sah sich um. In diesem Augenblick fühlte Fritz zwei Dinge, nämlich daß er bösen Wein getrunken und daß er eine gute Mutter hatte und sie liebte.

»Es tut mir leid, Mutter! Bei Gott, es tut mir leid!« stammelte er.

Sie aber, alle Kraft zusammennehmend, richtete sich empor und schritt etwas unsicher, aber den Beistand des Sohnes mit einer bestimmten Gebärde abwehrend, in die Küche hinaus, wo sie das Blut mit kaltem Wasser stillte.

Fritz suchte den zerschlagenen Becher auf dem Boden und warf ihn durchs offene Fenster in die Nacht hinaus.

Als er sich am Morgen erhob, war seine Mutter schon in der Küche. Er bot ihr den gewohnten Gruß, und sie erwiderte ihn. Ein Fremder hätte ihr ›Guten Tag‹ freundlich gefunden; der Sohn aber fühlte wohl, daß etwas Neues in der Stimme der Mutter lag. Beim Frühstück gewahrte er auch, daß in das Auge ein unvertrauter Blick gekommen war, vielleicht keinem bemerkbar als ihm.

Und so blieb es nun. Das Verhältnis zwischen Mutter und Sohn war für alle, die ins Himmeli kamen, das nämliche wie einst; Fritz aber wußte es anders und litt unsagbar darunter. Hätte die Mutter nur wieder einmal mit ihm gescholten, wie sie das früher etwa getan. Aber sie sagte kein unfreundliches Wort zu ihm, sie widersprach ihm nie, schlug ihm nichts ab. Daß sie zürnte, bewies sie nur mit einer Handlung: einige Tage nach dem schlimmen Vorfall entdeckte Fritz auf einem Lädlein an der Wand die vier Schützenbecher, in einer Reihe aufgestellt, daneben den zertrümmerten fünften, den der Knecht im Baumgarten beim Mähen gefunden hatte. Wenn nun Fritz am Tische saß und die Augen vom Teller erhob, fielen immer seine Blicke auf das Silberzeug, das ihn vom

Gestell ansah wie sein böses Gewissen. Er hätte das Lädlein am liebsten geräumt, aber er wagte es nicht. So vergingen drei Jahre, recht unfrohe: im Himmeli wurde nicht mehr gescherzt und nicht mehr gelacht, man arbeitete und mühte sich ab und sah sich nur ins Gesicht, wenn es nicht anders anging. Die grauen Haare der Steppacherin aber wurden weiß, und das quälte ihren Sohn.

Da kam wieder ein eidgenössisches Schützenfest. Fritz nahm sich vor, es nicht zu besuchen; aber die Vereinsgenossen ließen ihn nicht los, sie konnten ihren besten Schützen nicht entbehren, und da er ihnen wohlweislich verschwieg, warum er keine Festlust habe, betrachteten sie ihn als einen dünkelhaften Menschen, der sich für unentbehrlich halte und recht sehr wolle bitten lassen. Was konnte er tun? Er mußte sich den andern anschließen.

Als er, das Gewehr an der Schulter, das Haus verlassen hatte und dem Dorf zuschritt, fiel ihm auf, daß die Seitentasche seines Kittels schwerer war als sonst. Er griff hinein und zog den zertrümmerten Becher hervor. Einen Augenblick arbeitete der Zorn in ihm, schon erhob er die Hand, um das Ding zum zweitenmal, und diesmal gründlich, von sich zu schleudern. Aber die bessere Natur ward in ihm Herr: »Man soll einen Warner nicht verachten, und nun gar nicht, wenn er von der Mutter kommt. Ich will ihr zeigen, daß ich nicht so schwach bin, wie ich vor drei Jahren erschien.« Und er steckte den Silberklumpen in die Tasche.

Am gleichen Tage kehrte er ins Himmeli zurück, aufrecht und fest. Die Mutter saß in der Stube und maß ihn mit den Augen, als er hereinkam. Wie das erstemal zog er einen Becher aus der Tasche. »Was sagst du dazu?« fragte er.

Sie erwiderte erst nichts und blieb lange unbeweglich. Ihre Augen ruhten auf ihrem Sohne, der demütig und doch gerade vor ihr stand.

Der Ausdruck ihres Gesichtes wurde allmählich milder, und endlich erhob sie sich, ergriff mit der einen Hand den Becher und mit der andern die Rechte des Sohnes und sagte mit bewegter Stimme: »Er gefällt mir gut, dein Becher, wir wollen ihn verschwellen.«

Sie langte den Kellerschlüssel vom Nagel und ging hinaus. Bald kehrte sie zurück, den Pokal bis zum Rande mit dem besten Himmeliwein gefüllt, den sie im Keller hatte, stellte sich vor Fritz hin und sagte: »Wohl bekomm's!«

»Tu du den ersten Schluck, Mutter, es hat noch keiner daraus getrunken. Wohl bekomm's dir!«

Sie tat einen kräftigen Zug und er darauf einen zweiten, und dabei sahen ihre Augen einander gut und hell an wie einst.

Seither hat Fritz noch mehr als einen Becher herausgeschossen, er hat sie alle im Himmeli mit seiner Mutter verschwellt. Necken ihn seine Freunde, wenn er so frühzeitig aus ihrem Kreise scheidet, pflegt er mit lachenden Augen zu sagen: »Den ersten Schluck aus meinem Becher tut ihr nicht und ich nicht. Lebt wohl!« Die andern aber stecken, wenn er gegangen ist, die Köpfe zusammen und fragen sich: »Er muß eine heimliche Liebe haben, wo mag sie sein?«

Christoph

Meinem jungen Freund Hans Obenaus

1. Im Gemstobel

Es war vor langen, langen Jahren, es ist kaum mehr wahr. Das Tal freilich liegt noch da, zwischen den gleichen Felswänden und Gletschergipfeln wie damals, und wie damals lösen sich im Frühjahr die Lawinen von den Bergspitzen und Hängen los, donnern über die Felsstürze hinab und bleiben in tiefen Runsen bis in den Sommer hinein liegen, als gelbe, schmutzige Massen, aus denen Äste, Baumstrünke, Felsblöcke herausragen, und auf denen etwa die Ziegen in heißen Tagen herumklettern und sich die Zungen an dem eisharten Schnee kühlen.

Jetzt führt ein schmaler Weg in das Hochtal hinauf, damals war es fast unzugänglich; denn der Bergbach, der es durchströmt, hat sich im untern Teil eine tiefe Schlucht eingesägt, in die zu beiden Seiten die Berge jäh hinunterstürzen, und da, wo der Fuß etwa Stand finden konnte, versperrte eine Wildnis von Arven und Tannen den Weg. Das Schlimmste war die Finsterwaldplatte, die hoch über dem Fluß liegt, steil und glatt wie ein Dach, und die nicht zu umgehen war. Wehe dem Wanderer, dessen Fuß ausglitt! Er stürzte hundert Klafter tief in den Fluß hinab, der ihn in seinen Strudeln herumwirbelte und nach langer Reise zerstümmelt und zerschlagen dem Strom in die Arme legte.

In diesem Hochtal sömmern jetzt ein paar Monate lang die Hirten ihre Rinder, im Winter, wenn der Bach vereist ist und die Murmeltiere schweigen, ist es still und verlassen wie ein Kirchhof. Damals war es anders. Da lag hinten, wo sich das Tal zu einer Ebene weitet, ein Dorf mit aus Arvenholz gezimmerten Häusern, mit sprudelnden Brunnen und kleinen Blumengärten, in denen Steinnelken und blaue und gelbe Primeln den kurzen Sommer lang blühten. Noch jetzt zeigen die Hirten die Stelle, wo einst das Rathaus stand, die Gegend heißt zur Stunde noch ›am Platz‹, und weiter unten im Tal steht auf einer Anhöhe die alte Kapelle mit dem Beinhaus und träumt in ihrer Verlassenheit in den Tag hinein, wie ein Greis sinnend in der Sonne sitzt. Sie ist dem heiligen Martin geweiht und noch wird dort jedes Jahr einmal, am Jakobisonntag, Gottesdienst gehalten, zu dem sich alle Sennen der umliegenden Alpen einstellen.

Im Beinhaus sind noch die Knochen der alten Talbewohner zu sehen. Sie sind von ungewöhnlicher Größe, es war ein Geschlecht von Halbriesen, das einst da gehaust, die Sage weiß viel von ihnen zu berichten.

Diese Leute waren mit Hab und Vieh auf einem hohen Paß über das Gebirge gekommen, hatten den Wald gerodet und mit der Wildnis gekämpft, Dorf und Kirche gebaut, tätig und friedsam gewirtschaftet, man weiß nicht wie lang, und waren dann wieder verschwunden, keiner kann sagen, wohin.

Aber frisch, wie kaum vor einem Menschenalter geschehen, blieb die Geschichte vom starken Christoph, und wer sich mit den Hirten auf der Egg oder auf dem Roten Berg befreunden kann, wird sie vernehmen, wie ich sie hier berichten will.

Der größte, aber auch ärmste Mann im Riesendorf war Simon, der lange Simon genannt. Sein Vater hatte ihm zwar ein paar Kühe hinterlassen, aber es wollte ihm nichts zum Glück ausschlagen, und während sich in anderer Leute Stall das Vieh vermehrte, gingen die Dinge in dem seinen immer rückwärts, er wußte nicht, wie es so kam, und eines Tages war der Stall leer. Die Gemeinde ließ jedoch keinen in der Not umkommen, sie machte den riesigsten unter den Riesen zum Geißhirten, was viel zu lachen gab; aber was tat's! damit war doch dem Hunger ein Riegel geschoben. Simon hatte drei Buben, von denen er den jüngsten auf den Namen Christoph hatte taufen lassen, und da er an dem Buben ein besonderes Gefallen fand, ließ er es nicht zu, daß man ihn Stöffel nannte, wie es dem Brauch gemäß wohl geschehen wäre. Christoph sollte er heißen, unverkürzt und unentstellt, den Christen sollte man dem Wort nicht abhacken.

Als Simon Geißhirt wurde, war Christoph etwa sechs Jahre alt, und weil der Vater ihn gerne um sich hatte und Anlage zu großer Stärke an ihm gewahrte, fand er ihn eben recht, ihm die Ziegen treiben zu helfen. Früh am Morgen stand Simon auf, nahm das große Horn von der Wand und stieß, breit in der Stube stehend, so mächtig drein, daß das Haus aus dem Schlaf fuhr und für den ganzen Tag hell und munter war. Christoph schlüpfte rasch in die Hosen, trank das Becken Milch, das ihm die Mutter in der Eile gewärmt hatte, aus, und schritt dann an der Seite des Vaters das Dörfchen hinab. Der lange Simon stand von Zeit zu Zeit still, blies ins Horn, einen langen Stoß und vier kurze, die wie Kitzlein hinterher hüpften, und schritt dann wieder weiter. Die Stalltüren öffneten sich und heraus sprangen in lustigen Sätzen die Ziegen groß und klein und folgten ihren Hirten. Und da jede ein Glöcklein am Halse trug, die einen mit hoher, die andern mit tiefer Stimme, ergoß sich ein munteres Geläute durch das Tal, das sich aus der Ferne fast wie ein rasch über Felsen springendes Bächlein anhörte.

Beim letzten Haus des Dorfes bog die Herde ab und das Geklingel eilte und sang die Halden empor und verlor sich dann. An den wildesten Hängen, wo Blumen und Gras mit Schnee und Eis in Fehde liegen und die Kühe und Rinder sich nicht hinwagen, suchten die Ziegen ihr Futter, manchmal, wenn oben der Schnee lag, auch in den Wäldern, in denen noch Bären und Wölfe hausten, weshalb der Hirt einen langen Jagdspieß zur Wehr bei sich trug. Zuweilen ließ er die Ziegen an ungefährlichen Plätzen grasen und er jagte nach Gemsen und Steinböcken.

Am Abend kehrte die Herde mit strotzenden Eutern ins Dorf zurück, geschlossen, wie Soldaten, Christoph voran, Simon hinterdrein, dann löste sich die Schar auf, jede Ziege eilte ihrem Stall zu, um der Milch, die sie drückte, ledig zu werden. Hatte Simon eine Gemse erlistet, was nicht allzuhäufig geschah, so warf er sie seiner Frau Kleophea oder Klephi in die Küche und rief wohlgelaunt: »Da schickt dir der Vettergötti vom Berg einen Braten!« Sie nahm ihn mit ruhigem Gewissen entgegen, denn in jenem Tal machte niemand ein Jagdrecht geltend.

Es war ein fast glückliches und sorgenloses Leben, das Simon da führte, aber es sollte schon nach einigen Jahren ein jähes Ende nehmen.

Als er an einem Frühsommertag seine Herde am Roten Berg trieb, entdeckte er auf einem Rasenband ein Rudel Gemsen, und das Jägerblut fing in ihm zu wallen an. »Sieh gut zu den Ziegen!« rief er Christoph zu, guckte nach dem Wind und machte sich davon, um das Wild zu erschleichen. Bald war er Christoph aus den Augen. Der Knabe erriet die Absicht des Vaters, kletterte zu einer Stelle empor, wo der Blick freier war, warf sich auf den Boden und spähte um sich. Bald hatte er die grasenden Gemsen entdeckt und nach einer Weile auch den Vater, der vorsichtig um die Felsen schlich, geduckt, und zuweilen auf allen vieren. Jetzt hatte er das Rasenband erreicht; da aber flogen die Gemsen wie Vögel davon und waren zerstoben, bevor Christoph sein »Huida!« ausgestoßen hatte. Nur eine vermochte dem Rudel nicht zu folgen, sie trippelte, wie es schien, mühsam hinterdrein, und es verfloß eine ganze Weile, bis sie um die Felsenecke verschwand. Ihr jagte nun der Vater nach und Christoph dachte: »Heut abend gibt's Braten, die Mutter mag lachen.«

Da für ihn nun alles im reinen war, stieg er ruhig zu den Ziegen hinab, lockte sie durch Zurufe zu sich heran und streichelte seine Lieblinge, denn er hatte unter ihnen seine besonderen Freunde. Dann streckte er sich auf einen Stein aus, der von der Sonne wie ein Ofen gewärmt war, und erwartete so die Rückkehr des Vaters.

Aber die Sonne stieg zu ihrer Höhe hinauf und senkte sich zur Abendseite nieder, der Vater erschien nicht wieder. Da kam eine böse Ahnung über den Knaben und drang ihm wie ein Nagel in die Brust, er hielt es nicht mehr aus, er ließ die Herde Herde sein und stieg hinauf, wo er Gemse und Vater hatte verschwinden sehen. Eine Strecke weit konnte er ihre Fußtritte auf dem Schnee, der in Mulden und an schattigen Stellen liegen geblieben war, verfolgen, auf einer apern Fläche hörten aber alle Spuren auf. Er schrie aus Leibeskräften, und als keine Antwort kam, setzte er sich nieder und weinte und horchte dazwischen in die Stille hinaus. Nichts Lebendiges war zu sehen und zu hören. Nur oben um den Gipfel des Roten Berges kreisten zwei Geier und ihr heiseres Geschrei drang bis zu ihm herab. Die Sonne sank immer tiefer, schon schlichen unten die Schatten über den Talgrund und das Dorf, dessen Häuser gleich schwarzen Punkten auf der weiten Rasenfläche lagen. Er konnte die Nacht hier nicht abwarten, er mußte den Vater suchen, was würde die Mutter sagen, wenn sie nicht zusammen heimkehrten! Aber wohin sich wenden? Er fand, es sei das Klügste, die Richtung, in der er gekommen war, fortzusetzen, so würden wohl auch die beiden andern gelaufen sein. Er eilte vorwärts, eine halbe Stunde weit, da gähnte vor ihm ein Abgrund, aus dessen Tiefe stürzendes Wasser wie Donner heraufschallte. Neue Ratlosigkeit! Waren sie auch zu dieser Schlucht gekommen? Wohin hatten sie sich da gewendet? Er schritt am Rand auf und ab und suchte Spuren. Und siehe, wie er so spähte, entdeckte er auf dem Rasen Blutstropfen, die in die Schlucht hinabwiesen, der Vater hatte also das Tier verwundet. Wieder trat die Aussicht auf einen duftenden Braten wie eine Schüssel voll Wohlgeschmack und Zungenherrlichkeit Christoph entgegen. Aber das war nur ein Augenblick. Hatte der Vater das Tier denn auch gefangen? Befanden die beiden sich unten in der Schlucht? War der Vater vielleicht eben daran, das Wild am Wasser auszuweiden? Er bog sich vor, und rief in die Tiefe hinab: »Vater, Vater!« aber es drang nichts herauf, als das dumpfe Tosen des Baches. In seiner Verzweiflung warf er sich auf den Boden hin und begann nach Kinderart heftig, fast zornig zu schreien, als wäre auf solche Art eine höhere Macht zu erweichen oder zum Nachgeben zu zwingen. Als er ruhiger und sein Auge wieder hell geworden war, entdeckte er auf einmal Fußspuren in der feuchten Erde, Nägel hatten das Gras zerrissen und etwas weiter unten waren Rasenbüschel ausgerauft. Da war also der Vater in die Tiefe gegangen. Nun besann sich Christoph nicht mehr lange, hatten ihm Vater und Mutter nicht manchmal gesagt, er sei schon fast so stark wie ein Mann, durfte er sich da nicht zutrauen, was ein Mann unternahm? Schon war er ganz vorn am Rand, sah hinab, wie er es vollbringen könnte, und fand eine Stelle, wo es sich wie auf weiten Stufen hinunterklettern ließ. Er suchte oben am Rand festen Griff mit den Händen, ließ sich einen Ruck hinunter und suchte mit den Zehen Halt, dann ließ er die eine Hand los, faßte weiter unten an, und wieder glitt er einen Ruck tiefer. So ging es ein gutes Stück und als er mit den Füßen ein schmales Band erreichte, auf dem etwas Gras wuchs, meinte er sein Werk schon vollbracht zu haben. Er ruhte aus, denn von der Anstrengung waren Arme und Füße ins Zittern gekommen. Das Band führte in die Tiefe, er stieg darauf hinab, indem er behutsam Fuß vor Fuß setzte; auf einmal aber verlor es sich, als wäre es in die Wand hineingekrochen. Von unten, scheinbar ganz nah, donnerte das Wasser, nun mußte ihn der Vater hören, wenn er dort war. Er schrie, was ihm zum Hals hinaus mochte, aber ihm schien, es töne nicht, weil er den Mund so nah an der Wand hatte, auch hörte er keine Antwort aus der Tiefe. Er blickte hinauf und hinab und ihm graute vor der Höhe. Aber er dachte an die Mutter und versprach sich, nicht ohne den Vater heimzukehren. Wieder faßte er mit den Händen an und wieder suchte er mit den Zehen und es ging wiederum Ruck um Ruck hinab, wie durch ein Wunder. Aber da kam er zu einer Stelle, wo die Füße keinen Halt mehr fanden, wie ängstlich sie auch suchten, und so klebte er hilflos an der Wand, bis ihm die Kraft ausging, die Hände sich lockerten und er fast ohne Besinnung hinunter in die Tiefe glitt.

Er erwachte und lag in finsterer Nacht. Der Kopf schmerzte ihn, er griff danach und merkte, daß die Hände ganz zerschunden waren. Und wie die Hände, so waren auch die Füße. Die Haare klebten ihm an der Stirne, er mußte also am Kopf geblutet haben. Ganz nah hörte er das betäubende Tosen des Baches, Wassertropfen wurden ihm auf die

Hände und ins Gesicht gespritzt, er wagte nicht, sich zu rühren, aus Furcht ins Wasser zu fallen.

In seiner Nähe meinte er auf einmal einen menschlichen Laut zu hören, es schien sich etwas zu rühren. Er flüsterte: »Bist du's Vater?« Er fürchtete sich, es laut zu sagen. »Ist's der Vater«, dachte er, »wird er es schon hören, ist es aber ein wildes Tier oder sonst etwas Ungeheures, so kann man nicht leis genug reden.«

Als keine Antwort kam, streckte er behutsam die Hand aus, rutschte etwas nach und stieß auf etwas Behaartes: »Das ist die Gemse, nun kann der Vater auch nicht weit sein! Aber daß sie noch lebt?« Wieder flüsterte er: »Vater, wo bist du?« Er vernahm nichts als das Tier, das sich erhob, um etwas weiter weg wieder niederzulegen. Er tastete umher, in der Hoffnung auf den Vater zu stoßen, der wohl schlafen mußte, fand aber nichts als feuchtes Gras. Da brach zu allem ein Gewitter über dem Berg los, ein heller Blitz zündete in die Schlucht und füllte sie mit Schrecken und Grausen; zugleich fuhr pfeifend ein kalter Wind herab, der bis auf die Knochen drang. Bei dem Licht der Blitze suchte Christoph den Vater zu entdecken, erblickte aber nichts als ein Bäumchen, das schief über das Wasser ragte, und die Gemse, die ausgestreckt am Felsen lag und manchmal ächzte wie ein Mensch. Den Donner, der über die Schlucht rollte, vernahm er kaum, das stürzende Wasser übertönte ihn. Als sich das Gewitter endlich verzog, versank Christoph wieder in bewußtlosen Schlaf. Die Ermattung hob ihn über Schmerz und Angst und Kummer hinweg.

Die Sonne mochte schon lange am Himmel gehen, als endlich die Sorge um den Vater wieder stärker wurde als der Schlaf und Christoph aufschreckte. Er rieb sich die Augen und fand sich von mattem Dämmerlicht umgeben. Sein erster Blick fiel auf die Gemse, die bei seiner Bewegung aufsprang und sich an der Felswand empor flüchten wollte, aber wieder zurückfiel. Sie versuchte es zwei-, dreimal, immer umsonst; Christoph gewahrte, daß sie hinkte und vorn am linken Schulterblatt verletzt war. Bald ergab sie sich ins Unvermeidliche und legte sich in einem Winkel nieder; und nun entdeckte der Knabe zu seinem Erstaunen, daß sie zwei Junge neben sich hatte, eins lebendig und eines tot. Die mußte sie in der Nacht geworfen haben. Dem unter Tieren Aufgewachsenen war es sofort klar, warum sie den andern nicht hatte folgen können und vom Vater eingeholt worden war.

Aber, wo war denn der Vater? Christoph erhob sich. Er befand sich in einem engen Kessel, auf einem Felsabsatz, wo im Wasserstaub des Sturzbaches üppiges Gras wuchs; auch das schiefe Tännchen fand er wieder, das er im Licht der Blitze gesehen hatte. Wie aber erschrak er, als er in die Höhe schaute. Nun erst erkannte er, in welche Tiefe er geklettert und gefallen war. War da wieder hinauszukommen? Zu seinem Erstaunen waren die Ränder der Schlucht weiß. Das Gewitter hatte Schnee zusammengedonnert, der aber nicht in die Tiefe der Schlucht gedrungen, sondern an den Wänden hängen geblieben war. »So ist das Klettern schwer«, dachte Christoph und ließ dabei die Blicke rings um sich gehen. Da sah er den Spieß des Vaters am andern Ufer im Bach stecken, zwischen Steinen eingeklemmt, und nun trat es ihm schreckhaft vor die Augen: »Der Vater ist tot, er ist abgestürzt und im Bach ertrunken und fortgespült worden. Wo mag er jetzt liegen?« Der Schmerz schnürte ihm den Hals zu und brach sich dann in so heftigem Weinen Bahn, daß die Gemse erschreckt auffuhr und ihre erfolglosen Versuche, an der Wand hinaufzuspringen, wiederholte, bis sie aus ihrer Wunde aufs neue zu bluten anfing und ganz ermattet sich zu ihren Jungen hinstreckte.

Die Wunde war Christoph zugekehrt und nun erriet er auf einmal den ganzen Vorgang. Der Vater war der Gemse hart auf den Füßen gefolgt, die beiden näherten sich in vollem Lauf der Schlucht; die Gemse kommt an den Rand, stutzt und wendet sich, um nach oben zu entweichen. In diesem Augenblick bohrt ihr der Vater den Spieß in die Schulter und stößt sie über den Rand hinaus. Das ans Klettern gewöhnte Tier kommt mit ganzen Gliedern unten an; der Vater aber kann im Lauf nicht anhalten; er hat mit dem Spieß wuchtig ausgeholt, und als die Gemse in die Tiefe springt und keinen Widerstand mehr bietet, schießt er über den Rand hinaus. Er will sich mit den Händen an dem spärlichen Rasen festhalten, aber die Büschel lösen sich vom Felsen los und er stürzt in den Bergbach hinab. Ja, so mußte es gekommen sein. Was wird die Mutter sagen und der Martin und der Jörg!

»Heut kann ich's ihnen nicht berichten«, dachte Christoph, »der Schnee muß erst weg und die Felswand trocken sein. Aber sie werden uns ja suchen, die ganze Gemeinde. Das wird ein Schrecken gewesen sein, als die Ziegen ohne ihre Hirten heimkehrten!«

Christoph bemerkte, daß das junge Gemslein an seiner Mutter trank und fühlte auf einmal einen quälenden Durst und Hunger. Er bog sich zum Bach hinab und schöpfte mit der hohlen Hand von dem eiskalten Wasser, dann zog er ein Stück Käse aus der Tasche, seinen ganzen Vorrat, und verschlang es mit gierigen Zähnen bis zum letzten Stückchen Rinde. So gestärkt machte er sich daran, einen Ausweg zu suchen. Im Bachbett auf und ab war keine Möglichkeit, oberhalb und unterhalb waren hohe Wasserstürze; in den Felswänden entdeckte er wohl da und dort kleine Vorsprünge oder Bänder, die Griff boten, aber sie waren viel zu hoch oben, da reichte er lange nicht hin, auch mußten seine Hände und Füße erst wieder heil werden. Er überlegte: Wenn ihn die Brüder und Nachbarn nicht fanden? Was dann? Da mußte er elend verhungern. Zwar konnte er die Gemsen mit einem Stein totschlagen, aber was war damit gewonnen? Er besaß ja nicht einmal ein Messer, um ihnen die Haut zu schlitzen, er hatte weder Pfanne noch Feuer, das Fleisch zu kochen, nein, er mußte verhungern, wenn sie ihn nicht fanden. In seiner Angst stieß er seine Stimme hervor, so laut er konnte, aber er hörte bei dem Tosen des Wassers sich selber kaum, wie sollte man ihn oben vernehmen? Und wie sollten ihn die Leute gerade hier suchen? Der Neuschnee mußte ja alle Fußstapfen verwischt haben!

Es war ein langer Tag! Christoph vertrieb sich die Zeit, indem er das Gemslein streichelte, das ihn ruhig gewähren ließ, während die Mutter ihn mit angsterfüllten Augen beobachtete und zuweilen die scharfen Hörnchen gegen ihn senkte. Das tote Junge hatte er über den Wasserfall hinuntergeworfen.

Am folgenden Morgen, beim Erwachen, sah er die Gemse neben sich das Gras abweiden, unter ihr stand das Junge und sog am Euter und stieß die Mutter mit dem Maul, wenn sie nicht stille hielt. Der Heißhunger überfiel Christoph bei dem Anblick, er legte sich unter die Gemse und tat wie das Junge. Er brauchte es nicht erst zu lernen, auf dem Berg hatte er die Milch stets frisch vom Euter weg getrunken. Seltsamerweise ließ es sich die Gemse nach kurzem Sträuben gefallen, sie mochte sich überzeugt haben, daß er es nicht feindlich mit ihr meinte.

So bildeten die drei nun eine Familie, die Mutter weidete und schaffte die Milch, die beiden andern lebten von ihr. Ihre Wunde hatte sich nach wenigen Tagen geschlossen. Aber es war ihnen nicht geheuer in ihrer tiefen, engen Stube, im ewigen Getöse des Wassers, wo nie ein Sonnenstrahl sie besuchte und bei Tag höchstens eine Wolke, nachts ein neugieriger Stern durch die schmale Ritze zu ihnen hineinschauten, und die Tage sich zu Ewigkeiten dehnten. Immer wieder schauten die drei an den Wänden hinauf, ob sich nicht ein Ausweg fände, besonders die Gemsgeiß. Das Futter wurde immer spärlicher, die besorgte Mutter fing schon an, die Wurzeln aus dem Boden zu scharren und die Rinde des Tännchens abzunagen. Ihre Milch nahm ab, die Hungersnot hatte die drei entdeckt und schlich sich nun mit ihren langen Nagezähnen an sie heran.

Da, an einem Morgen, als Christoph erwachte, war die alte Gemse fort. Das Junge hüpfte unruhig hin und her, stellte sich an den Rand des Wildbaches, maß die Breite und zeigte großes Verlangen, ans andere Ufer zu setzen. »Die Alte ist dort hinauf entkommen«, dachte Christoph, »kehrt sie nicht wieder, so mag ich Steine essen. Meinetwegen kommt sie nicht, aber vielleicht um des Jungen willen, das muß ich hüten.«

Er zog einen Glockenriemen hervor, den er am Unglückstage im Gras gefunden und in die Tasche gesteckt hatte, und band dem Gemslein die Hinterfüße so zusammen, daß es wohl humpeln, aber nicht springen konnte.

Er verbrachte einen unruhigen Morgen. Gegen Mittag schlief er an dem ewigen Einerlei seiner Gedanken und Sorgen ein. Als er erwachte, stand die Gemsmutter wieder da, und das Kleine hielt Mahlzeit. Wenn es ihm alle Milch getrunken hatte! Wie schmeckte ihm der erste Zug! Er hatte einen kleinen Kampf mit dem Zicklein, er hätte am liebsten beide Zitzen zugleich in den Mund gesteckt.

Die Gemse hielt eine Weile bei dem Jungen Rast, spielte mit ihm, tat, als ob sie es mit den Hörnern stoßen wollte, hüpfte ihm, so gut es auf dem engen Raume gehen mochte, eins vor, und setzte dann mit einemmal über den Wildbach. Nun sah Christoph, auf was für einer unmöglichen Leiter sie der Schlucht entstieg. Wer ihr nachklettern könnte! Wäre nur das unterste Stück nicht! Da ging es an drei Klafter fast senkrecht hinauf. Nur etwas über der Mitte ragte ein kleiner Vorsprung wie eine Warze aus dem Felsen hervor, nicht viel größer als eine Faust, dort hatte die Gemse ihren ersten Stand gefunden, mit allen vieren hatte sie sich auf den Vorsprung gestellt und sich dann weiter hinauf zu einem schmalen Band geschwungen. Von dort schien sie ohne große Mühe aufwärts gekommen zu sein. Den ganzen Nachmittag schaute Christoph nach der Wand und machte Pläne. Am Abend, als schon das Dunkel durch die Schlucht heraufkroch, erschien die Gemsmutter wieder. Und so trieb sie es nun Tag für Tag. Am Morgen verschwand sie in aller Frühe, am Mittag kletterte sie wieder herab, hielt ihre Rast und stieg dann noch einmal für ein paar Stunden hinauf in Luft und Abendsonnenschein. Sie wollte das Kleine springen lehren und begriff immer nicht, daß es sich so ungeschickt stellte und daß ihm an den Hinterfüßen eine so seltsame Haut hatte wachsen können. Sie fing an daran zu lutschen und zu kauen, als sorgliche Mutter wollte sie ihr Junges von dem Schönheitsfehler befreien.

In der Nacht kam Christoph ein plötzlicher Gedanke. Hätte er die stählerne Spitze von Vaters Spieß, er könnte Stufen in den Felsen meißeln und sich einen Ausgang schaffen. Früh am Morgen stand er am Bache und überlegte, wie er hinüberkäme. Er kletterte auf das Tännchen, das sich unter seiner Last noch tiefer bog, ihn aber doch trug; an den Ästen ließ er sich aufs andere Ufer nieder und so wurde das Bäumchen für ihn eine Brücke, auf der er hin- und herüber kroch. Mit einem Schrei faßte er den eingeklemmten Spieß, er wußte nicht, schrie er vor Freude oder vor Schmerz. Gleich machte er sich ans Werk. Er löste die Spitze vom Schafte los, holte sich aus dem Bache einen Stein, der ihm als Hammer dienen sollte, und begann in Brusthöhe den Fels anzumeißeln. Das Gestein war hart und verlangte Geduld, als aber Christoph die Wand näher besah, entdeckte er, daß ihm die Natur da und dort vorgearbeitet hatte, das gab ihm Mut.

So meißelte er tage-, wochenlang an der Felswand, sich kaum Zeit gönnend, sich von der Gemsmutter nähren zu lassen. Er wußte, daß er vor Einbruch des Winters oben sein mußte, sonst erfror er; auch würde ihm die Nahrung ausgehen, schon wurde das Euter der Gemse geizig, es setzte täglich zwischen ihm und dem Jungen Kämpfe ab. Mehr als einmal kam ihm der Gedanke, das Tierchen verhungern zu lassen. Aber so hätte er sich der Nährmutter beraubt! Er nahm deshalb nur soviel zu sich, als er brauchte, um bei Kräften zu bleiben, und das hieß nicht viel, denn es war ein wunderbarer Segen in der Milch.

Einmal, es mochte schon dem Herbst entgegengehen, kam er in große Not. Ein schweres Gewitter war niedergegangen, der Bach schwoll mächtig an und nach weniger als einer Stunde strömte das Wasser über die Felsstube weg, und stieg immer höher. Die Gemsmutter entfloh und lockte von der Wand herab das Junge, das schon tief im Wasser stand und erbärmlich schrie. In seiner Not zerriß es den Riemen, er war schon lange ganz zerlutscht und mürbe. Christoph hatte gerade noch Zeit, das Tierchen festzuhalten, sonst hätte es sicherlich den Sprung gewagt und wäre vom Bach fortgeschwemmt worden.

Das Wasser stieg und reichte dem Knaben bis über die Knie, er mußte sich aus Leibeskräften mit dem Rücken gegen die Felswand stemmen, um von der Strömung nicht mitgerissen zu werden. Das in seinen Armen zappelnde Gemschen machte ihm die Arbeit noch saurer. Aber so rasch die Flut gekommen war, so rasch verlief sie sich, und schon am Abend war die Lagerstätte wieder über Wasser, freilich mit Schlamm und Kies bedeckt und unwohnlich geworden. Das kümmerte Christoph wenig, er hatte geglaubt, ertrinken zu müssen und freute sich seines geretteten Lebens und der überstandenen Not. Bevor er sich ein Lager aussuchte, fesselte er noch das Gemskitzen, und hatte keine andere Wahl, als sein Hemd, das längst in Fetzen gegangen war, ganz zu zerreißen und daraus einen Strick zu drehen.

Tags darauf begann das alte Leben und die alte Arbeit wieder, aber noch sehnlicher als zuvor schaute nun der Gefangene hinauf zum Tageslicht und nach den Wolken, die hoch im Blau auftauchten, über die Spalte schwammen und verschwanden. Schwebte aber eine Alpenkrähe oder ein Weih über die Schlucht, so schrie Christoph vor Sehnsucht, ihre Flügel zu haben.

Er sollte früher frei werden, als er gedacht hatte. Als er an einem Morgen die Augen öffnete, fand er sich allein, das junge Gemschen war mit der Alten entflohen oder vom Bach weggespült worden. Eine große Verwirrung kam über ihn, Wut, Mutlosigkeit und Trotz ineinander gemischt. Der Magen, den das Unglück zunächst anging, fing unbändig zu knurren an, und Christoph zürnte: »Hätt' mich doch die verfluchte Gemsenmutter noch trinken lassen, bevor sie ging! Ich will es ihr nicht vergessen!« Rief's, setzte an und sprang über den Bach. Es war das erstemal, daß er den Sprung wagte, und er geriet; das war ihm ein gutes Zeichen. Und nun stieg er wie zum Sturmangriff die gehauenen Stufen empor. Als er auf der obersten stand, und sich auf den Zehen hochreckte, konnte er das Felsband mit den Fingerspitzen berühren; hätte ihm die Alte Zeit gelassen, noch eine Stufe zu hauen, er wäre gerettet gewesen. Indem er so dachte und zürnte, fing er an, mit seinem Meißel das Band abzutasten und hatte einen freudigen Schreck, als er merkte, daß hinter dem Absatz eine Ritze durch die Wand lief. Es ging nicht lange, so hatte er auch eine Stelle gefunden, wo er die Spitze wohl einen Zoll tief eintreiben konnte. Er hängte einen Teil seines Gewichtes daran und wog und wog. Dann stemmte er sich mit aller Kraft empor. Er kniete auf der Felsrippe und zitterte vor Erregung, er richtete sich auf und begann sein Kletterwerk aufs neue. Er hatte noch manche schwierige Stelle hinter sich zu bringen, aber er sah keine Gefahr, er war wie von Sinnen, und endlich kroch er über den obersten Rand. Er warf sich auf den Rasen hin und weinte und schluchzte, so selig war er. Als er sich erhob und unten im Tal das Dorf erblickte, stieß er einen unbändigen Jauchzer aus. Er hatte kaum verhallt, als ihm ein anderer unten am Berg antwortete. Christoph lief dem Schall nach und stieß auf seine Brüder, die die Ziegen hüteten. Da jubelte es in ihm und er rief sie überfroh an. Sie aber wichen scheu zurück, denn sie erkannten ihn nicht, war er doch ganz verwildert, mit Haaren, die ihm wie Birkenbüsche vom Kopfe standen und in Kleidern, die wie Bartflechten an ihm herunterhingen. Als er ihnen gar zurief, er sei der Christoph, rannten sie entsetzt davon, denn sie meinten, es sei ein Ungeheuer aus dem Boden gestiegen.

Zum Glück hatten sie ihren Weidsack liegen lassen; Christoph machte sich darüber her, und erst, als die beiden andern ihn so menschlich dreinbeißen sahen, faßten sie wieder Zutrauen und kamen näher. Nun erkannten sie ihn, der eine an den blauen Augen, der andere an der geraden Nase und an einer Narbe, die er seit frühen Jahren rechts an der Stirne hatte. Jetzt mußte er erzählen: von des Vaters letztem Tag, von seinem Leben mit den Gemsen und seinem endlichen Entkommen. Sie ihrerseits berichteten ihm, daß man für ihn und den Vater in Sankt Martin ein paar Messen gelesen habe, was sehr schön gewesen sei.

Christoph drängte nach Hause zur Mutter. Als er sich erhob, stellte sich Martin neben ihn und sagte: »Da, schau, Jörg, er ist so groß wie ich, der hat sich gestreckt über den Sommer!«

»Das macht die Gemsmilch«, meinte Christoph.

Martin aber fiel ihn unversehens an, um ihn zu Boden zu zwingen, denn er wollte zeigen, daß er, als der älteste, sich keinen andern wollte über den Kopf wachsen lassen. Christoph aber packte ihn um den Leib und drückte ihn ins Gras nieder.

»Mußt dir auch eine Gemse einfangen«, lachte er und eilte talwärts, und die Herde und die Brüder folgten ihm in lustigen Sprüngen.

Das ganze Dorf lief zusammen, als sie erschienen, die Mutter Klephi kam fast von Sinnen, und als er seine Geschichte erzählte, rief sie einmal über das andere: »Behüt uns Gott getreulich!« denn sie sah in dem Geschehen das Walten geheimnisvoller Mächte, von denen sie nicht wußte, ob sie es gut oder böse meinten. Schwere Arbeit hatte an jenem Tag der Schafscherer, er mußte Christoph seinen Schopf herunterschneiden und erklärte nachher, er wollte lieber zehn Böcke scheren, als eine solche menschliche Wildnis.

2. Das Wasserschoß

Christoph sollte nach dem elenden Leben in der Schlucht, in dem Gemstobel, wie es heute noch von den Hirten genannt wird, gute Tage haben, das hatte sich seine Mutter fest in den Kopf gesetzt. Seine Brüder wollten ihn mit auf die Geißhut nehmen, es sei für drei Arbeit genug; sie aber ließ es nicht zu, sie hätte keine ruhige Stunde mehr, wenn sie ihn in den Flühen wüßte, er solle bei ihr bleiben, essen, soviel er zu knatschen vermöge, und es sich wohl sein lassen. Und die Leute im Dorf gaben ihr recht, einen wiedergefundenen Sohn solle man in Ehren halten, das habe der Pfarrer selber von der Kanzel verkündet. Christoph aß und trank, wurde rot und rund und wuchs wie das Gras im Maien, daß man's sehen konnte. Ging er durchs Dorf auf oder ab, so stand immer irgendwo eine gute Frau unter der Türe oder streckte den Kopf zum Fenster hinaus: ob er eine Schüssel Milch oder ein Stück Käse oder einen Holzlöffel voll Rahm möchte, für den armen Gemschristoph sei immer etwas da. Und er hatte immer Lust zu allem, was man ihm anbot; hätte man ihm gesagt, er müsse einen vollen Käsekessel austrinken, er hätte ohne Umstände den Mund daran gesetzt. Bei so reichlicher Kost regte sich in ihm immer mehr das Kraftgefühl, und da die besorgte Mutter jede Arbeit und Anstrengung in guter Absicht, aber mit wenig Einsicht von ihm fernhielt, suchte er sich selber Beschäftigung. Mit Vorliebe trieb er sich im Bachbett herum, das, außer in der Zeit der Schneeschmelze, zum größten Teil trocken war. Da wälzte er gewaltige Steine her und hin, hob hundertpfündige Kiesel in die Höhe und warf sie mit Wucht gegen andere, so daß sie mit dumpfem Knall zersplitterten und Funken nach allen Seiten von sich warfen. War er müde, oder fühlte er sich in der Magengegend hohl, so schritt er langsam das Dorf entlang und sah nach, ob nicht etwa eine gute Frau unter ihrer Haustüre stehe und etwas für den armen Gemschristoph bereit habe. Bei einem, der so gut im Leben wegkommt, nistet sich leicht der Übermut im Kopfe ein, und bald erzählte man sich im Dorf manchen dummen Streich, den Christoph verübt hatte. Erst waren es harmlose Schalkereien:

er schleppte der Bäuerin An der Halden, zum Dank dafür, daß sie ihm eine Suppe gekocht, einen ganzen Baumstamm in die Küche, damit sie auch genug Holz zur Feuerung habe; der Bäuerin Zum Steg trug er als Entgelt für eine Kachel Milch das halbjährige Kuhkalb auf den Armen zum Brunnen, mit dem Bemerken, so könne es doch ohne Anstrengung saufen, und was der Narrheiten mehr waren.

Darüber lachte man anfänglich, die einen sagten: »Er ist ein Schalk«, die andern: »Was der Bub für Kräfte hat, das muß von der Gemsmilch kommen!« Einsichtige aber meinten, nun wäre es an der Zeit, dem Christoph zu zeigen, was Arbeit sei, und sie unterließen es nicht, dann und wann der Mutter Klephi einen Wink zu geben. Die gute Frau aber hörte nur mit dem linken Ohr darauf und dachte: »Solange ich lebe und schaffen kann, soll es der arme Christophli gut haben, er hat lang genug in der Schlucht am Hungereuter gesogen und den Stein gemeißelt.« Christoph selber dachte sich bei all dem Treiben nicht viel, nur wenn er mit einem unangenehmen Bohren im Magen, nach rechts und links schielend, durch das Dorf schritt und keine Bäuerin winkend unter ihrer Türe stand, was ihm immer häufiger begegnete, wurde er etwas nachdenklich. Aber wenn die andern für ihn nichts übrig hatten, so war ja die Mutter Klephi noch da, die nie ›nein‹ sagte und lieber einen ganzen Tag selber nichts aß, als daß sie ihren Liebling hätte fasten lassen.

So verstrich die Zeit, Christoph war siebzehn Jahre alt geworden und allen Leuten über den Kopf geschossen, und doch gab es baumlange Männer im Dorf der Halbriesen. Einen Nacken und Schultern hatte er wie ein Farren und Arme wie Butterkübel.

Am Augustheiligentag wurde ein Fest abgehalten, denn es war ein gutes Jahr, und das Dorf wollte sich einmal eine Freude gönnen. Auf der Wiese im Ebnet wurde gerungen und mit Steinen gestoßen; jeder, der Mark in den Knochen fühlte, war tätig dabei, während die Graubärte, die Frauen und die Kinder einen Ring bildeten und zuschauten. Christoph erklärte seiner Mutter, er wolle auch in den Ring treten; da schalt sie ihn: er sei noch ein Bub, ihn gehe das Treiben der Großen nichts an, er solle hübsch zu den andern Knaben und Mädchen hocken. Die gute Frau sah gar nicht, wie groß und stämmig er geworden war, sie sah ihn immer noch wie an jenem Tag, da er gleichsam aus dem Friedhof zurückgekehrt war. Er ergab sich drein, denn da er noch nicht tat, wie die Erwachsenen, rechnete er sich selber auch noch nicht zu ihnen.

Als er aber unter den Unmündigen im Ring saß und zusah, wie die Steine von aufquellenden Armen gehoben und geworfen wurden, wie sich zwei Gleichstarke anfaßten und hin und her stießen, bis einer schließlich den andern vom Boden lüpfte, in der Luft drehte und auf den Rücken warf, da fing es ihm in den Armen zu kribbeln an, und es kam wie Scham über ihn, nicht mittun zu dürfen. Er wäre am liebsten über die Knaben, die neben ihm saßen, hergefallen, um sie an den Ohren emporzuheben und zu schütteln, es war die Wut gegen sein geringes Ansehen, die in ihm nun erwachte und zu wühlen begann, die Wut, noch ein Knabe zu sein. Als es an das Ausschwingen ging, und die vier Stärksten sich zum letzten Kampfe anschickten, rief der alte Amrain ihm zu: »Sag', Christoph, möchtest du nicht einen Hosenlupf mit dem Christian oder dem Tobi oder dem Kühersepp wagen?«

Gleich rief Christophs Mutter dazwischen: »Das fehlte noch, red' nicht so ungereimt! Er ist noch ein Bub und soll bei den Buben hocken!« Christoph aber stand schon mitten im Ring vor dem Kühersepp, der ihm der Schwächste von den vieren schien. Sepp sprang wie eine getretene Natter in die Höhe, denn was der Junge sich herausnahm, kam ihm wie ein Schimpf vor.

Er faßte Christoph an, versuchte ihm den Haken zu schlagen und meinte eins, zwei, drei mit ihm fertig zu sein. Aber Christoph stand fest wie ein Scheiterstock, ließ sich alle Zeit, den Sepp an den Hosen zu fassen, hob ihn dann langsam in die Höhe und warf ihn vor sich, wie er im Bachbett so oft die Steine geworfen hatte.

»Gilt nicht«, rief ihm der ganze Ring zu, »er liegt auf dem Bauch, wieder dran, Sepp!«

Aber Sepp wollte nicht mehr, alle Glieder schmerzten ihn von dem Fall.

Nun schrie man Christian, den man für den Stärksten des Tales hielt, zu: »He, Christen, stäub' ihm den Hosenboden aus, daß er sein Leben lang dran denkt!« Alle fanden es strafwürdig, daß ein Bub einen Mann geworfen hatte.

Christian hielt es für seine Ehrenpflicht, den Kampf zu wagen. Er war etwas kleiner als Christoph, aber eben so breit, und seine Arme waren unheimlich knorrig, wie alte Arvenäste. Er kam behutsam heran, schlich um Christoph, der ihn in den Augen behielt und sich langsam drehte, herum und saß ihm auf einmal im Nacken; wie ein Luchs war er an ihn gesprungen und suchte ihn nach hinten zu Fall zu bringen.

Drei Zentner hingen an Christophs Hals, lebendige Zentner, die zogen und zerrten; in seine Beine verflochten sich zwei andere, wie sich Tannenwurzeln umeinander schlingen. Christoph meinte zu sinken, und es ging eine Weile, bis er sich zurechtfand. Endlich besann er sich, daß er seine Hände frei hatte, er langte nach hinten, faßte an, wo es sich traf, und grub die Finger ins Fleisch, zog mit der einen Hand und schob mit der andern, bis Christian zu ächzen anfing und zuerst einen Fuß und dann den andern lockerte, um allmählich seitwärts nach vorn gezogen zu werden. Aber Christian ließ es nicht soweit kommen, er schlug seine Finger wie Krallen um Christophs Hals, ihm den Atem zu nehmen. Man rief ihm zwar zu, das sei kein ehrlicher Kampf, aber ihm war es nur um den Sieg zu tun. Christoph, nach Luft ringend, ließ ihn einen Augenblick los, fuhr mit den Händen nach den würgenden Krallen und umklammerte sie wie mit Zangen, so daß alle Kraft daraus wich und das Blut aus den Fingerbeeren sickerte. Dann zog er den Gegner langsam an den Armen nach oben und schleuderte ihn über die Schulter kopfüber ins Gras.

Niemand rief Beifall, selbst das Riesengeschlecht erschrak über soviel Kraft in einem siebzehnjährigen Lümmel, und mehr als einer sagte sich: »Werden die Arme recht gebraucht, so mag's gut ausgehen, sonst aber kann sich der Teufel freuen.«

Ein seltsames Gefühl kam in jener Stunde über Christoph, er schlief kaum in der folgenden Nacht. »Ich bin der Stärkste im ganzen Tal«, flüsterte es in ihm, »wenn ich den Christian warf, wer wollte mich dann werfen?« Etwas sein, was andere nicht sein konnten, in etwas der erste sein, die höchste Tanne im Äbiwald, die oberste Arve an der Winterhalde, der frechste Gipfel in den weißen Hörnern, der stärkste Bursche im ganzen Tal, einerlei, wie und was, nur der erste, dieser Gedanke wühlte in ihm und blähte ihn auf. Er hätte etwas unerhört Gewaltsames unternehmen mögen, um so recht offensichtlich zu zeigen, wer er war, am liebsten hätte er das Haus auf der einen Seite angefaßt, aus den Grundlagen gehoben und auf den First gestellt, das Unterste oben, das Oberste unten! Ja, wer das könnte!

Am folgenden Morgen war er voll Ausgelassenheit. Als ihn die Mutter nach Wasser schickte, nahm er den größten Eimer und trug ihn in den Zähnen in die Küche. Dann schlenderte er zum Bach hinab, wählte einen mächtigen Stein aus und wälzte ihn ins Dorf hinein und die Gasse hinauf. Der Zimmermann kantete Holz auf dem Platz und schalt ihn ob des törichten und nutzlosen Gebarens. Das verstand aber Christoph nicht so, er griff zu einer Breitaxt und bearbeitete damit ein Bauholz so unbändig, daß die Späne auf die Dächer und darüber hinweg flogen und der Stamm im Handumdrehen zuschanden gehauen war. Der Zimmermann wetterte und die Nachbarn liefen weit von den Matten herbei, um zu sehen, was der Lärm bedeute. Das dünkte Christoph erst recht lustig; wies ihn einer zurecht, so schob er seine Hemdärmel zurück, ließ die Ellbogen knacken und sagte: »Machen wir einen Hosenlupf?« Keiner wollte sich mit ihm einlassen und das machte ihn immer übermütiger.

Am Mittag kam der Gemeindeälteste zur Mutter und machte ihr Vorstellungen: es heiße dem Teufel einen Braten zurichten, wenn man einen so kräftigen Menschen herumlungern lasse, und unerträglich sei es, daß sich arbeitsame und rechtschaffene Leute seinen Mutwillen müßten gefallen lassen. Sie solle dem Lümmel eine passende Arbeit geben, eine recht strenge, an der er seine überschüssige Kraft auslassen könne.

Klephi nahm ihren Christophli in Schutz: er sei noch ein Kind, das sehe man an seinem Treiben, mit den Jahren werde ihm der Verstand schon nachhinken, sie wenigstens traue ihm zu, daß er einmal etwas Rechtes werde, jeder Farren sei zuerst ein Kälblein gewesen. Eine Arbeit für ihn wisse sie augenblicklich nicht, sie wolle die Sache überdenken. So redete die verletzte Mütterlichkeit aus ihr.

»Du bist eine Mutter, wie Schnee Salz ist!« erwiderte er ihr. »Laß den Buben mit mir gehen, ich will ihn an eine Arbeit stellen.«

Christoph folgte ihm willig auf die Matte hinaus und ließ sich eine Sense reichen, wog aber das Geräte mit verächtlichen Blicken in der Hand und meinte, er brauche eine Sense, mit der man den Äbiwald abmähen könne, mit einem so einfältigen Werkzeug wisse er nichts anzufangen. Und als der Älteste ihn scharf anließ, schlug er die Sense so zornmütig an einen Stein, daß sie in Stücke flog.

Nun verging kein Tag, an dem er nicht durch irgendeine Ungereimtheit Ärgernis erregte. Der Unwille gegen ihn wurde so groß und allgemein, daß er vor die Gemeinde geladen wurde. An einem Sonntag traten die Männer nach dem Gottesdienst unter dem Ahorn zusammen, und der Gemeindeälteste sprach so zu ihnen: »Wir haben den Christoph, des seligen Simon, Geißhirten, Jüngsten, vor euch geladen wegen fortgesetzten Mutwillens. Wer etwas gegen ihn zu klagen hat, rede.«

Da brachte ein jeder seine Beschwerde vor. Der alte Felix Zum Busch berichtete: »Ich zog mein Wägelchen voll Heu zum Stadel hinauf, als er am Wege lungerte. Ich redete ihn an, da er so stark sei, möge er mir stoßen. Er aber kroch unter das Wägelchen, nahm das ganze Fuder auf den Rücken und trug es auf die Heudiele, ich aber hatte einen halben Tag Arbeit, bis ich das Fuhrwerk wieder herabgeschafft hatte.«

Der Gabelmacher klagte, er habe ihm ein halbes Dutzend Heugabelstiele aus Eschenholz, von den stärksten, übers Knie zerbrochen, um ihm zu zeigen, daß sie nichts taugten. Dem Köhler hatte er eine Axt mit einem Hieb bis ans Ohr in eine Tanne geschlagen, mit dem Bemerken, sie könnte ihm sonst gestohlen werden.

So ging es weiter; es war fast keiner, der nicht etwas zu verzeigen gehabt hätte. Das Schlimmste aber brachte der Gemeindeälteste selber vor: »Ich habe einen jungen Farren, ein Jahr alt, ihr kennt ihn alle, es gibt kein schöneres Stück im Dorf. Der hat sich auf dem Weidgang durch einen Sprung den rechten Hinterfuß verstaucht, wie männiglich weiß, denn er ist ausgelassen, wie nicht weniger bekannt, und muß nun im Stall gehalten werden. Als ich vorgestern nach Hause kam, fand ich das Stierlein oben auf dem Heuboden, der Taugenichts da hatte es mir hinaufgetragen. Und als ich ihn zur Rede stellte, sagte er mir frech ins Gesicht, der Farren habe das frische Heu auf dem Boden gerochen und den ganzen Tag unmenschlich danach gebrüllt, da habe er Mitleid gefaßt und ihm den Willen zum Heu erfüllt, sonst hätte er die Zunge am Ende so weit nach dem Futter ausgestreckt, daß sie ihm abgefallen wäre. Das Heu war aber in Gärung und feucht, und ich rechne es zu den Wundern, daß mir das Tier nicht an der Völle zugrunde gegangen ist. Und nun ist das meine wohlerwogene Meinung: solchen Übermut können wir nicht mehr unter uns dulden. Wenn der Christoph, Simon des Geißhirten Jüngster, für den wir einmal ein paar Messen gelesen, und der nun als Angeklagter vor uns steht, sich noch etwas Ärgerliches zuschulden kommen läßt, soll er den Wanderstecken in die Hand nehmen und das Tal verlassen. Wir sind ruhige und friedfertige Leute, wie jeder von euch weiß, haben zu arbeiten, um leben zu können, wie euch nicht minder gut bekannt, und wollen keinen Störenfried unter uns leiden.«

So wurde es von der Gemeinde einstimmig beschlossen.

Nun kam auch der Mutter der Ernst der Lage zu Sinn und nach langem Sträuben beschloß sie, den Buben allmählich zu leichter Handreichung heranzuziehen. Aber wie sollte sich Christoph sogleich in ein neues Leben fügen, nachdem er sich jahrelang aus dem Nichtstun eine Tugend gemacht hatte? Er suchte sich zwar zu bessern, die Zurechtweisung vor der Gemeinde hatte seinem Hochmut einen empfindlichen Wischer versetzt, aber wie es zu gehen pflegt: hat man sich lange im Unrecht geübt, so schlägt es einem auch zum Unrechten aus, wenn man einmal etwas Gutes im Sinne hat.

An einem Abend, als die Heimkühe zurückkehrten, wurde eine Kuh wütend. Sie hatte es auf den Schindler abgesehen, der einmal vom Dach gefallen war, seither an einem Stocke ging und den Kühen so als beständige Drohung erscheinen mochte. Schon hatte sie ihn zu Boden geworfen, als Christoph herzueilte, sie bei den Hörnern faßte und bändigte. Aber er packte sie so wild an, daß er ihr die Hörner abdrehte. Das Unglück wollte es, daß sie dem Ehegaumer gehörte, der viel in der Gemeinde galt. Der erhob ein lautes Geschrei und sagte, Christoph müsse das Tier gereizt und ihm dann aus Bosheit und Teufelei die Hörner abgedrückt haben, nun sei das Maß voll, die Gemeinde habe gesprochen, der Tunichtgut habe das Tal zu verlassen.

Christoph wendete ein, die Hörner seien vermutlich nicht fest angewachsen gewesen, sonst hätten sie sich nicht beim ersten Rucke gedreht. Das machte die Sache noch schlimmer, der Ehegaumer faßte das Wort als Spott auf und beharrte auf seinem Willen. Am nämlichen Abend traten die Gemeindeältesten zusammen und beschlossen, ein Ende zu machen, in zwei Tagen müsse Christoph jenseits der Berge sein, der Pfarrer habe ihm den Beschluß mitzuteilen und einen guten Zuspruch auf den Weg zu geben.

Am folgenden Morgen, in Herrgottsfrühe, klopfte der Pfarrer an die Türe der Mutter Klephi und verlangte nach Christoph. Er erschien gähnend und reckte die mächtigen Gliedmaßen dermaßen, daß die Gelenke knarrten, wie die Räder eines schwer beladenen Wagens. »Stecke etwas Käse in die Tasche und komm' mit mir«, sagte der Pfarrer, »ich will zu Berg und brauche jemand zur Kurzweil, da nehme ich den Entbehrlichsten mit.« Christoph ahnte wohl, daß eine saure Suppe gekocht wurde, aber er folgte dem Pfarrer ohne Murren und dachte: »Wie sagt man doch: Man macht keinen Schritt, ohne daß ein Bein dem andern zuvorkomme! Ich will abwarten, was er im Schilde führt, und dann wieder sehn.« Sie stiegen wortlos an der Sommerhalde empor, von Alp zu Alp, dem Heidenpaß zu. Christoph war noch nie so weit gekommen.

Am Plattensee machte der Pfarrer Rast und schaute lange nach dem Wasser. Glatt und hell wie ein Augapfel lag es zwischen den Felsen, grün wie ein Lärchenwald im Frühjahr; und darin spiegelten sich die Berge mit ihren Zacken und schroffen Hängen, mit ihren Geröllhalden und Schneeflächen. Der Pfarrer sagte halb zu sich, halb zu Christoph: »So sollte es in uns aussehen.« Der Bursche merkte, wohin er zielte. »Wart, alter Knabe!« sagte er sich und hob einen mächtigen Stein auf, warf ihn weit in die Flut hinein und zerschmetterte so das ganze herrliche Bild. »Das gleicht dir«, brummte der Pfarrer und schritt wortlos davon, zur Paßhöhe hinauf. Oben setzte er sich auf einen Stein und gab Christoph einen Wink, das nämliche zu tun. Dann fing er an zu reden:

»Dort unten liegt unser Tal und Dorf, wo du nun achtzehn Jahre gelebt hast. Du siehst es, rings sind Berge, alles ist eng, und die dort hausen, brauchen Ordnung und Ruhe, wenn die Enge nicht zur Hölle werden soll. Wir sind arm, jeder Finger ist nötig, um uns zu nähren, ein jeder muß dem andern helfen, und wer nicht so tun will, ist ein Wasserschoß, das man abschneiden muß. Hast du schon Wasserschosse gesehen? Nein? So hör'! Mastig wachsen sie aus dem Stamm, schießen ins Holz und in die Höhe, als wäre kein vornehmeres Gewächs weit und breit. Aber sie tragen nie eine Blüte, nie eine Frucht, sie treiben nur deshalb, um den andern Zweigen und Ästen den guten Saft wegzunehmen. Soll man da nicht das Messer an sie legen? Solch ein Wasserschoß bist du, zu nichts gut, als um Ärgernis zu stiften, du bist wie eine Krankheit an unserer Gemeinde. Wir haben dir zugesprochen, du hast wie ein Schelm vor der Gemeinde gestanden, aber du bliebst ein Wasserschoß, drum hat man dich gestern abgeschnitten. Der Boden dort unten will dich nicht mehr nähren, der Baum, an dem du gewachsen bist, will dich nicht mehr kennen, er ist nicht reich genug, um Schmarotzer an sich zu tragen. Und nun will ich dir sagen, warum ich dich hierher geführt habe! Sieh vorwärts zur rechten Hand. Da führt ein Pfad in die Welt hinaus. Du siehst das fremde Tal unter uns, drin liegt ein Dorf, fast wie das unsere, man erblickt es hier freilich nicht. Dieses Tal führt zu einem größern Tal hinab und das steht wieder mit andern im Zusammenhang, und in jedem liegen Dörfer und wohnen Leute: das ist die Welt und soll fortan deine Heimat sein. Es geht dir besser als andern Wasserschossen, die wirft man in den Ofen, dich will man zu verpflanzen suchen, und hofft, du werdest noch einmal eine gute Frucht tragen.«

Christoph schaute zu seinem Dorf hinunter und dann in die Ferne, von Berg zu Berg, und ahnte die weiten Täler und die Dörfer, die dazwischen lagen. Er fühlte auf einmal, daß er an dem Boden hing, auf dem er groß geworden, er dachte an die Mutter, die ihn so über alle Maßen liebte, an Georg und Martin, die für ihn arbeiteten. Aber sein Sinn wurde auch ins Weite gerissen, die Neugierde nach dem, was die Welt sei, nach allem, was sie bergen und offenbaren möge, erwachte in ihm, und so zerrte es ihn hierhin und dorthin. Der Zwiespalt zwischen Weilen und Wandern, den jeder einmal erfährt, wurde in ihm entfacht. Der Geistliche sah, daß es in ihm arbeitete, er meinte Kummer auf seinem Gesicht zu lesen und sann nach, wie er ihn für das neue Leben vorbereiten und stärken möchte.

»Ich habe dich einst auf den Namen Christoph getauft«, begann er wieder, »und ahnte nicht, wie der Name einmal zu deinem Wesen passen sollte. Freilich nur in einer Hinsicht; möchtest du ihn einmal ganz verdienen! Damit du mich verstehst, will ich dir die Geschichte des Mannes erzählen, der den Namen Christoph zuerst empfangen und so zu Ehren gebracht hat, daß man ihn im Kalender findet.

Er hieß eigentlich Adocimus und lebte fern gen Sonnenaufgang als Heide unter Heiden. Allen Leuten war er über den Kopf gewachsen, er maß genau zwölf Ellen und zwei Zoll, wenn du dir das vorstellen kannst! Da stell' dich einmal neben mich. So! Du siehst, ich reiche dir nur bis an die Schultern und du wirst mich unansehnlich finden, ich sage dir aber, ständest du neben dem Adocimus, du würdest ihm kaum an die Hüften reichen, wie ein zehnjähriges Bübchen würdest du dich neben ihm ausnehmen. Das mag dir deinen Hochmut etwas kämmen! Sein Kopf war unförmlich, man sagt, dem eines großen Hundes nicht unähnlich, da hast du etwas vor ihm voraus. Nun aber seine Kräfte! Die waren ganz unmenschlich! Nahm er zwei Kieselsteine in die Hand und drückte er sie zusammen, so zermalmte er sie mit kleiner Mühe zu Mehl. Das machte er gewöhnlich als Kinderspiel mit der Linken, stell' dir vor, was er erst mit der Rechten vermochte, oder wenn eine der andern half! Das ist etwas anderes, als des Ältesten Stierkalb auf den Heuboden zu lüpfen. Mach's ihm schnell nach!

Wo soviel Kraft haust, schießt gern ein frecher Sinn in die Halme. So geschah es auch bei Adocimus. Als man ihm sagte, er solle arbeiten wie andere Leute und, da er kein König sei, in Treuen einem andern dienen, gab er stolz zur Antwort, er werde nur einem Stärkern dienen, den solle man ihm zeigen. Man konnte ihm keinen vor Augen führen, und so zog er aus seiner Heimat weg, den zu suchen, dem er ohne Schande dienen könnte.

Er schnitt sich einen keulenförmigen Stock, der zu seinem knorrigen Wesen paßte, wanderte durch viele Länder, maß überall die Leute und kam endlich an den Hof des Königs Dagnus, der ihm als der gewaltigste und furchtbarste gepriesen wurde. Und wirklich, er war kein König wie andere. Er trug sein Schwert nie in der Scheide und war imstande, einem Diener den Kopf herunterzuhauen, nur weil er beim Frühstück eine Fliege sich hatte auf die Butter setzen lassen. Alles zitterte, wenn er nahte, und selbst die Löwen im Walde zogen die Schwänze ein und krochen tief am Boden hin ihren Höhlen zu, sobald sie seinen Schritt vernahmen.

Das schien Adocimus nun der Rechte zu sein. Im Wald, während einer Jagd, wollte er dem König entgegentreten und ihm seine Dienste anbieten. Er verbarg sich zu diesem Zwecke im hohen Gebüsch. Da nahte Waffengeklirr und ein so herrischer Schritt, daß der Boden leicht bebte. Das mußte der König sein. Adocimus streckte seinen Kopf zwischen den Zweigen hervor und fand sich zwei Schritt vor dem Herrscher. Wäre es ein Löwe gewesen, der König hätte den Atem, den er eben eingezogen, nicht aus der Brust gestoßen, bevor er sein Schwert in das Blut des Tieres getaucht hätte. Der Anblick des ungewohnten Riesenhauptes war ihm aber so unerwartet, daß er erschreckt zurücktrat und rief: ›Was willst du von mir, Diabole? Laß mich unangefochten!‹

Adocimus wußte genug. Er hatte den König erbleichen sehen, er hatte gemerkt, daß er sich vor einem Diabolus fürchtete! Weiter! Da war keine Zeit zu verlieren!

Als der König fort war, trat er ganz aus dem Gehölz hervor und sagte sich den Namen Diabolus, um ihn nicht zu vergessen, mehrmals vor, das mußte nun doch wohl der Stärkste sein, dem hätte er gerne gedient.

Wie er so dachte, sah er plötzlich an seiner Seite einen nicht alten, aber auch nicht jungen Mann in grünem Jägerkleid stehen, nicht eben groß, aber von sehniger Gestalt. Der redete Adocimus an: ›Ich bin Diabolus, du bist willig, mir zu dienen?‹

Adocimus sah ihn verwundert an und entgegnete: ›Ich habe dich nicht gerufen, wohl aber an dich gedacht.‹

›Das genügt‹, erwiderte der andere, ›der stillste Wunsch ist für Diabolus genug, und nun sag', willst du mir dienen?‹

›Ich hab's im Sinn.‹

›Wozu taugst du?‹

›Mir dünkt, ich bin für grobe und schwere Arbeit zu gebrauchen.‹

›Das trifft sich gut, eben hat mein Holzträger den Fuß gebrochen, du könntest ihn ersetzen. Ich habe einen großen Ofen zu heizen. Welche Last traust du dir zu?‹

›Zwei Klafter, auf jeder Schulter eines, wäre mir nicht zu schwer.‹

›Abgemacht!‹

Damit trat Diabolus etwas beiseite, klatschte in die Hände und rief:

Axtlieb,
Beilhieb!
Beide heran,
Schlagt mir den Tann!

Kaum hatte die Stimme verhallt, als zwei Kerle dastanden in grauen Kleidern und mit feuerroten Bärten, die so lang waren, daß sie sie um den Leib wickeln mußten, damit sie ihnen im Arbeiten nicht hinderlich wurden. Sie hielten blanke Äxte in der Faust und fingen gleich an, die Tannen zu fällen. Mit jedem Streich sank eine hin und schlug in ihrer ganzen Länge auf den Boden, aber ohne jenes sturmartige Rauschen, das jeder Holzhauer kennt.

Adocimus stand neben Diabolus, schaute dem Hantieren verwundert zu und sah, wie dicht vor ihnen zwei mächtige Stämme kreuzweise übereinander fielen. Wie das geschehen war, stieß Diabolus einen häßlichen Fluch aus und sprang entsetzt von dannen. Adocimus fragte die Holzhauer, was das zu bedeuten habe. Sie lachten wie Schelme in ihre roten Bärte und wiesen mit den Äxten auf die übereinander liegenden Stämme: ›Dieses Zeichen hat ihm in den Augen weh getan, ha, ha!‹

›Warum? Was bedeutet es?‹ fragte Adocimus wieder.

›Das magst du ihn selber fragen!‹ lachten die beiden und schwangen ihre Äxte.

›Der fürchtet sich vor zwei Stämmen, die kreuzweise liegen‹, dachte Adocimus, ›der kann der Stärkste nicht sein, ich muß fürbaß gehen.‹

Er setzte seinen Fuß und Stock weiter und kam zu der Klause eines Einsiedlers. Dem erzählte er sein Erlebnis. Der Alte war gar nicht erstaunt und sagte: ›Er fürchtet das Kreuz, weil er ihm nicht gewachsen ist, willst du dem Stärksten dienen, so diene dem Kreuz.‹

Adocimus erklärte, er sei dazu bereit, man möge ihm nur sagen, wie er es anzustellen habe.

›Du mußt dich taufen lassen‹, klärte ihn der Einsiedler auf, ›du stellst dich in einen Fluß und beugst den Nacken, bis das Wasser darüber strömt.‹

Adocimus wurde stutzig: ›Ich will für das Kreuz tun, was man verlangt, aber meinen Nacken beuge ich ohne Not nicht unter das Wasser, ich habe ihn bis zur Stunde noch vor keinem gebeugt.‹

›Ich will dich nicht zwingen‹, sagte der Waldbruder, ›aber ich nehme dich beim Wort: du willst für das Kreuz tun, was man begehrt. Wohlan, stell' dich an den Fluß, den du dort unten im Tal strömen siehst, und wenn Leute ans Wasser kommen und ans andere Ufer gelangen möchten, so trägst du sie um des Kreuzes willen hinüber.‹

Adocimus war es zufrieden und tat seinen Dienst am Flusse getreulich. Da trat eines Tages ein Knabe an ihn heran und bat, er möchte ihn ans andere Ufer setzen. Gleich hob ihn Adocimus auf seine Schultern und watete durch den Fluß, der eben durch den Regen stark angeschwollen war. Mitten in der Strömung geschah etwas Seltsames. Adocimus fühlte, wie ihm das Kind die kleine, weiche Hand auf den Nacken setzte und mit einer unwiderstehlichen Kraft darauf drückte. Er sträubte sich gegen den Zwang, er steifte den Hals, er biß die Zähne zusammen, er stützte sich auf seinen Stock: es half alles nichts, der Knabe ließ nicht nach und drückte ihm den Nacken trotz der Stütze immer tiefer, wie man eine Rute beugt, und ruhte nicht, bis ihm das Wasser mächtig über das Haupt strömte.

Nun ließ der Druck nach. Adocimus zog seinen Stock tief aus dem Grund und watete mit triefendem Haar ans Ufer. Er stellte das Kind auf den Boden, spreizte die Beine, stemmte die Hände auf die Hüften und schaute das Wesen verwundert an. Es lächelte ihm zu, und es war in seinem Auge ein so übernatürlicher Glanz und eine solche Kraft, daß Adocimus fühlte, er habe nun den Stärkern gefunden. Der Knabe aber sagte lächelnd: ›Du bist nun getauft, ich gebe dir den Namen Christophorus, daran magst du erkennen, wen deine Schultern getragen haben, als Christusträger sollst du der Welt bekannt werden.‹«

So erzählte der Pfarrer und schwieg eine Weile, dann fuhr er fort: »Ich habe dir die Geschichte des Heiligen erzählt, damit du tuest, wie er. Gehe auch du hin und suche einen Stärkern, dem du dienen magst. Du hast gesehen, daß man seinen Meister oft da findet, wo man ihn nicht vermutet hat. Denk' daran! Und vergiß auch das nicht: wo so viel Kraft ist, wie bei dir und deinesgleichen, muß einer kommen, der sie niederzwingt, dann mag es gut werden, findet die Kraft aber ihren Bändiger nicht, so dient sie dem Bösen.«

Der Pfarrer hielt wieder inne, auf eine Entgegnung gefaßt; aber Christoph schwieg, er hatte die Worte des Alten nur halb begriffen und erwartete weitern Aufschluß. Das verstand wiederum der Pfarrer nicht und schwieg auch. Nach einer Weile erhob er sich und sagte: »Ich habe dich da hinaufgeführt, um dir den Weg in die Welt zu zeigen. Du hast nun die Wahl: entweder kehrst du wieder mit mir ins Dorf zurück, um von der Mutter und den Brüdern Abschied zu nehmen und morgen früh wieder den gleichen Weg wie heute zu gehen und ihn dann fortzusetzen, oder du steigst gleich auf der andern Seite hinunter und überlässest es mir, den Deinen den letzten Gruß zu bieten. Ich rate zu letzterem, es wird dir und der Mutter Klephi leichter so. Als Zehrung gebe ich dir hier den Inhalt meines Sackes mit, es ist gedörrtes Fleisch, Käse und Schmalz drin, ich habe mich vorgesehen.«

»Er hat sich vorgesehen«, dachte Christoph, »er wußte am Morgen schon, daß er mich ins fremde Tal hinunterstoßen würde. Oh, der Fuchs!«

»So geh nun«, hob der Pfarrer mit großem Ernst wieder an, »tritt hinaus in die Fremde und ende gut, wie dein Namensheiliger. Der sei dir immer ein Ratgeb und Wegweiser. Und bist du nach langem Wandern besser geworden, so komm' wieder zu uns, es wird dir dann keiner den Paß versperren.«

Nun erst merkte Christoph den ganzen Ernst und fühlte, was es heißt, aus seiner Heimat verstoßen zu werden, den Boden unter den Füßen zu verlieren, auf dem man seit seinen Kindertagen gegangen ist, von der Mutter losgerissen, von der Gemeinschaft abgebröckelt, wie ein Eisklotz, der sich vom Gletscher loslöst und vom Bergstrom davongetragen wird, keiner weiß, wie weit. Und warum all das? Wegen ein paar dummer Streiche, die nicht der Bosheit, sondern dem Übermut entsprungen waren. Eine helle Wut packte ihn und er schrie: »Ich habe gestern eine tolle Kuh gebändigt und verhindert, daß sie den Schindler zerstampfte, und dafür jagt ihr mich wie einen räudigen Hund davon. Ist das billig? Ich möchte einen Felsblock vom Berg loslösen und auf das Dorf hinunterwälzen und alle zu Mus ...« Er dachte an die Mutter und machte den Satz nicht fertig, sondern fuhr ruhiger weiter: »Ich gehe, ich will euch den Willen tun.«

Der Pfarrer wollte ihm entgegnen, daß er nicht wegen der tollen Kuh, sondern wegen seiner gefährlichen Unbändigkeit des Tales verwiesen worden sei, Christoph aber hörte nicht auf ihn, er warf noch einen Blick auf das Dorf hinab und verließ den Alten mit den Worten: »Grüßt mir die Mutter und die Brüder!«

Schon war er fort. Wie ein Stein, der abschlipft und in immer größeren Sätzen in die Tiefe springt, eilte er dem fremden Tal, den fremden Menschen und der fremden Welt zu.

3. Lüthelf

Gegen Abend kam Christoph unten im Tal an. Er trat aus einer Schlucht heraus und sah unter sich ein Dörfchen eng um die Kirche zusammengedrängt. Er setzte sich unter eine Tanne und überlegte, wie er nun sein Leben angreifen wolle. Da er aber ohne Erfahrung und Weltkenntnis war, fiel ihm nichts Besseres ein, als das Beispiel des heiligen Christoph zu befolgen: seinen Meister zu suchen und ihm dann zu dienen. »Und«, sagte er sich, indem er den Kopf zurückwarf, »wie er seinen Nacken nicht freiwillig beugte, so will auch ich den meinen nicht ohne Not beugen. Er war ein Heide, und so war es recht, daß er schließlich den Stärkern fand, ich aber bin ein Christ und bin neugierig, wer mich niederzwingen will.« Er griff zwei Kiesel auf und suchte sie zwischen den Händen zu zermalmen. Da es ihm nicht geriet, wurde er wieder nachdenklich. Er bemühte sich, das Bild seines großen Namengebers sich vor Augen zu malen, und da kam ihm plötzlich ein Einfall: »Der Heilige war ein Schalk, wenn es der Pfarrer schon nicht sagen wollte, ja, ein Erzschalk, der es darauf anlegte, die Leute an der Nase herumzuführen. Und er hatte recht! Wozu sonst ist man stark? Es ist nicht das Verdienst der Marklosen, wenn ihm am Ende das Wasser über den Kopf lief! Ich will ihn als Rater und Wegweiser nehmen, gut, aber ich will es auch mit seiner Schalkheit versuchen! Und nun zu!«

Er schritt zum Dörfchen hinab und wunderte sich über die Kleinheit der Leute, die in den Wiesen das Öhmd häufelten oder in den spärlichen

Äckern die Rüben ausgruben. Er meinte, es sei ein Volk von Kindern. In der Dorfgasse liefen ein paar Frauen und Männer und ein Haufen Kinder zusammen, als der Dreistöckige erschien. Er fragte, wie das Dörfchen heiße, und erhielt zur Antwort, es sei Weißbuchen.

»Ist hier ein König zu Hause?« forschte er weiter.

Man lachte, nein, da sei noch nie ein König zu Hause gewesen, da müsse er schon weiter gehen.

»So sagt mir, wo der Stärkste von euch zu finden ist.«

Man sann nach, nicht sowohl, um sich auf den Stärksten zu besinnen, als um dahinter zu kommen, wo der Siebenlange schließlich hinauswolle. Endlich sagte ihm einer der Alten, der Stärkste sei wohl der Zimmermann, und er zeigte ihn oben am Waldrand, wo er einen Brunnentrog zurechthieb.

Ein paar Minuten später stand der Fremdling oben beim Zimmermann und redete ihn an: »Ich heiße Christoph und bin ausgezogen, meinen Meister zu finden, ich diene aber nur einem Stärkeren als ich, wollt Ihr's mit mir versuchen?«

Der Zimmermann maß den Burschen und dachte, einen solchen Gesellen könnte er freilich zum Balkentragen brauchen.

»Wieviel Lohn verlangst du?« hob er nach einiger Überlegung an.

»Lohn? Lohn verlange ich nicht.«

»Das läßt sich hören«, brummte der Zimmermann, in dem die Lust nach einem so starken und billigen Gesellen immer stärker wurde. Wie aber konnte er ihm zeigen, daß er der Stärkere sei? Nun, vielleicht half die List, denn man weiß es ja, wo alle Mast ins Fleisch geht, kommt der Witz zu kurz.

»Um uns zu messen«, sagte er, »wollen wir diesen Trog ins Dorf schaffen, ich bin eben damit fertig geworden. Du trägst ihn bis zu jenem Rain, das ist halbwegs, und ich schaff' ihn dann ganz hinab.«

»Abgemacht«, erwiderte Christoph, »aber vor der Arbeit möchte ich gerne einen Blick in jenen Korb tun.«

»Das steht dir frei, laß dir's schmecken.«

Das ließ sich Christoph nicht zweimal sagen. Dann, nachdem er den Korb geleert hatte, hob er den Trog mühelos auf die Schulter und trug ihn zum Rain hinab, wo er ihn niederlegte.

»Nun paß auf, wie ich's anstelle«, sagte der Zimmermann, »du kannst dabei etwas lernen.« Er bückte sich, faßte den Trog an, wälzte ihn ein-, zweimal um, bis er von selbst weiterrollte und mit einem hohlen Ton, der wie Hohn klang, ins Dorf hinabpurzelte. Der Zimmermann lachte, Christoph machte ein langes Gesicht und brummte, so sei der Handel nicht gemeint, es sei eine zweite Probe zu machen. Damit sprang er dem Trog nach, hob ihn auf und trug ihn, ohne ihn einmal abzustellen, wieder zum Wald hinauf.

»Diesmal«, rief er dem Zimmermann, der ihm schimpfend nachgelaufen war, zu, »machen wir's umgekehrt. Ihr tragt den Stamm bis zum Rain, ich wälze ihn ins Dorf hinab und Ihr schafft ihn wieder da hinauf, gerät's Euch, so soll der Handel abgemacht sein.«

Die Neugierigen, die nachgekommen waren, lachten, der Zimmermann aber wurde ärgerlich und rief dem Burschen zu: »Du bist ein Narrenstück!«

»Zur rechten Zeit ein Narr sein, ist auch eine Kunst.«

»Lauf, soweit der Himmel blau ist!«

»Den Rat will ich befolgen«, lachte Christoph und schritt in der Richtung, in der das Wasser floß, von dannen. Alle staunten dem Riesen nach und wußten nicht, was sie von ihm halten sollten.

Christoph schritt von Dorf zu Dorf, von einem Tal ins andere und ließ sich keine Gelegenheit entgehen, die Leute zu hänseln und mit seiner Größe und Riesenkraft zu erschrecken. Überall lief der Mutwille mit ihm und der Unwille hinter ihm her, ja, seine Ausgelassenheit wuchs von Tag zu Tag, und immer frecher ging er mit den Menschlein um, unter denen für ihn kein Meister gewachsen schien.

Aus dem hohen Gebirge kam er in das weniger wilde Land, wo Berge von übersehbarer Höhe liebliche Täler erschlossen, mit Äckern und Wiesen in angenehmem Wechsel, mit Bäumen, die unter ihren roten und gelben Früchten fast zusammenbrachen und gestützt werden mußten. An einem Morgen, da die Herbstsonne den Nebel aus seinen Tiefen hervorlockte und in ein mildes Blau eintauchte, wie Wäscherinnen ihr Linnen, schritt er durch ein abgelegenes Tälchen dahin, zu jedem tollen Streich aufgelegt. Die wohlige Wärme, das von Hügeln und Bergen widerstrahlende Licht, die herbstlichen Wälder, in denen alle Farben vom Grün zum Rot durcheinanderschwirrten und in Erwartung einer tödlichen Brise sich noch einmal an der Sonne freuten und hell lachten, all das drang auf Christoph ein, und was in den Menschen der Niederung eine durch Winterahnungen leicht gedämpfte Heiterkeit erzeugt, ward in dem Sohn des Hochtals, der noch nie den Tod des Laubwaldes erlebt hatte, zu schrankenloser Ausgelassenheit.

In einem Acker sah er einen Bauern, der bedächtig über die Furchen schritt, bald nach rechts, bald nach links schwankte und aus einem Sack etwas Goldenes auf die Schollen warf. Er trat zu ihm heran und sagte, er möchte ihm den Stärksten des Tales nennen. Der Bauer besann sich und entgegnete, das sei die Sonne, die müsse noch vor dem Schneefall die Körner, die er da säe, Grünes treiben lassen, dazu gehöre Kraft. »Du bist wohl nicht gescheit«, entgegnete Christoph, und da er bemerkte, daß des Bauern Nase etwas schief im Gesichte stand, hatte er gleich einen Schabernack zur Hand. »Weißt du«, fuhr er fort, »daß deine Nase dir nächster Tage in die rechte Backe einwächst? Das darf nicht geschehen; sag' deiner Sonne, sie soll sie einen halben Zoll nach links drehen! Du traust ihr die Kraft nicht zu? Nun, so will ich dir die Nase ausrichten!« Damit versetzte er dem Bauern einen empfindlichen Nasenstüber von rechts, und ließ den Verblüfften auf seiner Furche stehen. Der hohle Ton der Nase, das lange Gesicht des Bauern, der sich von seiner Verwirrung erst erholte, als Christoph schon weit weg war, kamen diesem so spaßig vor, daß er sein Stücklein zu wiederholen beschloß; dem nächsten, den er antraf, gab er ohne lange Einleitung einen Nasenstüber von links, dem folgenden wieder einen von rechts und so weiter, bis er zu einem Gehöfte kam, wo ein Bauer mit seinen fünf Söhnen in der Tenne drosch. Das Schauspiel zog ihn an, und er sah lange zu, wie die Sechse in zwei gleichen Gruppen auf beiden Seiten der Tenne langsam über das ausgebreitete Korn schritten, je zwei vorwärts und einer rückwärts, und ihre Flegel im Takt hoben und niederschlugen, wobei die hölzerne Tenne wie eine Trommel klang, bald kräftiger, bald schwächer, wie es der Vater mit seinem Flegel angab. Das kam Christoph wie Musik vor.

Als sie in ihrer Arbeit innehielten, um das Korn zu wenden, verlangte er die Arbeit auch zu versuchen. Er schwang den Flegel hoch empor, sah aber gleich, daß der Raum zwischen der Tenne und der Garbenbühne für ihn viel zu niedrig war, als daß er recht hätte ausholen können. »Schafft mir die Balken da oben weg!« befahl er den Bauern. Sie aber sahen dazu keine Veranlassung und lachten über sein Begehren. Er drohte, sie blieben fest. Da griff er zu einem Wiesbaum, der von der Ernte her noch vor dem Hause lag, und begann damit in den Bühnenbalken herumzustochern, bis einer mit Gepolter herabfiel, dann noch einer, dann zwei zugleich und mit ihnen eine schwere Last von Garben, die darauf gelegen hatte. Das Unglück wollte es, daß eines der Bühnenhölzer ihn am Kopfe traf und zu Boden warf, so daß er unter dem Balken- und Garbensturz tief begraben wurde.

Als er aus einer langen Betäubung erwachte, befand er sich in einem Stübchen, in einem bettartigen Verschlag. Er hatte heftigen Durst und wollte sich erheben, sank aber stöhnend wieder zurück. Gleich kam ein Männchen, eine Art Zwerg, mit zündelroter Weste von der Küche hereingehumpelt, sah ihm ins Gesicht und schlug die Hände zusammen: »Gottlob, nun geht's der Besserung entgegen, du ungeschlachter Bär«, rief er mit einem haardünnen Stimmchen, »aber nur ganz ruhig gelegen, nicht gemuckst, ich bring' dir alles, was du brauchst.«

»So bringt mir Wasser!« ächzte Christoph, und gleich war das Männchen weg, um einen Augenblick später mit einem großen Krug voll dampfenden Tees wieder zu erscheinen. Während Christoph in langen Zügen trank, musterte er das Zwergmännchen. Es hatte einen Höcker, der ihm fast über den Kopf hinausragte, seine schmächtigen Spinnenbeinchen verkrochen sich in mächtigen Nagelschuhen; der Kopf, der fast ohne Hals aus der Brust und der roten Weste herauswuchs, war im Vergleich zu dem ganzen Menschengestellchen mächtig, der Scheitel kahl und von einem schwarzen Käppchen bedeckt, von Backen und Kinn hing ein starker, schneeweißer Bart in Strähnen herab. Das Merkwürdigste aber waren die Augen, große, dunkle, gute Augen, mit einem Glanz, der Christophs Blick in Bann tat.

»Wo bin ich?« fragte Christoph.

»Du siehst es, bei einem Höckermann, in einem Bett, das man dir eigens hat zimmern müssen, du Stück Langholz.«

»Wie heißt Ihr?«

»Man nennt mich Lüthelf.«

»So helft mir auf die Beine, wenn Ihr Lüthelf heißt, ich möchte weiter, denn ich bin ausgezogen, um einen Meister zu suchen. Hier hab' ich nichts zu schaffen.«

»'s geht noch nicht«, lächelte das Männchen, »merkst du nicht, daß du ein Loch im Kopf und Schienen am rechten Bein hast? Das braucht Zeit und Geduld! Sag' mir lieber, daß du Hunger hast.«

»Gerade den hab' ich nicht!«

»So warte ruhig, bis der Magen das Sprechen lernt, dann reden wir wieder miteinander. Ich habe zu tun, in zwei, drei Stunden bin ich wieder da.«

Er zog sein Käppchen ab, strupfte eine große Zipfelmütze über sein Haupt, nahm seinen Hakenstock von einem Nagel und hinkte davon, Christoph seinen Gedanken überlassend.

Nach und nach dämmerte es dem Burschen auf, wie er in die mißliche Lage geraten war: er hatte das Korn klopfen wollen, nicht zum Schabernack, sondern um die lustige Arbeit zu lernen. Da hatten ihm die Bauern die Tenne nicht höher machen wollen, war es ein Wunder, daß ihm der Kopf heiß wurde? »Immer, wenn ich etwas Rechtschaffenes vorhabe, fliegt mir ein Bengel zwischen die Beine oder auf den Kopf«, so schloß er seine Betrachtung und begann das Zimmer zu mustern. Wie eng und niedrig war da alles! Die Butzenscheiben waren nicht viel größer als seine Augen, die Wände so nah beisammen, daß sich sein Lager fast von einer zur andern erstreckte. Rings um das Stübchen, an Stangen und Nägeln, hingen Büschel von Kräutern, Wurzeln und gedörrten Früchten. An der Mauer gegen die Küche stand ein Ofen aus grauem Lehm in Gestalt einer Halbkugel gebaut. Darauf regte sich nun etwas, es war ein kleines, schneeweißes Kätzchen, das sich reckte, fast als wollte es sich im Augenblick zu Christophs Länge auswachsen. Dann richtete es die Augen auf ihn. Es waren rötliche Augen, die bei Tag so stark funkelten, wie anderer Katzen Augen im Dunkeln. Er lockte das Tierchen zu sich heran, es sprang auf den Boden, entdeckte dabei aber sein Schwänzchen, das es nun mit den Zähnen zu fassen suchte, so daß es sich wie eine Spindel im Kreise drehte. Endlich wurde ihm das Spiel zu dumm und mit einem Sprung setzte es auf Christophs Bett. Er streichelte es und gleich waren sie gute Freunde. Das Lager auf der breiten Brust schien ihm zu behagen, es rollte sich ohne Umstände zusammen, schloß die Augen und sperrte ihr Funkeln ein. Sein Beispiel wirkte ansteckend auf Christoph, auch er schlief ein, denn sein Kopf war wüst, wie eine Steinrunse und schwer, als hätte man ihm den größten Kiesel hineinversenkt.

Wie lange er wieder geschlafen, wußte er nicht, jedenfalls den Rest des Tages und die ganze Nacht. Als er erwachte, war es Morgen, die Sonne strahlte durch die Scheiben und warf alle Farben des Regenbogens und noch ein paar andere auf den Boden, das Bett und die Wände. Es schwebte wie ein Zauberlicht durch das Stübchen. Am Tisch saß in seiner roten Weste das Männchen und erlas Kräuter und Wurzeln, neben ihm, auf einem Schemel, hockte ein altes Mütterchen, das beständig mit dem Kopfe wackelte und ihm andächtig zusah. Sobald sich Christoph rührte, rief ihm Lüthelf zu: »Was sagt dein Magen jetzt, du Hauptdrescher?«

»Er knurrt, aber erst im untersten Zipfel.«

»So wollen wir den Zipfel mit Habermus füllen«, kicherte das Männchen, und zu der Frau gewendet: »Dein Tränklein wird unterdessen auch gar werden.« Damit verschwand er in der Küche.

»Wer ist der?« fragte Christoph das Mütterchen.

»Woher bist du, Hans Baumlang, daß du das nicht weißt? Den Lüthelf kennt doch ein jedes Kind.«

»Sucht er Kräuter?«

»Ei freilich, und daraus kocht er Tränklein für Mensch und Vieh, der kann mehr als Brot essen. Du hast's wohl getroffen, daß du gerade ihm in die Stube fielst. Ich mußte für meinen Mann zwei Stunden weit herlaufen, und meine Füße sind nicht mehr von gestern.«

So begann sie zu plaudern und Christoph die ganze Krankheitsgeschichte ihres Mannes zu erzählen. Sie war damit noch nicht fertig, als Lüthelf mit einer Schüssel voll Suppe und einem braunen Fläschchen wieder hereintrat. Er reichte die Arznei der Frau und schickte sie auf den Heimweg, setzte sich dann an Christophs Lager und löffelte ihm die Suppe in den Mund, wie eine Mutter ein kleines Kind mit Brei füttert.

So sorgte der Alte mütterlich für den Zerschlagenen, bis er wieder leidlich hergestellt war. Am Tag, da Christoph zum erstenmal sich vom Lager erhob, stieß er gleich mit dem erst halbgeheilten Kopf gegen die Diele, denn er war an eine so niedrige Behausung nicht gewöhnt. Vom Schmerz außer sich gebracht, fing er an, auf das Haus und seinen Gastfreund zu schimpfen, und zu drohen, er ziehe auf der Stelle weiter.

Das Männchen blieb bei dem Zornausbruch ganz ruhig und sagte: »So kannst du aber nicht auf die Reise, guter Hans Haushoch, du merkst es ja selber, wie schwach dein Bein noch ist, da muß ich dir schon im Walde einen starken Stock schneiden. Hab' Geduld, in einer Viertelstunde bin ich wieder da.«

Darauf nahm er seinen Gertel und ging davon.

Christoph sah ihm durchs Fenster nach und war wütend auf ihn, er hätte es lieber gesehen, der Alte wäre auch aufgebraust und hätte ihm grobe Worte an den Kopf geworfen. Aber das schien er nicht zu können oder nicht zu wollen, er hatte eine seltsame Gewalt über sich selber. Das merkte man schon an seiner Stimme, die war trotz ihrer Dünne immer bestimmt, wie ein rechtes Tischmesser, das, ohne scharf zu sein, doch da durchgeht, wo die Hand will. Während Christoph so nachdachte, wurde er ruhiger, es kam ihm zu Sinn, wie gut Lüthelf all die Zeit zu ihm gewesen sei, und heimlich bereute er es, ihn so grob angelassen zu haben.

Er war mit seinen Gedanken kaum so weit, als das Männchen wieder eintrat, mit einem festen Schwarzdornstock in der Hand, dessen Tüchtigkeit er Christoph rühmte: ein Bein könne sich keinen bessern Beistand wünschen.

»So lebt denn wohl«, sagte Christoph, reichte dem Männchen die Hand und hinkte mühsam auf den Stock gestützt davon. Innerlich riß es ihn zurück, und ehe Lüthelfs Häuschen hinter ihm verschwunden war, setzte er sich unter einen Apfelbaum auf das dürre Laub.

»Wie soll ich in diesem Zustand ausziehen, um meinen Meister zu suchen?« dachte er. »Erst muß ich wieder ganz heil sein! Fragte ich jetzt nach dem Stärksten, mir würden die Leute ins Gesicht lachen, und wer die Nasenstüber bekäme, kann ich mir denken.«

Lange kämpfte er mit sich selber, es war ihm unbequem, wieder zu Lüthelf zurückzukehren und ihn um weitern Unterschlupf zu bitten, aber schließlich schluckte er die Demütigung doch hinunter. Der Rückweg schien ihm unendlich lang und beschwerlich; vor dem Alten angekommen, sagte er mit einem Trotz, der seine Niederlage verdecken sollte: »Wenn Ihr's erlaubt, bleibe ich noch ein Stück, mein linkes Bein und der Stock zusammen können noch nicht mit dem rechten Schritt halten.« – »Ich habe noch keinem mein Haus versagt«, versetzte der Alte, ohne Schadenfreude, Spott oder Mißmut in seine Stimme zu legen. »Du magst bleiben, solange es dir behagt. Indessen bin ich ein alter Mann und nicht sonderlich bei Kräften; wenn du mir etwas Arbeit abnehmen könntest, wäre es mir nicht uneben, hast du aber nichts gelernt, so will ich dich zu nichts anhalten.«

Christoph erwiderte, er habe zu Hause der Mutter zuweilen auch geholfen, er könne Feuer anzünden, wenn man ihm Stahl und Zunder gebe, habe auch Holz klein geschlagen und Wasser getragen, Lüthelfs Kuh im Stall getraue er sich auch zu füttern.

»Oh, das ist mehr als genug«, lächelte das Männchen, »es liegt mir mehr am Willen, als am Tun.«

So lebten die beiden in den Winter hinein, Christoph nahm dem Alten manche Arbeit ab und war für einen ganzen Tag froh, wenn er dafür ein gutes Wort erntete. Manches freilich mißriet oder zerbrach ihm in seinen ungefügen Händen, bis sich eines Tages Lüthelf zu ihm setzte und so zu ihm redete: »Schau, was ich dir zeige! Da ist ein Faden, dran mache ich am äußersten Ende einen Knoten, so daß auch nicht das kleinste Schwänzchen herausschaut. Kannst du das auch?«

Christoph versuchte es, mußte aber bald eingestehen, daß ihm die Kunst zu fein sei.

»Du brauchst sie auch nicht zu lernen«, tröstete ihn Lüthelf lächelnd, »das war nur ein Beispiel. Und nun hör' mir weiter zu. Wir haben an jeder Hand fünf Finger, das sind unsere zehn Knechtlein, die müssen uns helfen und tun, was wir wollen. Aber sie sind von Natur ungeschickt und unbeholfen, man muß sie in Lehre und Zucht nehmen. Einem, der das nicht begreift, bleiben sie sein Leben lang grobe Tölpel, die jeden Tag zwischen dem: ›In Gottes Namen aufgestanden‹ und dem ›In Gottes Namen niedergelegen‹ hundert Dummheiten machen, während sie dem, der klug mit ihnen zu Werke geht, kunstvolle Diener werden und alles, was er ihnen befiehlt, geschickt und pünktlich ausführen; sie zerbrechen ihm keinen Napf, sie stoßen der Kuh nie die Mistgabel zwischen die Klauen, sie überschwemmen die Küche nie mit Wasser, sie drücken keine Scheibe aus dem Blei, wenn sie die Fenster putzen.«

Das war alles gut gezielt, und Christoph meinte, es dringe bei jedem Wort irgendein spitzer Stachel in seine Finger; aber der Alte sprach so gut gelaunt, daß seine Sticheleien nicht eben schmerzten. Von da an nahm Christoph seine großen, dicken Finger in Zucht, und der alte Lüthelf mußte manchmal hinter den Stockzähnen lachen, wenn er sah, mit welcher Sorgfalt der ungeschlachte Bursche einen Napf oder ein Arzneifläschchen angriff und wie er selbst den Scheiterstock mit Vorsicht behandelte, um ihn ja nicht zu zerbrechen.

So verging der Winter, und der Frühling kam ins Land, dem Flußlauf nach, und stieg immer höher hinauf, zertrat den Schnee, lockte die Blumen und Kräuter hervor und trocknete die Wege. Da besann sich Christoph auf seinen Reisezweck, er stampfte mit dem linken Fuß so kräftig auf den Boden, daß er zwei Zoll tief einsank. Das Bein knackte in keiner Fuge, es war also fest. Gewiß, nun konnte er den Gang in die Welt wieder wagen!

Es war ein heiterer Morgen, die Vögel sangen von allen Bäumen, die Hähne krähten in den Baumgärten so laut, daß es wie ein Wind über die Gräser ging, und die Hennen gackerten in den Ställen zur Wonne der Hausfrauen. Christoph stand vor dem Häuschen, sah, welchen Lauf die Wolken nahmen und verfolgte mit den Augen einen Flug Schwalben, die quer über das Tal segelten. Als dann gar noch das weiße Kätzlein erschien, das fast den ganzen Winter hinter dem Ofen gelegen hatte, lustig auf die Wiese hinaus spazierte und zierlich ein Pfötchen vor das andere setzte, da zuckte es Christoph in allen Gliedern. Zufällig fiel sein Blick auf seinen Schwarzdornstock, den er schon lange nicht mehr brauchte und der nun müßig auf dem Scheiterhaufen lag. Er hob ihn auf und warf ihn im Übermut hoch über die Baumwipfel. Die Luft sauste und alle Singvögel erschraken, die Hähne verstummten und das Kätzlein tat einen weiten Angstsprung.

»Diesmal gilt's«, frohlockte Christoph, »ich stell' mich vor den Alten hin, spreizbeinig und die Nase hoch in der Luft, und nehme Abschied.«

Lüthelf hörte seinen Entschluß ganz ruhig an, und sagte: »Einen Stock brauche ich dir diesmal nicht zu schneiden, aber einen Sack will ich dir packen, so wirst du weniger beschwerlich reisen.«

Er nahm ein altes Felleisen aus der Truhe: »Das hab' ich auf dem Rücken getragen, oder auf dem Höcker, wenn du willst, als ich für meinen Vater nach Koschnitz reisen mußte. Ich brauche es nicht mehr, ich habe nur noch eine Reise vor, zu der man weder Stock noch Sack braucht, nur ein Paar fremde Schultern. Die Hauptsache, die ich dir einpacke, ist ein neues Hemd, das hab' ich dir schneidern lassen und hätt' es dir am Maitag verehrt, es ist aus Zwilch und wird ein paar Jahre vorhalten. Dann ist hier ein alter Kamm aus Buchsholz, sieh, wie er gelb geworden ist mit den Jahren! Diese Linnenbinden sind für die Füße. Und nun leg' ich noch etwas Wegzehrung dazu, Brot, Käse und dürre Birnen, die sind für Hunger und Durst.«

Lüthelf packte alles mit Sorgfalt ein und sagte dann freundlich: »Als letztes gebe ich dir diese rote Weste, die magst du gleich anziehen. Es ist dir vielleicht aufgefallen, daß in diesem Tale alle Männer rote Westen tragen. Ich habe sie eingeführt, gibt es nicht allen ein frohes Ansehen? Es ist nun lange her, wohl vierzig Jahre, da hab' ich meine junge Frau verloren. Ich trug Schwarz für sie, wie's allerorten Sitte ist, und wurde immer trauriger dabei. Da sagte ich mir: ›Du mußt es überwinden!‹ Ich legte Rot an, und gelobte mir, andere, wenn ich es könnte, vor gleichem Leid zu bewahren. Vom Vater her kannte ich einige gute Kräuter, andere fand ich selber heraus und wurde so der Heilmann dieses Tales. Zieh' nun die rote Weste an, und begegnet dir etwas Schweres, so fasse sie ins Auge und nimm dir redlich vor, aus Schwarz Rot zu machen, aber nicht nur für dich, sondern auch für die andern.«

Während Lüthelf das Felleisen packte, so sorglich, wie eine Mutter für ihren auf die Wanderschaft ziehenden Sohn, und dann zum erstenmal den Schleier über seinem Leben und seinem großen, noch nicht vergessenen Leid etwas lüftete, trat in Christophs Brust Tauwetter ein.

»Ist es recht, daß ich den Alten jetzt verlasse? Soll er von nun an wieder Holz spalten und Wasser tragen, die Kuh füttern und im Winter Schnee schaufeln?« Aber während er so überlegte, fing es in ihm zu bohren an, daß Lüthelf nicht den leisesten Versuch machte, ihn zu halten, als wäre er nicht mehr als ein Windstoß, den man auch ziehen läßt, wie er will. So lagen in ihm Rührung und Trotz im Widerstreit.

»Ich bleibe, aber ich brauche einen Vorwand, und er soll eine Buße haben.« Er tat, als ob er nach dem Felleisen langte, drückte dabei aber so ungeschlacht auf den Tisch, daß der zusammenbrach und alle viere von sich streckte.

»Du nimmst Abschied wie ein Tontopf, es muß dabei etwas in Stücke gehen«, sagte Lüthelf ruhig, und Christoph entschuldigte sich: »Die Kraft strebt mir heute unmäßig zu den Armen hinaus, aber ich will Euch nicht mit Schaden verlassen, sondern bleiben und den Tisch wieder in die Fugen zwingen. Und da ich etwas Ungeschicktes gemacht habe, ist Gelegenheit geboten, die rote Weste anzuziehen, gebt sie her!«

»Tu, wie du willst«, entgegnete das Männchen und lächelte dazu.

Also blieb Christoph.

Am Abend, als sich die beiden roten Westen beim Habermus gegenüber saßen, brachte Lüthelf ihr Verhältnis ins reine: »Wer eine solche Kraft hat, daß er mit bloßer Hand einen eichenen Tisch zu Boden drückt, muß auch die entsprechende Arbeit haben. Du mußt mir morgen in den Wald hinaufsteigen, Holz schlagen und es zum Haus tragen, und ist einmal das Gras einen Fuß hoch, so wirst du das Mähen lernen. Ich wecke dich beim ersten Hahnenschrei, du hast bis jetzt zu lang geschlafen, das macht dickes Blut!«

Christoph erwiderte nichts, als er aber in der Kammer auf seinem Bette lag, ging ihm allerlei durch den Kopf: »Er fängt an, mich wie einen Knecht zu behandeln, immer mehr Arbeit legt er mir in die Hände, ich werde von nun an keinen freien Augenblick mehr haben! Was geh' ich nicht in die Welt! Ich will den Stärksten suchen und verliere die Zeit bei diesem Knirps und Buckelmännchen und Spinnengebein.«

Er faßte zehnmal den Plan, gleich in der Nacht aufzubrechen und ohne Abschied davon zu gehen, zehnmal verwarf er ihn wieder. Er gestand sich, daß ihn noch nie ein Mensch so in den Fingern hatte, wie dieser Krüppel. Er stellte sich die Frage: »Könnte ich den zu Boden werfen?« und antwortete: »Nein, jeden, nur den nicht. Weil er gar so schwach ist«, fügte er wie zur Entschuldigung hinzu. »Könnte ich ihm auch nur einen Nasenstüber geben? Ja, wenn er nicht auf beiden Seiten der Nase seine dunkeln Augen hätte!«

Christoph hatte von da an einen gefüllten Tag und schlafgesegnete Nächte, fast vergaß er seinen Wandertrieb, und nur dann und wann schoß ihm die Geschichte seines Heiligen mahnend durch den Kopf. Lüthelf sah er selten, nicht einmal immer bei den Mahlzeiten, er humpelte den Kranken nach oder suchte Kräuter, Wurzeln und Beeren, die er dann an der Sonne dörrte.

Im Sommer begegnete Lüthelf ein Mißgeschick. Als er an einem Morgen von der Kammer in die Küche hinuntersteigen wollte, glitt er auf der steilen Treppe aus und brach sich den Fuß, Christoph mußte ihn aufheben.

Der Alte zeigte ihm, wie das Glied einzubinden war und half ihm selber dabei, so gut er es vermochte. Es kam kein Schmerzenslaut über seine Lippen.

Kaum war er leidlich gebettet, als ein Mädchen von etwa zwölf Jahren hereinkam, mit roten Augen und Angst im Gesicht. Die Mutter sei krank, Lüthelf möchte doch kommen.

Der Alte seufzte. »Ja, kommen! Hinauf in den Kühboden, sag' mir nur, wie, mein gutes Kind.«

Das Mädchen fing an zu weinen, es wolle ihm schon helfen, ihn ziehen oder stoßen oder stützen. Er mußte ihm erwidern, er habe keinen brauchbaren Fuß mehr, der eine sei von Natur elend, wie es ja wohl wisse, und der andere seit einer Stunde zwischen Holzlöffeln festgebunden.

Christoph ging der Kummer des Mädchens ans Herz und er sagte zu Lüthelf: »Wenn ich Euch in den Kühboden hinauftrüge?«

»Ich wollte mich drein schicken«, entgegnete Lüthelf, »aber es ist weit, wohl zwei Stunden Berggang.«

Christoph lachte: »Ich trau' mir's zu.«

»So hol' das Reff vom Dachboden herunter, mein Vater hat damit einst Käse aus den Alpen getragen, darauf mußt du mich setzen und festbinden.«

So geschah's, und Christoph trug den Heilmann auf seinem breiten Rücken den steilen Pfad hinan, und wer ihnen begegnete, wunderte sich ob des seltsamen Fuhrwerks, einige machten Späße, zogen aber ehrerbietig das Käppchen, wenn sie errieten, warum Lüthelf diesmal in so seltsamem Aufzug erschien.

Bei dem einen Gang blieb es nicht. Es war als ob die Krankheiten es gemerkt hätten, daß der Heilmann übel zu Fuß war, sie fielen Mensch und Tier häufiger und boshafter an, als zu andern Zeiten, und es verging kein Tag, ohne daß Christoph das Reff und den Alten auf den Rücken und einen steilen Weg unter die Füße nehmen mußte. Auch als der Fuß vom Verband frei war, wurde es nicht anders, denn das alte Knochengestell war wohl wieder zusammengewachsen, das Fußgelenk aber steif geworden und stach bei jedem Schritt, wie wenn eine Schusterahle drin gesteckt hätte. Lüthelf hinkte mühsam an zwei Krücken einher und erreichte ohne Hilfe kaum die Nachbarhäuser.

Christoph bereute es anfänglich, dem Alten seinen Rücken so willig angeboten zu haben; nach und nach aber wurden ihm die Gänge immer lieber, denn, wer mit Lüthelf kam, war allerorten willkommen, wie einer, der einen großen Segen ins Haus trägt. Es fiel fast immer aus einem schmerzgequälten Mund oder einem bedrückten Herzen ein freundliches und manchmal ein rührendes Wort für Christoph ab: »Du bist des Helfers Helfer«, sagte ihm einer und drückte ihm die Hand; ein anderer: »Du hast mir auf deinen Füßen die Hoffnung ans Bett getragen«, und ein dritter: »Du hast dir an mir einen Gotteslohn verdient.«

Christoph lernte auch manches auf diesen Gängen: die Krankheiten und ihre Anzeichen, die Kräuter, Wurzeln und Säfte, mit denen man sie vertreibt. Er sah, wie man Glieder einrenkt oder sie in Schienen legt, und wie man mit Leidenden umgehen muß; denn Lüthelf hatte eine eigene Art, mit den Beschwerten zu sprechen und war um einen Trost oder guten Rat nie verlegen.

Da der Alte seinen Heilkräutern nicht mehr selber nachgehen konnte, mußte ihn Christoph dahin tragen, wo sie wuchsen, und sich die Stellen genau merken, damit er sie allein wiederfände. So wußte er bald, daß der Baldrian im Schrähholz, der Odermennig in der Geißau, der Fieberklee am Krappensee, der Aronstab am Letzihag und das Tausendgüldenkraut auf der Steinlore wuchsen, und so noch manches. Zu Hause unterwies ihn Lüthelf, wie man Tränklein kocht, Pflaster und Salben zubereitet, Wurzeln und Früchten ihre Öle abgewinnt.

So lebten die beiden miteinander Jahr und Tag. Lüthelf wurde immer kleiner, sein Buckel immer mächtiger und beschwerlicher, und eines Tages, als der Föhn wie das wütige Heer durch das Tal brauste, den Schnee aufrieb und alle dürren Äste von den Bäumen schüttelte, stand er nicht auf und sagte zu Christoph, es habe ihm in der Nacht einer unsanft an den Laden geklopft. Er trieb es noch ein paar Tage, atmete schwer, sprach wenig und verschmähte alle Speise. Zu Christoph, der ihm ein Tränklein gebraut hatte, sagte er wehmütig: »Es ist nicht für jedes Übel ein Kräutlein gewachsen, und gar für den Tod keines, du weißt es ja.«

In der Nacht, als der Sturm so heftig auf das Dach drückte, daß alle Balken ächzten, die Scheiben klirrten und die Fugen pfiffen, sank der Alte auf einmal mit einem Seufzer der Erleichterung zurück, seine Augen wurden gläsern und wie durch ein Wunder streckte sich sein Höcker, wenn nicht ganz, so doch merklich aus, wie ein Stock, den man lange gekrümmt gehalten hat und dann losläßt. Lüthelf war verschieden.

Während Christoph beim Licht der Ampel neben der Leiche saß, überlegte er, was er nun mit sich anfangen sollte. Der Übermut, der ihn einst aus der Heimat verjagt hatte, war in ihm nicht ganz erstorben und manchmal noch regte er sich, gerade wie bei einer Feuersbrunst zuweilen noch Flammen aufschießen, wenn man den Brand längst gelöscht glaubt; jetzt aber, an Lüthelfs Totenbett, wagte er sich nicht hervor und es kam eine feierliche Stimmung und Andacht über den Vereinsamten. Er entsann sich des Gesprächs mit dem Pfarrer oben auf dem Heidenpaß und sagte sich: »Wie seltsam ist alles gekommen, er hat mich ausgeschickt, um einen Stärkeren zu suchen und ihm zu dienen, und dabei ist es mir ergangen wie meinem Namensheiligen, ihn hat ein Kind bezwungen und mich einer, der schwächer war, als ein Kind. Schwächer? Tor, daß mir das nie eingefallen ist! Ich habe ihm gedient, weil er von uns beiden der Stärkere war, weil er Krankheiten bezwingen und Elend verhüten konnte, und weil er so gut war. Ja, weil er gar so gut war! Jetzt ist er fort und ich will wiederum auf die Wanderschaft gehen, und treffe ich einen, der vermag und will, was er vermochte und wollte, und hätte er weder Hand noch Fuß und einen Höcker wie ein Heustadel, ich will ihm in Freuden und Demut dienen und sein Knecht heißen.« Als es bekannt wurde, daß Lüthelf die Augen geschlossen hatte, legte sich eine große Trauer über das ganze Tal. Zu seiner Beerdigung kamen die Leute vier Stunden weit her. Da erst wurde es Christoph deutlich, wieviel der Alte ihnen gewesen war. Alle Männer hatten rote Westen angezogen, und ein jeder trug ein Herz voll Dankbarkeit dem Sarge nach, keiner, der nicht zu berichten wußte, wie ihn der Gute einmal von einem bösen Fieber oder Gebresten befreit, ihm ein Kind oder die Frau gerettet oder mit einem guten Rat auf die Füße geholfen habe.

Am Grabe sagte der Pfarrer zum Schluß: »Lüthelf nannten wir ihn, ein Leutehelfer war er und den besten von uns allen legen wir in den Erdboden.« Da geschah es Christoph, daß er mit den andern zu weinen begann.

Er schritt langsam und nachdenklich nach dem öde gewordenen Hause und überlegte, ob er talauf- oder talabwärts die Welt gewinnen wolle. Da redete ihn einer an, ein noch junger Mann, dem die Tränen zuvorderst standen.

»Meine Frau liegt mir krank zu Hause«, sagte er, »ich fürchte, es steht schlimm mit ihr, sie hat Augen wie glühende Kohlen.«

»Ja, wenn nur der Lüthelf noch lebte«, entgegnete Christoph ratlos.

»Es ist wahr«, versetzte der Bauer, »der alte Lüthelf ist begraben, aber seid Ihr nicht der junge?«

Christoph sah ihn groß an und der andere fuhr fort: »Ihr seid seit Jahren bei ihm gewesen, habt ihn überallhin begleitet, alle seine Kräuter und Künste kennt Ihr und was Euch fremd sein sollte, könnt Ihr noch erlernen. Ihr seid ja freilich von anderer Art als wir, wir wissen Euer Abstammen und Herkommen nicht, aber Ihr gehört nun doch zu uns, wie manche Bäume, die auch nicht zuerst bei uns gewachsen sind. Drum bleibt und laßt uns nicht ohne Heilmann. Was soll ich meiner Frau sagen, wenn ich ihr nichts gegen das Fieber mitbringe?«

Christoph stand still und sann nach. Er sah nach den Obstbäumen, die so fest in ihrem Grund standen, blickte das Tal hinauf und das Tal hinab und begrub seine Wanderlust.

Während er mit dem Manne davonschritt, sagte er bei sich: »Ich werde meinen Meister nie selber wählen dürfen, bis jetzt war es Lüthelf, nun muß ich dem dienen, dem er gedient hat.« Dann sann er nach, wie er den neuen Meister nennen sollte, fand aber keinen schönern Namen als Lüthelf.

4. Heimkehr

Christoph lebte von da an das Leben, das Lüthelf gelebt hatte, er half, wo es in seiner Macht lag, und wo seine Riesengestalt erschien, empfingen ihn dankbar leuchtende Augen. Wie freute er sich, wenn seine Tränklein halfen! Aber er hatte auch dunkle Stunden durchzumachen, so, wenn der Tod der Stärkere gewesen war. Dann blickte er auf seine rote Weste und erinnerte sich an Lüthelfs Ermahnung: daß man aus Schwarz Rot machen müsse, nicht nur für sich, sondern auch für die andern, und so faßte er neue Zuversicht. Einmal starben in einem Haus Mann und Frau in wenigen Tagen am Nervenfieber dahin und hinterließen einen Knaben von sieben Jahren. Den nahm Christoph zu sich, um Schwarz in Rot zu wandeln. Und als der Junge größer geworden war und seine Augen einen offenen Geist verrieten, kam ihm der Gedanke, aus ihm einen Heilmann zu machen, der ihn einst ablösen könnte. Und er ging mit dem Knaben zu Werk, wie einst Lüthelf mit ihm zu Werke gegangen war.

Ehe der Lehrling recht zum Manne geworden war, hatte er soviel gesehen und erfahren und war er in seiner Kunst so geschickt geworden, daß Christoph ihm getrost sein Arbeitsfeld überlassen konnte. Nun erst wagte er, sich einen Gedanken genau zurechtzulegen, der ihm schon manchmal flüchtig entgegengetreten war: »Hier trägst du den Fremden Hilfe ins Haus und daheim in deinem Tal ist keiner, der auch nur einen Finger einrenken könnte. Du hast hier den fremden Acker besorgt, solltest du nicht an den eigenen denken?«

In der Nacht darauf, beim Sternenschein, nahm er den Weg unter die Füße, und wie er einst im Tal erschienen war, wie hereingeschneit, so verschwand er wieder, und keiner erriet, wohin.

In Weißbuchen, das er nach langem Suchen in seinem Schlupfwinkel fand, entdeckte er mitten im Dorf einen Brunnentrog, denselben, den er einst bergab und bergauf getragen hatte, um dem Zimmermann einen Schabernack zu spielen. Wetter und Zeit hatten ihm manchen Riß und Schaden beigebracht, und Christoph dachte: »Ich habe lange gebraucht, bis ich den Heimweg fand.« Dann stieg er, ohne einmal anzuhalten, hinauf zum Heidenpaß, stieß einen schallenden Jauchzer aus der jung gebliebenen Brust hervor, als er jenseits das Heimatdorf und das Kirchlein von St. Martin sah, und setzte sich auf den Felsblock, auf dem er einst die Ermahnungen des Pfarrers mit wenig löblicher Andacht angehört hatte. »Er hatte recht, ich war damals ein Wasserschoß, werden sie mich jetzt als Fruchtschoß gelten lassen?«

Im Dorf erregte sein Erscheinen großes Aufsehen; es war keiner, der ihn nicht mit Mißtrauen angesehen hätte, und selbst Martin und Jörg besannen sich lange, ehe sie ihn Bruder nannten. Wie er einst aus dem Bachtobel unter großer Mühe den Ausweg hatte suchen müssen, so gewann er jetzt mühsam das verlorene Vertrauen wieder, obschon über seinen Jugendstreichen wohl vierzigmal Gras gemäht worden war. Nur eine steinalte Frau streckte ihm ohne Besinnen ihre zitternden, magern Arme entgegen und sagte mit dürren Lippen: »Gott willkomm, Christophli.«

Als er den Leuten sagte, er verstehe sich auf Wurzeln und Kräuter und auf Krankheiten an Mensch und Vieh, lächelten die einen ungläubig, während andere mit den Achseln zuckten oder taten, als hätten sie ihn nicht gehört. Was brauchte der Landstreicher etwas zu können, das ihnen fremd war, wie sollte ein Taugenichts weiser geworden sein als sie?

Ihr Vieh hätten sie ihm schon gar nicht anvertraut; der erste Kranke, zu dem man ihn rief, war der Wagner Von Almen, der an einer so heftigen Kolik litt, daß er in seiner Not schrie, ebensogut könne er den Christoph, als den Tod an sich herankommen lassen.

Die Krankheit verlief zum Besten, und von da an schlug das Zutrauen zu Christoph da und dort Wurzeln und wuchs stetig, bis der Heilmann nach Jahr und Tag im Heimattal ebenso angesehen war, wie vorher im fremden, und ihm auch hier die Augen freudig entgegenglänzten.

Noch lange sah man ihn an Sommertagen an Halden, Geröllfeldern und Alpweiden herumklettern und Kräuter suchen. Zur heutigen Stunde noch wird eine Stelle, wo Wohlverleih und Habichtkraut in besonderer Menge und Üppigkeit wachsen, von den Hirten Sankt Christophs Garten genannt. Im Gedächtnis dieser Leute ist der Name des Kräutermanns, der so viel Schmerzen gelindert und so oft als Tröster unter die Bekümmernis getreten war, mit dem Namen des Heiligen zusammengewachsen.